KB166376

[글]
아사토 아사토

[일러스트]
시라비

[메카닉 디자인] **I-IV**

EIGHTY SIX Ep.12

— HOLY BLUE BULLET —

ASATO ASATO PRESENTS

The number is the land
which isn't
admitted in the country.
And they're also boys and
girls from the land.

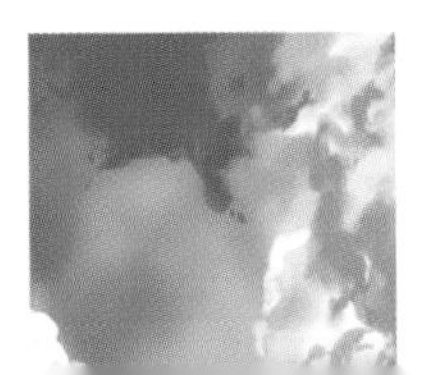

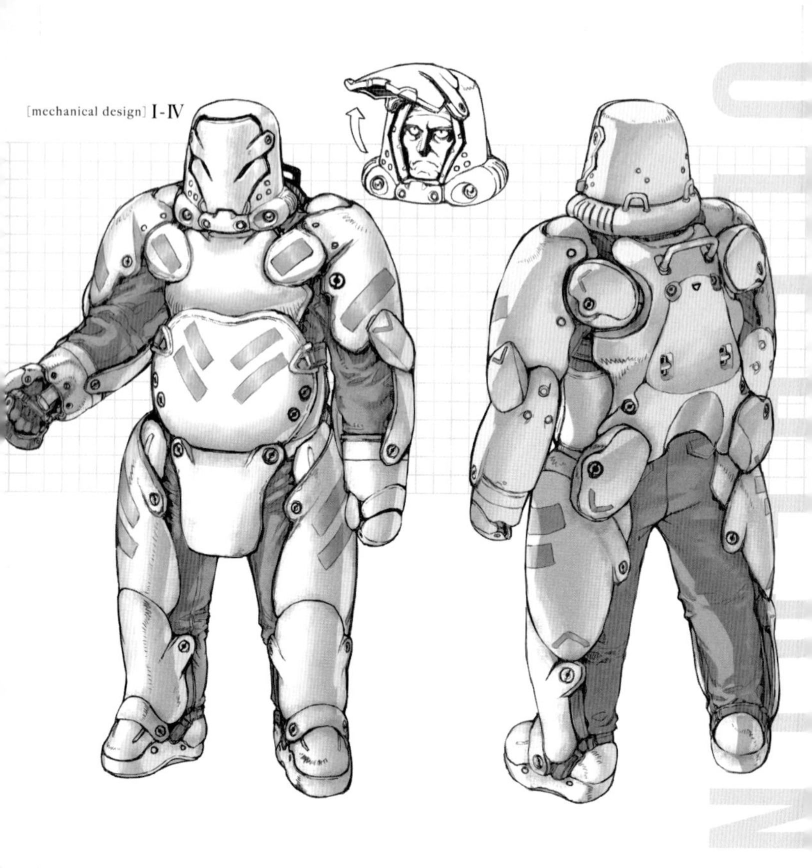

기아데 연방군 장갑강화외골격(아머드 스켈톤)
〈울프헤딘〉

[S P E C]

[제조원] 비포사리크 육군공창
[전고] 2m 안팎 (체격 조정 가능)
[고정 무장] 없음
[주장비] 12.7mm 돌격소총
※그 밖에 설치식 기관포, 대전차포, 로켓 발사기, 즉석 백병전 무기(스크랩 등을 이용한 타격무기) 등을 상황에 맞춰 사용

[비고] 스펙상 바이탈 부위(머리, 동체)는 12.7mm 탄, 손발 등은 7.62mm탄의 직격을 방호하는 성능을 갖는다(하지만 어디까지나 관통되지 않을 뿐, 착탄의 충격으로 내부의 육체가 '상응하는 대미지'를 받는 것은 피할 수 없다).

2권부터 등장하는 <장갑보병>. 개전 당초 기아데 연방군은 <바나르간드>를 이용하여 레기온에 항전했지만, 이에 동반하는 보병부대에서 많은 희생이 생겼다. 이 장갑복은 적 기관총 등에 대한 최소한의 방호력을 부여해 보병의 생존성을 향상하며, 또한 고화력 화기를 장비하여 <바나르간드>보다 융통성 있는 전력을 획득하기 위해 양산 배치되었다. 그러나 결국은 '보병'이며 단독으로 레기온과 싸울 성능은 아니기에 집단으로 행동하고, 양동→사각에서 공격하는 형태로 전투에 임한다.

[글]
아사토 아사토

[일러스트]
시라비

[메카닉 디자인] I-IV

86

—에이티식스—

Our Ladies, Pray for the Miserable Ones
at the moment of their death.

Ep.12

—HOLY BLUE BULLET—

[EIGHTY SIX]

ASATO ASATO PRESENTS

The number is the land which isn't
admitted in the country.
And they're also boys and girls
from the land.

인조요정을 전장에 투입하는 제2의 이점.

그녀들은 명령만을 수행한다. 두려움, 도피, 자기 의지라는 불순물을 작전 행동에 혼입시키지 않는다.

즉, 전장에 끼는 안개를 하나 걷어낼 수 있다.

빅토르 이디나로크 『인조요정개설』

서장 메리 블루의 성지

기아데 제국 북방, 메리라줄리아 특별시에 사는 아홉 살 소년 멜레의 일과는 같은 블록에 있는 집합주택의 또래 아이들과 온종일 뛰어다니는 것이다.

같은 동 같은 층에 사는 친구 오토. 아래층에 사는 미르하와 요노. 옆 동의 리레와 히스노, 형님 같은 키아히. 블록별로 설치된 공원이나 강이 있던 메마른 자리에 만들어진 교외 삼림공원에서.

제국 국경의 전투속령(볼프스란트)에 인접한, 제국에 여럿 있는 생산속령 중에서도 변경인 이 속령 쉠노우의, 100년 전부터 변하지 않은 전형적인 농촌. 그곳에서 보자면 메리라줄리아는 완전히 다른 세계다. 흙먼지 하나 없이 깨끗하게 정비된 길. 모든 동이 같은 형태와 색깔로 즐비하게 늘어선, 근대적인 콘크리트 집합주택들. 언제나 상품이 가득한 대형 상점.

신발을 신지 않는 생활을 멜레는, 오토는, 이 도시의 아이는 이미 모른다.

신발도, 고급스러운 빵도, 신선한 고기도, 깨끗한 옷도, 속령의 부는 먼저 이 도시에 공급된다. 대영주 미아로나 가문의 위광과 이 도시의 향사 로히 가문 사람들의 노력으로 흔해 빠진 농촌에서

부유한 선진 에너지의 도시로 탈바꿈한 훌륭한 고향.

교외에 있는 커다란 발전소가 특별시와 속령을 부유하게 만든 에너지의 원천이다.

그 연구에 평생을 바치고 발전소를 설계해 푸른 옷의 메리(메리라줄리아)로 불린 2대 전 영주 부인의 이름을 따서 개명된 특별시에서 유일하게 옛 마을의 이름을 남긴 라시 발전소. 밭을 갈고 돼지를 치는 생활에서 이 아이들의 조부모나 부모를 해방하고, 언젠가 그들에게도 식당이나 청소의 직업을 약속하는 시설이다.

이 땅을 다스리는 다계종(페르기네아)의 귀종, 연정종(카이른) 특유의 연기 낀 수정 같은 초콜릿색 머리를 사치스러운 수제 레이스 리본을 써서 양쪽으로 땋아 올린 소녀가 공원 입구에서 손을 흔들었다.

"멜레. 얘들아. 여기 있었구나."

"아, 아가씨."

"아가씨다."

"노엘레 아가씨!"

아이들이 소녀에게 달려갔다. 로히 가문의 영애이신 노엘레 아가씨다.

"미아로나 가문의 니암 아가씨가 영화 미디어를 빌려주셨어. 같이 보자."

"영화! 볼래!" "앗싸!"

아이들은 노엘레의 줄줄이 뒤를 따라갔다. 예쁘고 똑똑한 노엘레는 이 도시 사람들 모두의 공주님으로, 아이들에게는 든든한 리더다. 그 말을 듣지 않는 사람은 이 도시에 아무도 없다.

"아가씨, 영화는 어떤 이야기예요?"

"이웃 선단국군의 괴수, 원생해수(고래) 이야기야. 아주 커서 선단국군의 배를 가라앉힌대."

오토가 씩씩하게 손을 들었다.

"나 알아! 옛날에 로기니아 강이 아직 있었을 적에 이따금 원생해수가 올라오기도 했대!"

"어? 그래? 무서워!"

아직 조그만 요노가 겁먹고 움츠러들었다. 하지만 노엘레는 자신만만하게 가슴을 폈다.

"괜찮아. 그런 건 아버님과 미아로나의 어르신, 공자님과 니암님이 퇴치해 주실 테니까! 물론 나도 싸울 거야! 자랑스러운 제국 귀족의 일원이니까!"

아이들이 환한 얼굴을 했다.

"우와, 멋있어!"

"아가씨, 나도 함께 싸우게 해 줘요!"

나서서 손을 든 멜레에게 노엘레는 고개를 끄덕여주었다. 아름답고 달콤한, 초콜릿색 눈동자.

그의 작은 여왕님.

"물론이야, 멜레. 나를 따라오면 불가능한 일은 없어!"

혁명이 시작되기 반년 전, 제국이 마지막으로 평화로웠던 시기였다.

†

대륙 북쪽 끝, 레그키드 선단국군의 해안에는 늦가을에서 겨울이 끝날 무렵까지 아득히 먼바다에서 유빙이 온다.

검은 모래와 바위가 깔린 바닷가 전체를 하얗게 가두는 얼음덩어리. 새하얀 평야가 한없이 이어지는, 혹은 용의 등지느러미처럼 뾰족뾰족한 단면이 이어지는 곳 중 하나를.

어쩔 줄 모르는 듯이 시선을 이리저리 돌리면서 비틀비틀 기는 그림자가 있었다.

성에 낀 유리창 너머의 달빛처럼 차갑게 얼어붙은 흰색. 희미하게 비치는 베일과 드레스 자락을 길게 늘어뜨린 그 모습은 마치 결혼식 때의 신부 같다. 드넓은 유빙도 있어서 인어공주를 연상케 하는 아름다움——. 하지만 그 몸길이는 신부는 고사하고 건장한 남자보다도 훨씬 큰 3미터 이상. 베일 아래의 가슴에서 엿보이는 세 개의 안구에는 금속광택을 내는 공작색의 마름모꼴 동공이 있었다.

음탐종(레우카). 정해씨족은 그렇게 부른다——. 먼바다를 지배하는 원생해수의 일종이다.

베일과 드레스는 철갑을 뒤덮은 반투명한 외투막. 머리로 보이는 것은 능동형 음파 탐지기(액티브 소나)의 역할을 하는 음탐종 특유의 초음파 수용체다. 다 자란 성체가 되면 최대 출력의 초음파를 발사해 버블 펄스로 전투함의 선저장갑도 분지르는 푸른 바다의 세이렌.

다만 얼음 위를 기는 이 음탐종은 그렇게 두려운 성체와는 거리가 먼, 아직 새끼다.

유빙과 함께 북쪽 먼바다를 벗어나서 다다른 해안가를—— 어린 음탐종에는 전혀 미지의 세계인 인류의 영역에 시선을 주고.

미아가 된 인어는 작고 높게, 작은 새처럼 꾸우 하고 울었다.

86

에이티식스

Our Ladies. Pray for the Miserable Ones
at the moment of their death.

86

—에이티식스—

Our Ladies, Pray for the Miserable Ones
at the Moment of Their Death.

[Ep.12]

— HOLY BLUE BULLET —

EIGHTY SIX

The number is the land which isn't
admitted in the country.
And they're also boys and girls
from the land.

ASATO ASATO PRESENTS
[글] 아사토 아사토
ILLUSTRATION／SHIRABII
[일러스트] 시라비
MECHANICALDESIGN／I-IV
[메카닉 디자인] I-IV
DESIGN／AFTERGLOW

그레테

연방군 대령. 신 일행의 이해자이기도 하고, [제86독립기동타격군]의 여단장을 맡는다.

시덴

〈에이티식스〉 중 한 명으로 신 일행이 떠난 뒤로 레나의 부하가 되었다. 레나의 직할부대를 이끈다.

리토

[제86기동타격군]에 합류한 〈에이티식스〉 소년. 과거에 신이 있었던 부대 출신.

더스틴

공화국 붕괴 전 〈에이티식스〉의 처우를 비난한 공화국 학생으로, 연방에 구원된 후 자원 입대했다.

유토

리카, 미치히 등과 함께 전선에 참여한 〈에이티식스〉 소년. 과묵하지만 탁월한 조종, 지휘력을 지녔다.

비카

로아 그레키아 연합왕국 제5왕자. 천재인 당대 [자수정], 인간형 제어장치 〈시린〉을 개발했다.

아네트

레나의 친구로 〈지각동조〉 시
연구 주임. 신과는 과거에 공
제1구에서 소꿉친구 사이였다

샤나

공화국 86구 시절부터 시덴의
대에서 활약하는 여성. 시덴
대조적으로 무덤덤한 성격.

미치히

리토와 같이 기동타격군에 합
〈에이티식스〉 소녀. 성실하고
한 성격. 입니다.

마르셀

연방 군인. 과거 전투의 후유
로 레나의 지휘를 보조하는
관으로 종군한다.

올리비아

발트 맹약동맹에서 신병기
자격으로 기동타격군에 합류
여자처럼 생긴 청년 사관.

레르케

반자율병기의 제어장치 〈시린
1번기. 비카의 소꿉친구였던
의 뇌 조직이 사용되었다.

EIGHTY SIX

등장인물 소개

The number is the land which isn't admitted in the country.
And they're also boys and girls from the land.

CHARACTERS

〈 제86독립기동타격군 〉

(기아데 연방군)

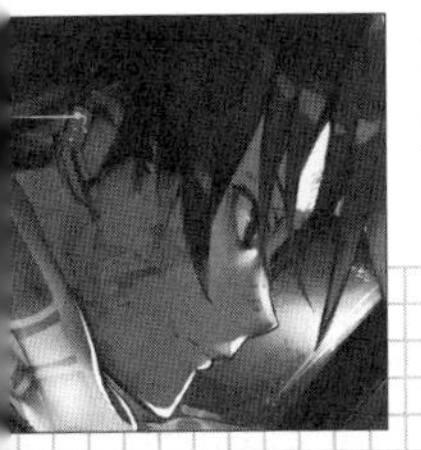

신

산마그놀리아 공화국에서 인간이 아닌 존재──〈에이티식스〉의 낙인이 찍혔던 소년. 레기온의 '목소리'가 들리는 이능력을 지녔으며, 탁월한 조종스킬도 있어서 수많은 전장에서 살아남았다.

레나

과거에 〈에이티식스〉들과 함께 싸웠던 지휘관제관(핸들러) 소녀. 사지로 향했던 신 일행과 기적의 재회를 이루었고, 그 뒤로 기아데 연방군에서 작전총지휘관으로 다시금 함께 싸우게 되었다.

프레데리카

〈레기온〉을 개발한 옛 기아데 제국 황실의 핏줄. 신 일행과 협력하여 옛날 가신이자 오빠 같은 존재였던 키리야와 싸웠다. 〈제86독립기동타격군〉에서는 레나의 관제보좌를 맡는다.

라이덴

신과 함께 연방으로 도망친 〈에이티식스〉 소년. '이능력' 때문에 고립되기 일쑤인 신을 도와준 오랜 인연.

크레나

〈에이티식스〉 소녀. 저격 실력이 탁월하다. 신에게 어렴풋한 연심을 보내지만──?

세오

〈에이티식스〉 소년. 쿨하고 다소 입이 험한 아유꾼. 와이어를 구사한 기동전투에 능하다.

앙쥬

〈에이티식스〉 소녀. 다소곳하지만 전투에서는 과격한 일면도 있다. 미사일을 사용한 면 제압이 특기.

제1장 다정하고 아름다운 퀸 메리의, 아름답고 다정했을 세계

“경은 마스코트다. 그런 경이 왜 장병들에게 책임을 느끼지?”
단순한 마스코트라면 짊어질 필요도 없는 책임을.

조용히 던져진 그 질문에 프레데리카는 속으로 ‘올 게 왔구나.’라고 생각했다.
괴뢰로 전락한 아델아들러 황실은 신민은 물론이고 하급 귀족조차 그 모습을 보지 못했다. 갓난아기일 때 아버지를 잃고 즉위하게 된 자기 얼굴을 외국 사람이 알 리가 없다.
하지만 눈앞의 이 뱀은 연합왕국 이디나로크 왕실의 ‘자수정’이다. 초능력 같은 총명함을 지닌 그가 언제까지 아무것도 모를 것이라고, 프레데리카는 그런 안이한 생각은 하지 않았다.
들키지 않도록 신중하게, 태연한 척하며 돌아보았다.
“나는.”
표면상 프레데리카의 신분은 어느 대귀족의 숨겨둔 자식이다.
혼혈을 꺼리는 제국 귀족의 가치관에 따라 혈족으로 공표할 수 없는 자식이지만, 귀족의 자녀로서 교육은 받았다. 태어난 집안이 에른스트 짐머만 대통령의 후원자였다는 인연으로 그에게 맡겨졌고, 또한 집안의 의향에 따라 정예부대이며 선전부대인 제86 독립기동타격군(스트라이크 패키지)에 소속되었다.

그런 설정에 따라 준비했던 대답을, 프레데리카는 말했다. 상무 정신을 높이 여기는 제국 귀족의 딸로 성장한 아이라면 틀림없이 그렇게 대답할 말.

"나 프레데리카 로젠폴트는 기동타격군의 유일한 제국 귀족이니라. 친가의 이름을 잇는 것은 허락받지 못했더라도 병사들을 이끌고 전선에 서는 것을 긍지로 삼은 제국 귀족의 일원이지. 마스코트라고 해도 군에 속한 이상, 병사들의 사기를 유지하는 것은 귀족의 의무로다."

비카는 천천히 눈을 껌뻑였다.

"그렇군, 드러낼 수 없는 사정이 있는 건가."

"……."

"묻지도 않은 말에도 대답하는 것은 스스로 거짓말이라고 선전하는 거나 마찬가지지……. 거짓말이 서툴군, 경은."

이번에야말로 프레데리카는 말문이 막혔다.

점점 안색이 변하는 프레데리카를, 비카는 냉철하게 내려다보았다.

감정이 너무 솔직하게 표정에 드러난다.

이 정도의 견제에 안색이 변한다. 거짓말 하나 하는 것에도 마음의 준비가 필요하다.

왕후귀족으로 태어났으면 어릴 적부터 훈련받을 감정과 표정의 제어. 프레데리카는 그걸 전혀 익히지 못했다.

친가에서 그 정도의 아이로 대우했다면. 프레데리카 자신이 생각하는 것만큼, 그리고 비카가 의심한 것만큼, 중요한 사정도 아닐까.

"뭐, 나도 경의 사정에 흥미가 있는 건 아냐. 그런 걸로 해둘까."

그렇게 말하고 뱀 왕자는 고개를 갸웃거렸다.

그러고 보면 이 소녀는 신과—— 공화국 출신이라고 해도 노우젠 후작가의 직계 혈족인 신과 꽤 친하게 지냈는데.

명색이 노우젠의 혈통으로 태어났기에. 그 가문의 힘과 의무를 자기 것으로 착각한 거라면.

"경이 지키고 싶은 것은 장병들인가, 아니면 병사들을 저버리면 상처 입을 경의 양심인가?"

"그, 그건……."

"그 정도는 구별할 줄 알아라. 지킬 힘도 없는 주제에 양심을 저버릴 수 없어서 어중간히 손을 내민 끝에 구하지도 못하고 도망칠 정도라면, 처음부터 저버리는 편이 훨씬 낫지."

†

《——노 페이스가 통괄 네트워크에.》

조국의 멸망을 앞두고도 아무런 감흥이 없는 건 제1차 대공세와 마찬가지인 모양이다.

다시금 불타고 함락된 국군 본부를 광학 센서로 보면서 노 페이스라는 이름의 중전차형(디노자우리아)은—— 과거에 바츨라프

밀리제였던 〈양치기〉는 생각했다.

화염 속, 공허하게 무너진 성녀 마그놀리아의 조각상에 포탑과 차체의 뒷부분을 돌렸다.

《산마그놀리아 공화국 전역을 장악. 오퍼레이션 파시오니스는 모든 페이즈를 완료했다.》

만족한 듯이 주위 지휘관기의 광학 센서가 노 페이스를 향했다. 공화국의 손에 죽어서 그 복수를 위해 〈레기온〉으로 변한, 과거 에이티식스로 불린 소년병의 망집이 깃든 중전차형들.

지금의 그 이름.

《노 페이스가 통괄 네트워크 지휘관기. 〈어린양(아그누스)〉 각기에.》

식별명 〈미스트리스〉—— 제레네 빌켄바움의 테스트기인 고기동형(포닉스)에서. 강습양륙전함형(슈베르트발)이나 육상전함형(페르디난트)의 실험에서. 그 성과를 적용해 불사화를 이룬 지휘관기. 인간의 창에는 더 이상 죽지 않고, 죽어도 다시금 돌아오는 〈부활의 어린양〉.

《잔존 인류권 섬멸을 위해 다음 작전 행동에 착수한다. 제1광역 네트워크는 기아데 연방 공략을 위해—— 공화국 잔존 세력의 정보 수집에 주력하라.》

†

취침 시각은 이미 지났지만, 오늘 밤도 잠을 이루지 못한 레나는 네글리제에 숄을 걸치고 어두운 집무실의 자기 책상 앞에서 잘 돌지 않는 머리를 굴렸다.

기동타격군의 본거지인 이 뤼스트카머 기지도 이미 안전권이라고 할 수 없다. 한밤중인 지금은 커튼을 엄중히 치고 등화관제가 걸려서 어두운 집무실.

깊이 잠든 기지의, 왠지 숨이 막힐 듯한 정적 속. 어두운 데스크램프 앞에서 졸린 듯이 귀찮아하는 기색인 티피에게 쓴웃음을 지었다.

"먼저 자도 되는데."

야오옹. 아마도 부정하는 대답이 돌아왔다. 같이 자야 한다, 신경 쓰여서 잘 수 없다, 아마도 그런 느낌.

녹색 눈을 껌뻑이면서 올려다보는 이 어리광쟁이 검정고양이의 작은 머리를 쓰다듬어주면서 의식은 다시금 사고의 미로에 떨어졌다.

불타는 열차와 절규와 비명과 화염의 색.

복수의 향연장이 되어 갇힌 조국, 산마그놀리아 공화국. 그랑뮬 안으로 자진해서 도망친 공화국 시민. 박수 갈채 같은 총성. 화톳불 같은 불길. 구할 수 없어서 저버리고 뒤로한 요새벽. 유혈과 화염의 색. 원념과 괴로움의 울림. 한이 풀려서 승천하듯이 날아오르는 유체금속 나비들.

증오를 택하고 복수를 바라며 〈양치기〉로 변해 살인 기계의 전열에 가담한 에이티식스의 망령들.

다 죽여버리라고 외치던 그 목소리.

——너희의, 원수를.

그 증오에, 그 원념에, 아무래도 인상이 겹치지 않는 레프 알드레히트 중위의 얼굴.

처자식을 구하려고 백계종(알바)인 것을 숨기고 함께 86구에 와서 싸운 사람이었다.

최종처분장인 제1구역의 스피어헤드 전대의 막사에서 〈저거노트〉와 소년병들을 돌보고, 반년마다 전멸하는 그들을 계속 지켜본 사람이었다.

그의 한은 풀렸을까.

돌봐준 소년병들에게 죽는 것도 어쩔 수 없다고 여긴, 공화국 사람이라서 자신을 죄인으로 여기던 그에게, 리토의 손에 죽는 것은 속죄가 되었을까.

알드레히트마저도 공화국 사람이라는 죄를 짊어진다면, 그렇다면 에이티식스들의 증오에 따라 죽은 공화국 사람은 그걸로 죗값을 치렀을까.

죽어간 무수한 에이티식스가, 나이 든 정비원마저도, 마지막에 바란 것이 증오의 끝, 분노한 끝에 있는, 지옥과도 같은 그 광경이었다면──.

그런 생각이 한없이 맴돌아서 잠들 수 없었다.

공화국 사람들의 비명이, 에이티식스들의 증오가, 눈을 감으면 뇌리에 되살아나서 잠들 수 없었다.

밤의 정적 속에 숨어들듯이 조용히 노크 소리가 들렸다.

티피가 귀를 쫑긋 세우더니, 레나가 누구냐고 묻기 전에 총총히 문으로 다가간다.

"레나? 안 자?"

신이다.

무슨 일일까 싶어서 레나는 일어섰다.

가라앉아 있던 마음이 목소리를 들은 순간 차분해져서, 그런 마음이 조금 미안하다.

"예. 무슨 일인가요?"

문을 열자, 신은 왠지 씁쓸한 얼굴을 하고 있었다. 취침 시각은 지났는데도 성실하게 넥타이를 맨 근무복 차림. 그 뒤에는 레나의 부관인 이자벨라 페르슈만 소위.

"소위에게 말은 들었는데…… 역시 그랬나."

"예?"

†

밀폐된 컨테이너 안, 제레네가 외부와 접촉하지 못한 지 한 달 가까이 된다.

제2차 대공세 이후 여태까지 신은 한 번도 찾아오지 않았다. 비카도 대공세 직후에 본 것이 마지막이다. 그녀를 관리하던 정보부원도 전혀 모습을 보이지 않았다.

인간이라면 도저히 견뎌낼 수 없을 장기간의 암흑과 무음이지만, 〈레기온〉인 제레네는 자극이 전부 끊겨도 아무렇지 않다. 그것은 연방군도 알고 있으니까 심문이나 고문의 일환도 아니겠지.

단순히 정보를 다시 조사하고 있든가, 아니면 정보원으로서 신용할 수 없다고 버려졌을까.

버려진 게 아니라면 좋겠는데…….

무음의 어둠 속, 탄식하듯이 제레네는 생각했다. 〈레기온〉이 인류를 멸망시키지 않도록, 제국이 남긴 명령이 아니라 본인들의 복수에 전념하고 있는 〈양치기〉들을 막기 위해서, 그녀는 연방에 사로잡혔다. 제공한 정보가 전부 의심을 사고, 〈레기온〉 전체의 정지 조건조차도 기만 정보로 파기되었다면―― 정말로 큰일이다.

그때, 유선으로 연결된 컨테이너 밖의 카메라와 마이크가 외부 조작으로 기동했다.

"죽은 건…… 아니, 이미 죽은 자인가. 망가진 건 아니겠지, 제레네 빌켄바움."

일부러 싸구려를 쓴 카메라의 조악한 화질 속에서 서 있는 것은 낯선 청년 장교였다.

나이는 스무 살 정도일까. 야흑종(오닉스) 순혈의 칠흑색, 별 없는 밤하늘 같은 흑발과 검은 눈동자. 제국 귀종 특유의 단정한 얼굴은 창칼같이 잔혹하고, 날카로운 두 눈동자는 준엄한 눈빛을 띠었다. 건드리면 소리도 없이 베일 듯한, 더없이 날카로운 칼날 같은 느낌.

완장에 그려진 부대 마크는 백골로 변한 손이 움켜쥔, 도깨비불을 띤 장검.

제레네는 얼어붙을 듯한 적의를 띠었다. 무기질할 터인 전자 음성에조차 원념이 깃들었다.

《——노우젠의 일족인가.》

제국과 제국군을 지배하는 그 일족이 군 내부에 보유한 정예부대. 전용 펠드레스를 배치하고 혈족만으로 부대원을 구성한, 야흑종 최강의 카드. 그 부대의 마크다.

"야트라이 노우젠. 광골사단을 맡은 노우젠의 계승자다."

음성은 냉엄한 모습과 시선에 어울리게 낮고 예리하게 울렸다.

보통 사람이라면 그것만으로 기가 죽을 예리한 목소리지만, 제레네는 미동도 하지 않았다.

《신에이 노우젠 이외의 노우젠과 할 말은 없다. 정멸자의 후예.》

이렇게 다시금 사람이 찾아온 이상, 연방은 아직 자신에게서 정보를 캐낼 의향이 있다. 〈레기온〉인 제레네에 대한 신뢰는 몰라도, 정보 자체는 어느 정도 확실성이 높다고 판단했다. 제레네는 총명하게 그걸 알아차렸다.

그렇다면 이 정도의 협상은 아직 가능할 터이다.

하지만 〈레기온〉을 멈추고 싶더라도. 자기 죗값을 치르고 싶더라도. 그들하고는 이야기하지 않는다.

그걸 알아차린 기색으로 야트라이는 희미하게 웃었다.

소름 끼칠 정도로 차가운 웃음이었다.

상대를 짓밟고서 정 하나도 베풀지 않는 지배자의 웃음.

"그러고 보면 너는 염홍종(파이로프)의 말석이었지, 빌켄바움의 딸. 그래, 우리 야흑종을 원망하는 말 한두 마디 정도는 하고 싶겠지."

《…….》

야흑종에 대한. 너희 정멸자에 대한 원한이. 증오가.

천년에 걸쳐 쌓인 굴욕에 대한 분노가――한두 마디로 끝날 것 같나.

"하지만. 지금 네가 그런 소리를 할 처지라고 생각하나, 고철덩어리."

같은 노우젠의 혈족이라도 그 마음씨 착한 소년이라면 결코 입에 담지 않았을 〈레기온〉의 멸칭을, 눈앞의 노우젠은 대수롭지 않게 내뱉었다. 이미 너는 인간조차 아니고 그저 파괴되어야 할 금속이라고 알려주듯이.

"아무것도 밝히지 않더라도 상관없다. 파괴할 뿐이다. 그렇게 되면 너만 곤란하겠지. 잠자코 있으면 이뤄지지 않는 것은 너의 바람이지 우리의 바람이 아니다. 아픈 건 너의 양심. 사라지는 것은 너의 희망. 보상도 없이 헛되고 가엾은 것은 그저 너 혼자뿐이다."

침묵 따윈 이미 협상의 재료도 되지 않는다.

"고철이 된 주제에 지금 와서 인간을 구하고 싶은 거겠지. 제레네 빌켄바움. 밝히고 싶은 게 있다면 지금 여기서 네가 아는 것은 죄다 토해라. 그러면."

침묵하는 제레네의 속마음을 아마도 정확히 꿰뚫어 보고.

노우젠의 계승자는 정멸자의 혈족에 어울리는 잔혹하고 오만한 얼굴로 웃었다.

"그 정보에 가치가 있는지 검증해 주지."

비밀은 일절 허용하지 않고 모조리 말하게 해라. 정보부원에게 그렇게 명령하고, 야트라이는 구속실을 나왔다.

서부전선의 후퇴와 함께 제레네의 구속 컨테이너 또한 후방으로 이동했다. 지금은 정보부가 거점을 둔 작은 폐촌의 교회 납골당에 보관 중이다. 10년도 더 전에 죽은 그녀의, 기계장치의 망령을 수용하다니 참으로 아이러니한, 죽은 이가 잠든 곳에 증설된 두꺼운 금속 문을 지나서.

그 순간, 야트라이는 성대하게 어깨를 늘어뜨리며 투덜거렸다.

"아아, 싫다, 싫어. 어깨가 결리잖아."

이어서 눈을 반쯤 감더니 입을 삐죽거리고, 의욕과 위엄이라곤 찾아볼 수 없이 등을 굽혔다.

조금 전까지 엄준하고 냉엄했던, 무인 가문의 대들보 노우젠의 계승자라는 위엄을 찾아볼 수 없는 참상에 경비대장인 중위가 예의도 잊고 눈을 동그랗게 뜬 채로 응시하고 말았다.

야트라이는 그런 위관의 무례함에 기분 상한 기색도 없고 시선도 주지 않았다.

아랫사람 따윈 날벌레만큼도 생각하지 않는, 옛 왕후귀족의 거동이다.

"안 그래도 에렌프리트의 삼남은 날이 선 분위기고, 대통령 양반은 여전히 무섭고, 브란트로테의 망할 할망구까지 여유를 잃어서 분위기가 최악이었는데. 왜 나까지 이렇게 분위기가 개판이야. 내가 여태까지 그렇게 못된 짓을 했나?"

어깨를 축 늘어뜨린 야트라이에게 밖에서 대기하던 요슈카가 놀리듯 말을 건다.

"드디어 계승자라고 인정했군, 노우젠. 제레네 여사에게 그렇게 말했겠지."

야트라이는 싫은 기색으로 입술을 삐죽거렸다.

"미이츠 형이 당주님의 후계자로 정해졌으니까. 형은 딸밖에 없고, 토츠카 형은 전사했으니까 미이츠 형의 다음에 내가 되는 건 싫어도 어쩔 수 없잖아. 싫지만."

받아들일 수밖에 없어진 지금도 싫은 건지 일부러 말을 거듭 덧붙였다.

실제로 제국 여명기부터의 권세가이며 막대한 일족의 인원을 군에도 정부에도 각종 기업에도 집어넣은 노우젠 일문의 당주 지위는 보통 사람이 생각하는 것만큼 매력적이지 않다.

권세에 따르는 막대한 결단과 책임과 그것에 얽히는 수많은 음모와 욕망. 천년에 걸친 원한과 죽음.

"그리고 작년에 발견된 당주님의 손자는 결국 노우젠 가문 상속 레이스에 끼지 않고."

"흠." 하고 소리를 내며 요슈카는 팔짱을 꼈다.

현 당주인 세이에이 노우젠의 직계 남자가 도망치거나 병사하거나 전사하거나 해서 아무도 남지 않는 바람에 계승 문제로 노우젠 일족이 최근 몇 년 동안 정신없었던 것은 같은 귀족 출신인 마이카 가문의 일원으로서 요슈카도 익히 들었다.

일족 내부의 세력 다툼이 간신히 정리되어서 세이에이 후작의 동생의 장남인 미이츠가 세이에이의 뒤를 잇고, 미이츠의 후계자로는 그 막내동생인 야트라이가 내정되려고 할 때, 세이에이 후작의 손자인 신이 발견되고 다시금 들끓기 시작한 수면 아래의 대소동도.

"그야 신은 후원자가 없으니까. 제국 귀족의 교육도 받지 않았고, 억지로 상속자로 앉혀도 고생만 하겠지."

"미이츠 형의 딸 중 누군가와 결혼하면 형도 나도 후원자가 될 수 있을 텐데."

나이 찬 딸을 가진 노우젠의 분가 쪽이나 유력한 가문에 시집간 세이에이 후작의 딸들이 같은 주장을 하고 있을 것으로 생각하면서 요슈카는 대답했다.

"무리겠지."

애초에 신은 예쁜 애인을 막 얻은 참이다.

그게 아니라도 혼인이란 정략에 의해 결정되는 것이며 애정과는 관계없다, 연애는 정부(情婦)랑 하는 것이라는 제국 귀족의 가치관은 공화국 출신인 신이 받아들이기 어렵겠고.

야트라이는 콧방귀를 뀌었다.

"그런 모양이야. 당주님도 지금 와서 손자에게 노우젠의 이름을 지우진 않을 모양이야. 그쪽도 그렇지, 마이카?"

"뭐, 그렇지. 여후작님은 신이 귀여운 손주로 있기를 바랄 뿐이고, 당신께서도 인자한 할머니로 있고 싶은 모양이야."

마음은 요슈카도 이해한다. 겔다 마이카 여후작의 마음도, 노우젠 후작의 마음도.

일족의 우두머리로서 대하지 않아도 되는, 하지만 자기 피를 이은 아이. 일족 존속을 위한 말로 보지 않고, 일문의 전력으로 키우지 않아도 되는, 그저 애정만 줄 수 있는 손주.

그런 아이는 옛 제국 귀족 가문에서 태어난 자신들로서는 얻을 수 없는 존재니까.

하지만 야트라이는 살짝 기묘한 얼굴을 했다.

“아니. 당주님도 마이카 여후작도 꼭 그것만은 아니겠지만, 그게 아니라.”

시선을 준 요슈카를 야트라이는 보지 않는다.

그 검은 눈동자. 노우젠 혈통의 어둠을 땋은 듯한 냉혹한 시선.

“기동타격군의 목 없는 저승사자. 연방이 비장의 카드로 보유한 정예부대의 격추왕이자 총대장. 영웅 에이티식스 놈들의 왕에게 지금 상황에서 일부러 가문의 이름을 얹어 줄 만큼 노우젠 후작도 마이카 여후작도 노망이 들지 않았다는 소리야.”

†

공화국에서 있었던 작전으로부터 보름 정도 지나고.

전선이 수십 킬로미터나 후퇴하고 멀리서 들리는 포성이 일상이 된 뤼스트카머 기지에서는 대대장이나 선임 지휘관들을 위한 상급 사관 교육 또한 일상이 되었다.

장교가 부족해지고 있는 모양이다. 제2기갑 그룹의 군수참모에게 강의를 들으면서 라이덴은 그렇게 생각했다.

제2차 대공세에서 장병도, 부사관도, 장교도 많이 전사했다. 그 뒤의 전선 교착을 유지하기 위해서 어느 전선에서도 더 많은 사람이 죽고 있다.

그러는 한편으로, 기동타격군의 참모는 권한이 부족한 라이덴 등의 대대장, 선임들을 보좌하기 위해서 위관만 규정보다 훨씬 많다. 그 대부분의 참모가 언제 다른 부대, 다른 전선으로 차출될지 모르니까—— 그렇게 되었을 때 남겨진 소년병들이 곤란하지 않도록. 참모들 자신이 제안하고 돌아가면서 행하는 것이 이 특별강습이다.

한편 기동타격군에는 아직 다음 임무가 내려오지 않았다.

실제로는 다음 파견지가 이미 결정된 모양이지만, 그 명령은 물론이고 관련 정보 하나조차도 이들에게 내려오지 않았다. 파견지와의 조정에 고생하는 걸까, 아니면 정보가 누출되는 것을 경계하는 걸까.

"신용을 잃은 건 아니겠지만."

작게 중얼거렸다. 물거품이 된 자신들의 이전 공적과 보름 전 공화국 구원 작전의 실패. 최우선 작전 목표인 구원파견군 철수는 완료시켰으니까 엄밀하게 말하자면 실패는 아니지만, 사령관인 리햐르트 알트너 소장의 전사와 공화국의 멸망. 라이덴에게는 실패로 느껴지는 그 결말이 연방군 장성들의 판단에까지 영향을 미치진 않았겠지만.

아무튼 10월에 쓰지 못했던 휴가를 지금 쓴 걸로 하자고 라이덴은 생각했다. 다행히 심심풀이용 영화나 애니메이션이나 만화책은 어디의 86구와 달리 각자의 서류상 보호자들이 얼마든지 보내주니까 오락거리는 부족하지 않고, 아직 식사의 양이나 질에 영향이 나올 정도의 상황도 아니다. 주민의 태반이 피난한 이웃 포트라피데 시도 일부 카페나 상점이나 술집은 남아서 전투속령민과 기동타격군 요원을 상대로 영업하고 있다.

그래도.

"슬슬 움직이고 싶은데."

공화국에서의 그 작전을—— 공화국 시민이라고 해도 저버릴 수밖에 없었던 패주를, 작전을 마치고 지금까지 남은 괴로운 답답함을.

마지막으로 삼고 싶지 않다.

"이렇게 할 일이 있는 편이 잡생각도 안 들고 좋아."

특별강습의 대상은 현 대대장과 선임만이 아니라, 언젠가 그 보충이 필요해졌을 때의 후보로 소대장 이상의 에이티식스 전원이 참가하였다. 물론 크레나와 앙쥬도 그 수강 대상이다.

그렇긴 해도 나름 숫자가 되고 프로세서의 일상 업무도 있으니까 각각 반을 나누었다. 그래서 오전인 지금은 선임들의 강의 시간이다. 오늘 저녁 식사 이후에 있을 자신들의 강의 시간을 위해 두 사람은 예습용 교재를 봤다. 의자만 크레나의 방에서 가져온, 말린 꽃이나 장식품이 배치되어 우아한 앙쥬의 방.

얼마 전까지 과제도 빼먹곤 했던 크레나로서는 예습 시점에서 이미 고생이다.

이렇게 될 줄 알았으면 무섭다고 하지 말고 더 착실히 과제도 자습도 할 걸. 한 달 전까지의 자신에게 크레나는 그렇게 투덜거렸다. 전쟁이 이렇게 정신없는 상황이 된 뒤에, 시간이 아무리 많아도 부족한 상황이 된 뒤에야 허둥대는 꼴이 되다니.

뱅뱅 도는 머리의 템포에 맞춰서 빙글빙글 펜을 돌렸더니, 앙쥬가 쓴웃음을 지었다.

"역시 먼저 기초교본을 다시 읽는 편이 좋을 거야."

"끄응……. 그럴지도 몰라. 시간이 없다고 생각했지만 역시 안 되려나……."

예습 자료를 일단 덮고 기초교본의 파일을 불러냈다. 정말로 군대답게 딱딱하고 멋대가리 없는 표지의 화면에 반사적으로 거부감이 들지만, 꾹 참고 열었다.

그대로 눈썹을 찌푸리고 해당 항목을 읽는 크레나에게, 앙쥬는 이야기를 되돌렸다.

"특별강습도, 바쁘게 있으면 잡생각이 들지 않는다는 배려가 있을지도. 하지만."

"응. 너무 생각하지 않는 것도, 모른 척하기만 해도 안 되고, 그렇다고 너무 신경을 흩으려고 정신없이 구는 것도 안 된다는 거지?"

그렇게 서로 말하다가.

두 사람은 동시에 탄식했다.

"레나……."

"괜찮으려나."

일단 지금은 군복 차림이지만, 옆에 있는 트렁크 안에는 사복이 있다. 더불어서 자질구레한 일용품과 시집이 약간. 업무와 관련된 것은 일절 없음. 추가로 티피를 위한 이동장.

그것들을 옆에 두고 축 어깨를 늘어뜨리며 레나는 말했다.

"미안해요……."

"아니. 오히려 너무 무리하기 전에 알아차려서 다행이야."

수송기를 기다리는 뤼스트카머 기지 부속의 비행장이다. 야옹야옹 울며 뭔가 호소하는 티피의 이동장을 한 손으로 들고 신은 살짝 고개를 내저었다.

그리고 눈썹을 늘어뜨리며 고개 숙인, 다소 핏기가 부족한 얼굴을 가만히 바라보면서 말을 이었다.

"휴가라고 해도 갑자기 마음을 비우기란 어려울지도 모르지만, 쉬는 것도 일이라고 생각하니까."

"눈앞에서 고향이 멸망한 데다가, 그렇게 수많은 사람이 불에 타고 총에 맞아 죽는 걸 보는 건 힘들었겠지. 우리도 마음이 편치 않았으니까."

"응……. 지금도 생각하면 속이 거북해."

입술을 다물며 크레나는 끄덕였다. 총부리 앞에서 장난감처럼 죽어가는 수많은 사람—— 총부리 앞에서 장난감처럼 죽어간 아버지와 어머니.

공화국에서의 전투와 그 후의 철수 동안에는 괜찮았다. 떠올리지도 않았다.

전투에, 행군 동안의 주변 경계에 의식을 집중하고 있었으니까, 부모님의 죽음의 기억이 되살아날 여지는 전혀 없었다.

하지만 뤼스트카머 기지에—— 어느새 돌아올 장소가, 마음 편한 장소가 된 기지에 돌아와서 자기 방에서 한숨 돌리고 마음이 풀어지자 갑작스럽게 기억 속 오랜 상처가 얼굴을 내밀었다.

부모님의 죽음을 꿈에서 보고 깨어났다.

비명에 놀란 옆방의, 같은 소대의 소녀가 달려올 정도로 그것은 끔찍한 악몽이었다.

——저기, 크레나, 괜찮아?!

얼어붙은 크레나는 그 말에 대답하지 못했고. 걱정한 소녀가 코코아를 타 주어서——포트 정도는 각 방에 있다——그걸 마시고야 간신히 진정했는데.

그런 일이 며칠이나 이어졌다.

잠드는 게 무서워지고, 나아가 아예 잠들 수도 없어지는 바람에 걱정이 되어 의무반에 이야기해 볼까 했지만, 다행히 며칠 만에 악몽은 가라앉았다.

그러니까 지금은 괜찮지만.

"죽는 모습은 역시 보고 싶지 않았으니까. 알드레히트 중위도, 우리가 모르는 사람들도, 그러고 싶을 정도로 괴로웠다는 걸 아는 것도."

"그래……."

자신들과 같은 에이티식스가 그 정도로 증오에 물든 모습을 보는 것도. 사람이 괴로워하며 무참히 죽어가는 모습을 보는 것도.

사람이 괴로워하는 것은, 죽는 것은, 보기 괴롭다. 그게 자기 일이 아니더라도 괴롭다.

정말로 괴롭다. 참혹한 사체도, 채 죽지 못하는 고통도 익히 보았을 에이티식스조차도 몇몇 사람은 작전 후의 심리상담 결과 일시적 휴양 조치를 받았을 정도로.

하물며 레나는 에이티식스의 여왕이지만, 공화국은 고향이며 그 시민은 동포다.

"신 군이 근처에 있어서 바로 알아차린 게 불행 중 다행이야. 레나가 밥도 못 먹고 있었다니."

혹시나 싶어서 페르슈만 소위에게 물어봐 제대로 잠도 못 자는 모양이라는 확인을 받고.

레나 본인은 그 성격상 분명 무리할 거라며 그레테에게 보고해서 정신과 상담을 받게 했다.

그 결과 레나에게는 한 달 정도 군무를 떠나 휴양해야 한다는 진단이 나왔고── 그 요양지로 떠나는 게 오늘의 수송편이다.

그 진단을 들은 레나는 몹시 충격받은 기색을 보였고, 그 뒤에는 왠지 미안하다는 듯이 풀이 죽어 지냈다.

그로부터 며칠이 지나 출발 직전인 현재도, 역시나 아직 풀이 죽어 어깨를 늘어뜨린 모습이다.

"더스틴도 아네트도 괜찮은데…… 나만 이렇게……."

"더스틴도 전투는 삼가는 편이 좋다는 보고를 받았잖아. 그러니까 다음 작전에는 녀석도 데려가지 않아. 리타라면 전장에 나가지도 않았으니까."

레나는 볼을 불룩거렸다.

"아네트예요, 신."

신은 가볍게 웃음을 흘렸다.

"그 정도는 괜찮잖아."

"안 됩니다. 아네트."

"알았어, 아네트. 그래, 그런 식이야, 레나."

그렇게 말하자 레나는 간신히 살짝 웃음을 보였다.

"예."

그리고 억지로 기운을 복돋우듯이 손뼉을 치더니 상반신을 불쑥 내밀었다.

"목장과 체험 교실이 병설된 군 요양소라고 해요. 이 기회에 이것저것 접해 보고 오겠습니다. 승마도 할 수 있을지 모르고요! 신은 말을 탈 줄 아나요?"

"말은 타 본 적이 없군……. 오토바이 정도라면 훈련의 일환으로 면허를 땄지만."

오토바이는 정찰에, 자동차는 수송 등에 쓰이기도 하니까, 다각기갑병기 조종사(펠드레스 오퍼레이터)라고 해도 이론 교육과 간단한 강습 정도는 받게 한다.

아무리 그래도 대형 트럭 같은 것은 다룰 수 없고, 실제로 군에서는 의장병과 극히 일부 지역의 정찰병 정도만 쓰는 군마 쪽도 마찬가지지만.

신은 놀리듯이 가볍게 웃었다.

"하지만 레나는 그 전에 달걀을 깰 수 있어야 하지 않을까."

"이미 할 수 있어요! 알고 있잖아요, 선택 과목은 똑같이 요리였으니까요!"

휴가를 겸해서 포트라피데 시에 병설된 학교에 다녔을 때의 일이다.

기동타격군 설립 때보다도 수강자가 늘어난 그 교실에서 레나는 달걀을 깨뜨리는 데에 망치가 필요 없다고 배웠고, 신은 매뉴얼만 따르면 나름 맛있는 것을 만들 수 있다는 사실이 발각되었다.

따른다면 말이지.

페르슈만 소위가 다가와서 담담히 말했다. 뒤쪽으로 모아 묶은 빨강머리에 녹색 눈동자. 깡마른 체구에 은테 안경, 꼿꼿하게 편 등.

"말은 얌전한 것을 고르도록 진언하겠습니다. 그리고 요양소의 관리인은 오믈렛이 특기 요리라는 모양이니까, 만드는 법도 배우도록 하시죠. 눈을 떼기만 하면 노른자를 잘 섞는 것도 빼먹는 어디의 대위야 금방 따라잡을 수 있을 겁니다."

너무 놀리지 말라는 듯이 째려보는 시선에 신은 두 손을 들었다. 아직 조금 무리하는 기색이긴 하지만 레나가 또 웃었다.

"재미있겠네요."

"예. 바캉스입니다, 대령님. 잘 다녀오세요."

"예."

"——좋겠네, 레나. 바캉스라니."
"정말로 그렇게 생각해?"
"설마."
식당의 천장을 올려다보면서 말해보았다니, 대각선 맞은편 자리에 있는 미카가 얼굴을 손으로 짚은 채로 대답했다. 물론 진심으로 부럽다고 여기는 것도 아니었기에 리토는 담담히 대답했다.
자기라면 동료를 두고 후방에 가는 건 절대로 싫을 것이다. 그러니까 레나도 그렇게 생각하겠지. 무엇보다도 신만 전장에 두고 떨어지고 싶지 않을 것이다.
"우리도 지금은 쉬어야만 한다면서 억지로 쉬고 있긴 하지만. 왠지 마음이 불안해."
뭔가 해야만 할 것 같다고 할까. 아무것도 안 하면 불안해서 견딜 수 없다고 할까.
하지만 뭘 하든 제대로 안 될 것 같으니 어떻게 해야 좋을 줄 모르겠다고 할까.
미치히가 말했다.
"초조하고 혼란스러우니까…… 잘 쉬어야 하는 거지요."
갈등이나 초조함을 삼키기 위한. 혹은 해소하기 위한 휴식 시간을 가지라는 말이다.
"다쳤으면 푹 자라는 거랑 같은가."

"자고 있어도 된다는 건 사치스러운 일이네."

어느 전대도 항상 정원 이하였던 86구에서는 부상자나 환자라고 해도 전력이 되어야 하는 일이 많았다. 정신적 상처를 참작해 줄 여유는 아예 없었다.

시덴이 힐끗 테이블 구석의 자리를 바라보았다.

"뭐, 클로드도 잘됐잖아. 이게 기회가 되어서 형과 아버지를 찾았다며."

"클로드는 무지 화내던데."

"그야 그건 누구든 화내겠지요……."

형이라고 밝히지 않은 채로 지휘관제관(핸들러)으로서 클로드의 전대 지휘를 맡았고, 제1차 대공세 이전부터 지각동조(패러레이드) 너머로 함께 싸웠던, 하지만 대공세 후에는 찾을 수 없었던 이복형제.

볼 면목이 없다면서 여태까지 모습을 감추었던 그 형이, 공화국이 완전히 멸망한 이 상황에서는 아무래도 걱정할 거라면서 의용병 지원과 함께 간신히 나타난 것이다.

당연하지만 그 정체를 알아차리지도 못한 채로 전사했을지도 모르는 그 형을 걱정해서 대공세 이후로 계속 찾았던 클로드는 그 반동으로 화냈다. 정말로 제대로 화냈다.

연방군이 처음에 준비해 준 면회는 클로드가 너무 화내서 건잡을 수 없었기에 연기했다. 펄펄 뛰는 그를 토르와 그레테와 노부인과 신부님이 다독여서 간신히 면회가 성사되었지만, 역시나 그 자리에서도 지금 와서 뭐 하자는 거냐, 이 망할 형. 무슨 낯짝으로 나타났냐 등등의 말을 클로드가 실컷 쏟아냈다.
클로드는 그 시선 앞에서 순식간에 기분이 상한 기색이었다.
형 이야기가 나오기만 해도 부아가 치미는 모양이다.
"뭐, 그 망할 형 덕분에 딴생각도 안 들지만."
그 옆에서 토르가 힘없이 말했다.
"나도 그래."
가장 오래된 전우인 그도 여태까지 본 적 없을 정도의 험악한 표정으로 미쳐 날뛰는 클로드의 곁에서 계속 달래주었으니까 지칠 만도 하다.
지치긴 했지만, 그 말처럼 딴생각도 들지 않았다.
공화국 시민의 학살. 〈양치기〉로 변한 동포의 증오. 공화국 사람들의 부조리한 반감. 그런 것들에 쓸데없는 고민을 품을 틈은 클로드에게 없었고, 토르에게도 없었다.
조국을 잃은 신부님과 노부인이 두 사람을 열심히 돌봐준 것도 어쩌면.
"하지만 클로드. 슬슬 형을 용서해 줘. 그러다가 선을 넘을 것 같고, 혹시 형이나 너한테 무슨 일이라도 생기면 남은 쪽이 무척 후회할 테니까."
클로드는 안경 너머로 보이는 눈을 가늘게 떴다.
"시끄러워. 나도 알아……. 다음에는 잘 이야기할 거야."
그리고 은백색 눈을 리토에게 돌렸다.
"딴생각 소리가 나와서 말인데, 리토, 넌 사실 아직 힘들 거잖아. 바람이라도 쐬는 게 좋지 않아?"

그 말에 리토는 흠칫했다. 알드레히트를 보내준 일을 말하는 거겠지.

"아, 아니…… 난 괜찮은데."

그 자리에 있는 모두가 동시에 말했다. 시덴과 미카와 미치히와 토르.

"무리하지 말라고."

"네가 없앤 〈양치기〉. 예전 지인이었잖아."

"괜히 속으로 앓고 있다간 나중에 고생하니까 레나도 휴가를 가는 겁니다."

"힘들면 얌전히 쉬어. 아니면 클로드가 말한 것처럼 바람이라도 쐬든가."

잠시 생각한 뒤에 리토는 대답했다.

"음……. 알았어. 그러면 내일 휴가와 외출 허가를 받아올게. 멍하니 산책을 겸해서 도서관에 가서 이상한 책이라도 찾고, 카페에서 케이크를 잔뜩 먹고 올게."

"어라, 도서관 열었어?"

"관장 할아버지랑 사모님은 남아서 열고 있어. 대출도 일단 계속하고 있고, 영화관 대신 영상 매체를 틀거나 전투속령민 아이에게 책을 읽어 주는 모임도 한다고."

"기지에서도 식당과 PX 직원이 뭔가 기획하고 있지. 기분 전환이라면 거기 참가하는 것도 좋아."

레나를 태운 수송기는 출발한 모양이다. 배웅을 나갔던 신이 들어오면서 말했다. 이어서 강습에서 돌아온 라이덴과 왠지 지친 기색인 크레나와 상쾌한 얼굴의 앙쥬도.
“일단은 조금 늦었지만, 다음 파견 전에 파티를 한다는 모양이다. 위로회와 핼러윈을 겸해서.”
리토가 눈을 번쩍 뜨고 반응했다. 식당이나 PX 직원은 대부분이 군무원이지 군인이 아니다. 전선이 후퇴하고 이전보다 전장에 훨씬 가까워진 이 기지에 있는 게 무섭지 않을 리가 없지만, 그렇게 사기 유지에 협력해 주고 있다. 그 마음 씀씀이에 응하기 위해서라도.
“좋네요. 재밌을 것 같아서! 대장은 그거죠? 저승사자 분장을 해야죠!”
“아쉽게도 분장은 임의다. 나는 안 해.”
“아니, 그럴 때는 좀 하라고, 신. 분위기를 띄워야지.”
“웃을 수 없게 되면 지는 거야.”
“이왕이면 쿠조 군이 말했던 달맞이도 하자.”
잔소리하는 라이덴에게 편승해서 크레나와 앙쥬도 웃었다. 익숙지 않은 단어에 클로드가 반응했다.
“달맞이라는 건 뭐야?”
“월병 만드는 겁니까?”
이어서 미치히가 고개를 갸웃거렸다. “월병?”이라며 모두가 놀란 듯이 중얼거렸다.

“더스틴, 지금 괜찮아? 다음 상영회의 작품 요청 목록을, 정리해서 가져왔는데.”

“아, 고마워.”

식당으로 가는 도중에 마르셀이 말을 걸었고, 그가 내민 메모장을 더스틴은 감사의 말과 함께 받았다.

정신과 심리상담에서 요주의 진단이 나온 더스틴은 다음 작전에 참가하지 않는다. 전투 훈련도 받지 말라고 해서 머리는 몰라도 몸은 한가해졌다. 그래서 한동안 영화 상영회를 기획해 주최하고 있었다.

그날마다 액션, 연애 등의 장르를 정하고, 빈 회의실에 접이식 의자를 늘어놓고 실내를 어둡게 해 영화관 분위기를 냈다. 이야기를 들은 올리비아 등 맹약동맹에서 온 파견부대원이 PX 직원과 협력해 팝콘과 탄산음료 가게도 만들어 주었다.

매번 제법 성황이었다. 더스틴으로서는 ‘그 전투 후에 그런 걸 봐도 괜찮아?’ 싶어도 일부 프로세서가 열렬히 요망한 스플래터 축제는 아무래도 힘들어서 보고 싶어 한 사람들과 비카에게 맡겼지만. 그대로 비카도 보았던 모양이고.

그리고 더스틴의 걱정과 상관없이 스플래터 축제 참가자는 잘 익은 토마토처럼 터지는 이것이나 저것이 날아다니는 영상에 낄낄 웃으면서 신이 났다든가.

뭐.

그건 그거대로 스트레스 해소일 거라고 더스틴은 생각했다.

연방 서부전선은 기동타격군 발족 때보다도, 2년 전에 신 일행 다섯 명이 보호되었을 때보다도, 더 이전으로 전선이 되돌아갔다. 거의 패주와 같았던 공화국 구원 작전을 마지막으로 에이티 식스들은 이 기지에 계속 잔류한 상태다.

비카의 조국인 연합왕국의 전선은 한 달 동안 후퇴를 계속했다. 통신은 끊기지 않아서 그 부왕이나 형님의 무사함은 확인되었지만. 보아하니 전선으로 바뀐 남부의 농지도 수확을 포기해야만 할 것 같은데, 이번 겨울을 넘긴 이후에는 정말 어떻게 될지 알 수 없다.

더스틴도 이 기획 때문에 정신없이 돌아다닌 덕분에 딴생각을 하지 않을 수 있었다.

더불어서 기획자의 권한으로 앙쥬가 보고 싶어 했던 연애 영화에 특등석을 마련해 주거나, 자신도 나란히 앉아 보기도 하고. 자이샤나 아네트에게는 쓰레기를 보는 시선을 받았지만.

그러고 보면.

"어이, 마르셀. 요 며칠 아네트를 못 본 것 같은데. 넌 봤어?"

그 말에 마르셀은 생각에 잠겼다.

"그러고 보니 나도 못 봤네. 어디 갔지?"

현 배치 지역인 연방 수도 장크트 예데르 교외의 기지. 소집되어 훈련받는 예비역들로 한 달 전보다 사람이 제법 많아진 그 복도를 연수 자료를 들고서 새로운 동료들과 함께 걷던 세오는 시야 구석을 지나간 은백색에 발을 멈추고 돌아보았다.

"왜 그래, 세오?"

"아, 아니. 아는 사람이 있었던 것 같아서……."

같았다 정도가 아니라, 다시 돌아보니 역시나 아는 얼굴이었다.

쇳빛 군복의 연방군 사이에 있으니까 군청색 군복과 군인답지 않은 가녀린 모습이 눈에 띈다. 여태까지 세오가 본 적도 없이 험악하고 삼엄한 얼굴로 걸어가는 것은…….

"아네트……?"

왜 저 사람이 이런 곳에?

점심시간이 되기 조금 전에 더스틴과 마르셀도 와서 제1식당에서는 평소와 같은 시끌벅적한 점심 식사가 시작되었는데도 아네트의 모습이 보이지 않는다.

집무를 일단락한 뒤에 온 그레테와 그 부관은 식당이 붐비기 시작할 무렵에 들어왔기에, 신은 가볍게 손을 들어서 빈자리가 두 군데 있다고 알렸다. 라이덴과 함께 의자를 당겨준 옆에서 토르와 클로드가 지친 기색인 두 사람의 식판을 대신 받으러 갔다.

"고마워."

"아뇨. 대령님, 아네트를 못 보셨습니까? 전송 때도 오지 않았습니다만."

대수롭지 않게 물은 신에게 그레테와 부관은 잠시 침묵했다.

"일이 있어서 장크트 예데르에 갔어. 에이티식스 아이들을 만나러 갔거든. 아직 전장에 나갈 나이가 아니었던 어린아이들을."

묘한 침묵이 흘렀다.

라이덴이, 앙쥬와 크레나가, 시덴도 리토도 미치히도 곤혹스러운 표정으로 그레테를 보았다.

신 또한 의아한 눈치로 그레테를 바라보았다. 대체 무슨 소리를 하는 걸까.

"그런 아이는 86구에 더 없었겠죠."

언제였더라. 아직 얼굴도 모르는 레나에게 말했다.

――그렇다면 에이티식스는? 얼마나 더 남아있습니까?

――우리보다 두세 살 아래의 애들이 마지막이겠죠. 강제수용 이후 에이티식스는 인구의 재생산이 되지 않았고, 수용 당초 젖먹이였던 이는 태반이 죽었으니까요.

제대로 된 의료가 없는 86구에서 보호자를 잃은 젖먹이는 첫 겨울도 넘기지 못했다. 극히 일부의 생존자도 그랑 뮬 안으로 팔려가서 돌아오지 않았다.

신의 세 살 아래, 리토나 그 동갑내기들이 살아남은 최연소 세대다. 10대 초반에 전장을 밟는 86구에서는 싸워야 하는 나이인 것이다.

싸울 수 없을 정도로 나이 어린 이들은 86구에 이미 없다.

"그래. 당신들 인식으로는 역시 그런가 보네."

크레테는 작게 탄식했다.

"하지만 실제로는 있었어. 함께 보호된 프로세서 아이들은 어린애들이 살아남았을 리 없다고 신기하게 여겼고, 생존하지 못할 정도로 수용소 환경은 혹독했다고 프로세서들은 말했지만. 그래도 살아남은 애들이 몇 명은 있을 거라고, 연방에서는 생각했어."

그 정도로 86구의 강제수용소의 혹독함을 제대로 이해하지 못했다.

거기서 살았던 모두가 젖먹이는 살아남았을 리가 없다고 생각할 정도인 그 환경.

——싸울 수 없는 아이와 싸울 수 없어진 아이, 싸우고 싶지 않아진 아이가 빠졌어.

연방에 보호된 에이티식스 중, 전장에 나가기에는 너무 어렸던 아이와 전투에서 장애가 생긴 자, 연방에서의 종군을 희망하지 않았던 자는 시설이나 연방에서의 보호자 밑에 들어갔다.

존재하지 않을 터인 어린애는 분명히 보호되어서 연방 내부로 받아들여졌다.

그레테의 보라색 눈동자는 혐오의 색채가 짙게 떠올랐다.

"병이나 추위로 죽지 않았던 어린애들은 팔려 간 거야. 공화국의 벽 안으로."

장크트 예데르에 있는 '새로운 부모님' 의 집은 크고 깨끗해서, 비좁고 조악한 강제수용소 건물에 익숙한 어린 그에게는 마음 편치 않았다.

강제수용소로 돌아가기 전, 철들기 전에 키워졌던 커다랗고 깨끗한 저택을, 크고 깨끗한 이 집은 아무래도 떠올리게 하니까 무섭고 마음이 편치 않다.

두렵고 무서워서, 하지만 그런 걸 얼굴에 드러내면 크게 야단맞을 테니까 웃었더니, 새로운 부모님도 만족한 모양이었다.
'주인님' 이 계속 그러라고 시킨 대로.
주인님에게 필사적으로 미소를 보여주었던 것처럼.
머리 뒤에서, 목덜미 근처가 찡하게 열기를 띠었다.

[——더러운 새끼돼지.]

누군가의, 이 집에 없을 터인 누군가의 목소리가 귓속에 울려서 그는 얼어붙었다.
그 커다랗고 깨끗한 저택의, 주인님의 저택의, 좁고 추운 우리 안에 그는 또다시 되돌아가게 된다.
[더러운 새끼돼지. 나의 귀엽고 더러운 새끼돼지. 너는 뭐냐? 자기 입으로 말해 봐라.]
커다랗고 깨끗한 저택의, 좁고 추운 감옥 안에서, 새겨졌던 그 주문.
"저는 주인님의 밑에서 행복한, 더러운 새끼 수퇘지입니다."
그렇게 대답해야만 한다.
질문을 받으면 바로, 정확하게 그렇게 대답해야만 한다.
그러지 않으면 심한 꾸중을 들으니까.
채찍을 맞거나, 찬물에 던져지거나, 여동생들처럼 살해되니까.
그렇게 대답해도 역시나 심한 꼴은 당하지만…….
여동생들은 모두 죽었고. 그 혼자 남고 얼마 지난 뒤에 너도 필요 없다는 말과 함께 강제수용소로 돌려보내져서.

〈레기온〉의 대공세로 공화국은 패하고, 이번에는 연방군이 강제수용소에서 꺼내 줘서. 아직 어리다는 이유로 그는 이 새로운 집에 보내졌고. 하지만.

[좋아. 그러면, 다음 명령이다.]

또 주인님이 명령한다.

이 집에 거두어진 뒤로 주인님이 또 명령하게 되었다.

그 저택과 달리 목소리뿐이다. 주인님은 그 앞에 모습을 보이지 않는다. 나타나지 않는 채로 그에게 명령한다. 아버지에게 이 정보를 캐내라. 그 부대의 이야기를 듣고 싶다고 아버지에게 매달려라.

에이티식스의 부상자들을 병문안 가서 이야기를 들어라.

목소리뿐이다——. 명령하는 주인님은 지금도, 여태까지도 그 앞에 나타나지 않는다.

하지만 어렸을 적 강제수용소에서 공화국 안으로 팔려 가서. 철들기 전부터 공포만을 주입당하고 지배당해.

거슬러선 안 된다고 뼛속까지 각인되어서, 그러니까 자신은 지금 주인의 지배하에 있지 않다고. 연방이 보호하는 자신을 주인은 이미 건드릴 수도 없다고. 그는 깨달을 수 없다.

명령받았으니까 따라야만 한다고. 그 생각밖에 허락받지 않았으니까, 지금은 따르는 것밖에 생각할 수 없다.

"말씀하시길. 뭐든지 하겠습니다."

그 말밖에 허락되지 않는다.

[착하구나. 그러면…….]

주인이 말한다. 과거에 그와 여동생들을 길렀던 주인과는 다른 목소리다. 다른 사람이다.

하지만 명령하고 따르라고 말하니까 이 사람 또한 주인님이다.

따라야 한다.

따라야 한다.

따라야 한다.

따라야 한다.

명령받으면 전부, 무서운 일이라도 아픈 일이라도, 뭐든지 반드시 따라야 한다.

[평소처럼 아버지에게 알아내라. 에이티식스들은 다음에 어느 전장에 가지?]

토마 하티스는 장크트 예데르의 국군 본부에 근무하는 군수장교다.

전선 전체가 후퇴한 제2차 대공세 이후로 그도 바쁜 나날을 보냈지만, 오늘은 오랜만의 귀중한 휴일이다. 느긋하게 일어나서 늦은 아침 식사를 하고, 아내가 내려준 커피를 마시면서 다 읽은 책을 다시금 처음부터 뒤적거렸다.

오후에는 아내와 어린 아들과 함께, 아직 이르긴 하지만 성탄절 준비를 위해 쇼핑하러 외출할 예정이다. 토마의 친자식은 딸만 둘이라서 모두 시집을 갔고, 아들은 1년 전에 입양한 양자다. 공화국에서 구출된 에이티식스, 그중에서도 가장 어렸던 아이.

입양한 날부터 계속 거짓 웃음을 짓던 아이다. 뭔가를 계속 두려워하는 아이다.

너무나도 힘든 일을 겪었던 거라고 이해는 하지만, 무슨 일이 있었냐고 묻지는 않았다. 그걸 떠올리고 말하는 것만으로도 상처가 된다. 아직 어리고 겁먹은 아이에게 그런 무리는 시키고 싶지 않았다.

현관문을 날카롭게 두드리는 소리가 들렸다.

"누구지?"

"손님이려나?"

하티스 가는 제국 귀족 중에서 말석인 세습 기사 계급으로, 제국이 연방으로 바뀔 때 작위와 영지를 잃었지만, 약간의 재산과 수도의 작은 저택은 남았다. 세 가족이 살기에는 충분하고 남을 만큼 넓은 집의 복도를 걸어 토마는 현관홀로 향했다.

"토마 하티스 대령이십니까?"

문을 열자, 토마에게는 낯익은 연방군의 쇳빛 군복, 하지만 낯선 얼굴의 무리였다.

완장은 MP 문자를 도안으로 만든 것. 헌병이다. 군사 경찰을 담당하는 그들이 왜 군 기지 내부에 있는 것도 아닌 토마의 집에?

"맞는데. 무슨……."

"실례합니다."

부대장인 듯한 장교가 부드러운 거동으로, 하지만 단호하게 토마를 밀어젖히고 안으로 들어갔다. 무슨 일인가 싶어 얼굴을 내민 아내를 이어서 대원이 마찬가지로 제압했다.

거실까지 들어간 헌병대장이 소리도 없이 무릎을 꿇었다. 거실의 소파 위, 심상찮은 일에 완전히 굳어버린 어린 아들의 눈앞에서.

"렌 하티스. 이 집에 입양되기 전의 이름은 렌 카요우 맞지?"

"예……."

"확인해."

뒤에 있는 헌병이 소년을 세우고 난폭하진 않지만 거부할 수 없는 움직임으로 뒤로 돌려세웠다. 계속되는 무례, 그것도 어린 아들에 대한 행위에 토마는 안색을 바꾸었다.

"무슨 짓을?!"

다그치려고 했지만, 다른 두 헌병이 앞을 가로막았다. 또각 하고 힐 소리를 내면서, 열려 있는 현관문 뒤에서 가녀린 체격의 소녀가 들어왔다.

은백색 짧은 머리와 같은 색의 두 눈동자. 멋스러운 볼레로와 스커트 차림인, 낯선 군청색 군복.

멋스러운 군청색의, 공화국의 군복.

그 군복에, 머리와 눈동자의 은백색에. 아들의 앳된 얼굴이 이 이상 없을 정도로 공포로 물들었다.

"히익……!"

아네트는 소년의 그런 반응에 얼굴을 찌푸렸지만, 뿌리치듯이 말했다.

제압된 어린 에이티식스의 머리 뒤, 가녀린 목덜미를 손가락으로 가리키고.

"여기야. 스캔해."

가져온 간이 스캔 장치를 헌병이 기동해 내밀었다. 10여 년에 걸친 〈레기온〉 전쟁에서 연마된 연방군의 전장 의료 기술, 그것을 지탱하는 위생병의 장비.

골절 부위를, 몸에 남은 총탄이나 포탄 파편을 빠르게 발견하기 위한 장치가.

레이드 디바이스의 검출을 의미하는 표시와 전자음을 울렸다.

서방 방면군 통합사령부의 대회의실에서, 서방 방면군 참모장 빌렘 에렌프리트는 보고를 다 받은 지각동조를 끊고 고개를 들었다. 줄줄이 모인 서방 방면군의 장성들.

"확인했다. 장크트 예데르의 〈도청기〉는 제거했습니다."

†

"정보 누설은 지각동조에 의한 것이 아니라고 보고했을 겁니다. 에렌프리트 참모장님."

"그건 들었다. 하지만 과연 그럴까? 앙리에타 펜로즈."

의아함과 미심쩍음을 숨기지도 않는 아네트에게 빌렘 참모장은 말을 이었다. 기동타격군은 선단국군에 파견되어서 부재중인 뤼스트카머 기지. 밤중에 아네트의 집무실에서.

기동타격군의 파견지를 알고 정확히 노리는 〈레기온〉의 일련의 동향.

공화국이 그 정보를 누설하고 있다고 빌렘은 이미 확신하고 있다. 맹약동맹에 기동타격군을 쫓아 나타나는 바람에 그 가능성을 알려준 공화국 군인.

비밀리에 쫓아가서 신변을 파악하니, 심문할 것도 없이 알 수 있었다. 아무리 그래도 〈레기온〉과 내통하는 것은 아니라서 부주의하게 무선 통신을 하다가 감청되었을 뿐인 모양이지만.

남은 건 연방의 어디서 누설되었는가. 그리고 그 수단이다.

작전 중의 지각동조는 원인이 아니겠지만.

"레이드 디바이스는 공화국군이 개발, 운용하고, 그것을 연방군이 모방했다. 지각동조는 군이, 군인만이 운용하는 기술이었다. 그 인식이 잘못된 것 아닌가?"

"그게 무슨……."

"거리나 장해물과도 관계없이 오감을 남과 공유한다. 그 정도의 기술이 전장에서의 통신에만 쓰일 리가 없지. 운용할 곳은 달리 얼마든지 있겠지."

이를테면 포섭한 일부 수용자를 통한 강제수용소의 감시.

이를테면 사람이 죽는 전염병의 경과를 안전하고 상세하게 관찰하는 인체 실험장.

강제수용소에서의 '인간' 사냥을 자극적인 쇼로 지켜보는 것까지도.

"어느 쪽이든 상관없겠지. 어차피 공화국인에게 에이티식스는 인권이 없는 열등종, 인간형 가축이니까. 아, 미안하군. 자네에게 비아냥거린 것은 아니야."

순식간에 안색이 창백해지는 아네트를, 말과는 달리 미소 한 점 없는 냉철한 검은 눈으로 바라다보며 빌렘은 말했다. 실제로 비아냥거린 건 아니었다. 하물며 나무랄 생각은 전혀 없다.

눈앞의 앙리에타 펜로즈는 아직 나이도 얼마 안 되는 소녀지만 소령의 지위에 있는 군인으로, 백안시당할 것을 알면서 연방 파견을 지원한 인간이다.

현실을 그대로 받아들이지 못하는, 연약한 아가씨로 대접하는 것은 오히려 실례다.

"군에서의 용도와는 다른 목적으로, 아마도 부정하게 시술된, 공화국군이 표면적으로는 파악하지 못한 레이드 디바이스. 그 가능성이 있다면 자네가 추적할 수 있을까? 혹은 불가능하다고 판단할 만한 기술적인 조건이 있을까?"

창백해지고 얼어붙은 것은 극히 짧은 시간.

빌렘이 바라보는 앞에서, 그가 그렇게 예상했듯이. 아네트는 평정을 되찾았다.

백은색 눈동자가 생각에 잠겼다. 검토를 방해하는 상식과 윤리를, 이번에는 불필요한 죄악감을 제거하고 머리를 고속으로 회전시켰다.

"그렇군요. 있을 수 없는 이야기는 아닙니다. 기술적으로는 가능합니다."

전장 밖에 레이드 디바이스가 존재하는 것도. 그것을 도청기로 이용하는 것도.

고개를 끄덕인 뒤 아네트는 고개를 들었다. 딱딱하게 빛나는 은백색 눈동자.

"알겠습니다, 에렌프리트 참모장님. 일단은 연구실의 과거 자료를 뒤지겠습니다. 레이드 디바이스의 수상한 출납이나 조정 작업의 기록이 있으면 거기서부터 추적할 수 있을 테니까요."

†

"라저. 공화국 측의 수신자도 체포한 모양입니다. 협력에 감사드립니다, 펜로즈 소령."

보고에 고개를 끄덕인 뒤 지각동조를 끊은 헌병대장은 아네트에게 고개 숙였다. 돌아온 장크트 예데르의 기지, 부하를 입구에 세워두어 출입을 막은 회의실.

검거한 에이티식스 아이들에게는 하나 같이 레이드 디바이스가 확인되었다. 그것은 과거 공화국 86구에서 사용된 것과 같은 물건이었다.

86구의 전장에서 〈저거노트〉의 정보처리장치(프로세서)로서 레이드 디바이스가 삽입되었던 소년병들은 보호될 때 그것을 확인하고 모두 적출했지만.

"수용소에 있었든가, 전장에 나갈 나이가 아니니까 검사하지 않았던 거겠지요. 설마 저런 아이들에게 레이드 디바이스를 박아서 도청기로 써먹다니."

군에서 부대나 병력 배치, 가동 상황은 기밀이다.

하물며 〈레기온〉 지배영역 깊은 곳으로 돌격하는 매우 높은 수준의 기밀 임무에 종사하는 기동타격군은 특히나 신중하게 그 동정을 숨겨야 하는 부대다. 파견처나 임무 내용을 알 수 있는 신분이라고 해도 가족이나 동료가 그 상대라도 입 밖에 내선 안 된다.

그렇긴 해도 긴장이 풀어지는 자택에서, 가족 앞에서 입이 열리는 사람이 없지는 않다.

이야기를 듣고 싶어 하는 게 어린아이라면 더더욱 긴장도 흐려지겠지. 그 아이가 박해에서 구출된 에이티식스 아이라면, 같은 에이티식스 형, 누나들이 어떻게 지내고 활약하는지 오히려 가르쳐 주고 싶어 하는 사람도 있을 수 있다.

"에이티식스의 보호자는 옛 귀족이나 정부 고관들입니다. 정보원으로서는 정말 안성맞춤이겠지만…… 상류 계급의 책무로서 그들이 후견자가 되리라고 예측하고. 에이티식스가 보호받을 때까지의 단기간에 우리 눈을 피해서 레이드 디바이스를 이식하다니. 주도한 자는 참 무도하긴 하지만 유능한 모양이로군요."

에이티식스를 통해 누설되고 있음을 의심하면서도 실제로 검거할 때까지 시간이 걸린 것도 보호자가 권력자였기 때문이다. 증거 하나도 없이 귀족 고관이 보호하는 자를 구속할 수는 없다.

하지만 아네트의 시선은 차가웠다.

"으음……. 그게 아니야. 그렇게 똑똑한 이야기가 아니라."

명확히 혐오가 깃든 목소리에 헌병대장은 아네트를 바라보았다. 그가 보자면 나이 차이 많은 동생뻘인 소녀 장교.

그 하얀 얼굴이 심하게 일그러졌다.

"단순히 애초부터 아이에게 레이드 디바이스를 이식한 것을 재이용한 거야. 한 차례 질려서 버린 '장난감' 을."

날카롭게. 험악하게. 은백색 눈이 일그러졌다.

지각동조는 통신에 이용되는 청각만이 아니라 오감 전체의 동조가 가능하다.

청각이나 시각이라면 군에서도 쓸모가 있지만, 다른 건 쓸모가 없으니까 쓰이지 않지만, 후각이나 미각이나 촉각의 동조도 설정에 따라서는 가능하다.

얼굴을 맞대고 이야기하는 정도의 감정의 공유도.

그것을. 악용해서.

아네트는 이를 뿌득 갈았다. 잘도 이런 짓을.

부끄러운 줄도 모르는—— 짓을.

"86구에서 데려온 어린아이에게 레이드 디바이스를 이식해서 가지고 논 거야. 고통을 주고, 강간하고, 죽이기도 하면서, 당하는 쪽의 감각과 감정을 지각동조 너머로 즐긴 거야. 그러다가 질려선, 살아남은 애들을 또 강제수용소에 버린 거야."

신이 번쩍 고개를 들었다. 너무나도 타이밍이 좋다—— 설마.

"벤체르 대령님. 밀리제 대령이 후송된 것도 그 탓입니까?"

거기에 그레테는 아주 싫다는 듯이 한숨을 내쉬었다.

그렇게 생각하는 것도 어쩔 수 없다고, 누군가가 그렇게 말할 줄 알았지만.

"그건 우연이야."

신은 의혹과 불신의 시선을 거두지 않았다. 그레테도 움직이지 않았다.

우수할 터인 제자가 너무나도 초보적인 실수를 한 것을 지적하는 교사의, 온화하면서 차분한 목소리로 말을 이었다.

"애초에 밀리제 대령이 상태가 안 좋다는 건 노우젠 대위, 당신이 먼저 보고한 사실이야. 정신과 의사의 보고도 있었으니까 진찰시켰고……. 게다가 같은 공화국군에서 파견된 예거 소위가 남아있잖아."

그 말에 신은 눈을 껌뻑였다.

시선을 돌려보니 더스틴이 슬쩍 한 손을 들어 보였다. 방구석에서 여태까지 잊힌 상태였던 개가 나 여기 있다고 조용히 존재를 주장하듯이.

실제로 더스틴의 존재가 머리에서 날아갔던 신은 그걸로 완전히 냉정을 되찾았다.

지적받은 대로 레나의 컨디션 이상을 보고한 것은 신이다. 이 자리에 없는 아네트도, 그레테는 아까 '에이티식스 아이를 만나러 갔다.' 라고 말했다. 말하자면 이번 일에서 연방군의 기밀 유지를 위한 기관에 협력해 행동하고 있는 거겠지.

"실례했습니다……."

어색하게 얼굴을 붉히며 고개를 숙였다. 흐뭇한 기색으로 그레테가 웃었다.

"좋아지면 금방 돌아올 거야. 너무 걱정하지 말고 기다려 줘."

빌렘 참모장의 맞은편 자리에서 서방 방면군 사령관인 중장이 흐음 소리를 내며 끄덕였다.

"참모장. 도청자들의 통신망은 쓸 수 있는 거겠지?"

"물론입니다. 〈레기온〉이 정보원 상실을 깨닫는 것은 전투가 없는 심심함에 보도 방송을 보았을 때입니다."

"좋아."

통신을 감청하는 〈레기온〉에게 〈도청기〉 검거의 움직임을 들키지 않도록, 공화국 쪽의 도청 관계자 전원을 비밀리에 동시 제압했다. 통신암호부터 도청자의 관계, 각각의 어조까지도 파악해, 가짜 도청자들끼리의 통신망 운용을 가능하게 했다.

연방에서는 보장될 터인 자유 보도조차도 당분간 막았다는 사실을, 그 짧은 대답에서 중장은 눈치챘다.

"서부전선, 특히 공화국이 열중하는 기동타격군의 동향에 대해서 기만 정보를 살포해라. 부대를 실제로 움직일 때까지 보름 동안, 모습을 보이지 않는 기동타격군에 대한 경계에 실컷 쓸데없는 리소스를 낭비하게 만들자고. 방어진지군 설치, 군 재편은 그때까지 완료되겠지?"

빌렘 참모장은 담담히 대답했다.

"레일건 탑재 열차포의 추가 배치를 포함해서 지연은 없습니다. 공화국 피난민 중에서 모집한 의용병 쪽도 제1진의 배치가 시작될 예정입니다. 공화국의 배신은 먼저 그 시민의 몸으로 대가를 치르게 되겠지요."

†

연방, 북부 제2전선에 전개한 북방 제2방면군의 참모장은 어둠처럼 아름다운 피부와 윤기 있는 흑발을 지닌 사막갈종(디자리아)의 여성 소장이다.

"앞으로의 작전 계획에 대해 보고하겠습니다."

북방 제2방면군은 3개 군단으로 구성되었으며, 서방 방면군의 5개 군단과 비교하면 병력도 보유한 펠드레스도 훨씬 적다.

방어가 어려운 평원을 주전장으로 삼는 서부전선과 달리, 북부 제2전선은 전장 전체를 남북으로 분단하는 큰 강, 히아노 강이 지키기 때문이다. 하천이란 지상 병력의 침공을 막고, 도하할 때 전력이 양쪽으로 분단될 수밖에 없는 천연의 요해다.

포탄위성 때문에 대폭 후퇴할 수밖에 없게 된 북방 제2방면군은 그곳을 잃었다.

후퇴한 곳은 개활지로, 하천 방어를 전제로 병력이 많지 않은 현재로서는 〈레기온〉 기갑부대의 공세를 오래 견딜 수 없다. 또한 연방군 전체가 병력이 부족한 현재, 전력 보충도 바랄 수 없다. 산맥이나 강과 같은 자연의 요해로 전력을 절약하고 있었고, 제2차 대공세에서 후퇴할 수밖에 없어서 병력 부족 상태에 처한 것은 북부의 다른 세 전선과 남부, 동부 전선도 마찬가지다.

이 궁지를 타개하기 위해서.

참모장은 말했다. 방면군 사령관과 참모장, 각 군단의 군단장과 참모들로 구성된 회의지만, 공사다망한 그들을 한곳에 모을 여유는 북부 제2전선에 아직 없다. 참모장과 사령관, 기갑군단의 작전참모 외에는 통신회선 너머로 참석해서 공석 위에 홀로윈도가 떠오른 회의실.

"최우선 목표로 현 방어진지군 전방에 방어 하천을 재구축한다. 이에 맞춰서 경합지 전체를 진창으로 만들고, 〈레기온〉 기갑부대의 침공을 방해한다. 제86기동타격군을 돌격부대로 삼은 치수 댐 파괴 작전을 실행하겠습니다."

북부 제2전선의 무수한 중대 지휘관 중 한 명, 제국 최하급 귀족 출신인 노엘레 로히 소위는 오늘도 전달된 전사자 보고, 영지 백성의 죽음을 듣고 발을 멈추었다.

한 달 전 제2차 대공세의 전사자로, 새롭게 츠츠리와 누카프와 루레의 죽음이 확인되었다.

최근 한 달 동안의 전사자로 오늘은 키나와 에람이 추가되었다.

"내 부대에서는 아무도 죽지 않는데, 다른 부대에서는 왜 이렇게 많이."

엷게 연지를 칠한 입술을 깨물며 노엘레는 병사의 가족이 보낸 편지를 움켜쥐었다. 자식을 먼저 보낸 아버지의, 남편을 잃은 아내의, 동생을 잃은 형의, 언니를 빼앗긴 여동생의, 아버지를 잃은 딸의 비탄. 통절한 그 목소리들이 시장이 대필한 편지를 통해 절절하게 전해졌다.

아가씨. 우리의 고향인 특별시를 다스리신 영명한 로히 가문의 아가씨.

더는 우리 아이들이 죽지 않게 해 주세요. 당신의 영민을 지켜주세요. 우리를 괴롭히는 고난을 없애고, 강철의 재해를 무찔러주세요. 이 파국을 부디 타개해 주세요.

우리의 주군인 당신의 지혜로, 용기로, 자비로―― 연약한 영민인 우리를 구해 주세요.

"물론이야. 나는 모두의 주군이니까."

검은 연기로 그을린 듯한 초콜릿색 두 눈동자를 비탄으로 물들이며 끄덕였다. 연정종 특유의 검은 눈동자. 두 쪽으로 땋아 올린 같은 색의, 잘 손질된 길고 부드러운 머리칼이 군복 어깨를 흘러내렸다.

더는 누가 죽게 내버려두진 않겠다. 나의 소중한 영민들을 슬프게 하지 않겠다.

여태까지도 많이 죽었으니까.

11년 동안의 〈레기온〉 전쟁에서. 작년 여름의 제1차 대공세에서. 한 달 전의 불타는 별의 맹포격과 강철의 해일, 제2차 대공세에서.

수많이 죽었다. 장교도 부사관도, 무엇보다 병졸이 수없이 전사해서 부족해졌다.

이대로 가다간 남은 그녀의 백성도 새롭게 종군하게 된다.

도시를 윤택하게 만든 발전소를 혁명과 전쟁으로 빼앗긴 영지의 시민들은. 발전소에서의 직업도 잃고 그 이전의 생업으로도 돌아갈 수 없어서 가난해진 그녀의 백성은. 제2차 대공세로 도시에서도 피난을 떠난 지금, 가족을 먹여 살리기 위해 종군할 수밖에 없어졌다. 그리고 또 수많이 죽는다.

그렇게 놔두진 않는다.

"분명 누군가가 잘못하고 있는 거야. 이상해. 이렇게나 사람들이 죽는다니."

그래, 이상하다. 사람이 죽는 건 이상하다.

이렇게나 사람이 많이 죽는 건 이상한 일이다.

이 연방이라는 나라가 뭔가를 잘못하고 있으니까, 이렇게 이상한 일이 일어난 것이다.

이 나라가, 정부가, 대통령이, 대귀족들이, 태만한 탓에, 국민들의 목숨을 가벼이 본 탓에. 해야 할 일을 하지 않았던 탓에. 이런 일이 벌어진 것이다.

그렇다면 지금부터 바로잡으면 된다.

잘못되었다면 바로잡으면 된다. 그래, 지금부터라도, 나 혼자라도.

"할 수 있는 일이 있을 거야. 생각해, 노엘레."

†

〈도청기〉에 관해서는 아직 보도되지 않았고, 연방군 내부에서도 공표되지 않았지만, 관계자들 취조는 비밀리에 이루어졌다.

"그 렌 하티스란 애라고 생각해. 내 병실에 왔던 건."

"이야기한 내용은?"

"나는 대화 자체를 하지 않았어. 같은 병실의 키기스가 조금 얘기했지만, 그 애의 집안 사정이나 아버지 이야기 같은 걸 들었을 뿐이지, 군이나 기동타격군 이야기는 안 했던 것 같아."

헌병의 질문에 대답하면서 세오는 목덜미가 따끔거리는 착각을 느꼈다. 86구에서는 제거할 수 없도록 머리 뒤로 이식되었던 레이드 디바이스.

입원했을 적에 병문안을 왔던 그 어린 에이티식스 소년에게도 같은 것이.

양아버지인 듯한 군복 차림의 남성과 손을 잡고. 세오나 다른 이들을 아무도 모르는데, 일부러 병문안을 와서 이야기했던 아이.

그때 세오는 자기 부상 때문에 정신없었고, 그것은 같은 병실의 소년들도 마찬가지였겠지.

지금이라면 그런 나이의 아이는 86구에 살아남았을 리가 없다고, 모르는 사이인데 병문안을 오는 게 부자연스럽다고, 그 정도는 간단히 알 수 있는데.

"릿카도 그런가. 아마도 같은 애가 이쪽에도 왔다."

"내 병실에는 어린 여자애가 왔어. 같은 에이티식스 언니를 병문안 왔다면서."

같은 회의실에 모인 유토, 유토와 같은 요양시설에서 재활 중인 아마리가 말을 이었다. 무슨 이야기를 했는가, 뭘 듣고 싶어 했는가, 같은 질문을 헌병이 몇 차례 던지고 청취는 끝났다.

"협력해 줘서 고맙군. 나중에 뭔가 떠오르는 게 있거든 연락해 주게."

"아, 이쪽에서 질문 좀 해도 될까? 붙잡힌 〈도청기〉 애들은 지금 어쩌고 있어?"

헌병은 서글서글하게 고개를 끄덕였다.

"그건 너희도 걱정되겠지. 레이드 디바이스는 제거하고, 지금은 그들에게 내통을 명한 공화국 측의 인간에 관해서 조사하고 있다."

세오의 표정 변화를 읽고서 헌병은 장난스럽게 한쪽 눈썹을 추켜세웠다.

"조사일 뿐이다. 심문이 아니야. 군인 모두에게 미움받는 헌병일지라도 아이에게 난폭한 짓은 하지 않아. 우리도 집에 돌아가면 켕기는 것 없이 가족과 지내고 싶다고."

유토가 조용히 물었다.

"집에는?"

"돌려보낼 수만 있다면……. 양부모인 군인에게는 군무 규정 위반죄를 묻게 된다. 첩자 행위를 거든 양자를 다시 거둘 수 있을지는 잘 모르겠군. 뭐, 적어도 제도에는 고아 보호 시설이 있다. 길바닥에 내앉을 일은 없으니까 걱정하지 않아도 돼."

"우리가 거두면 안 돼?"

헌병은 희미하게 쓴웃음을 지었다.

"전투와 함께 육아 놀이를 할 생각인가? 너희는 오퍼레이터다.

〈레기온〉을 사냥하는 게 너희 일이지. 그걸 소홀히 해선 안 돼."

으르렁대는 개의 콧등을 때리는 듯한, 날카로우면서 거침없는 말이었다.

예리함보다도 오히려 그 거침없는 울림에 세 사람은 숨을 삼켰다. 물려고 드는 사냥개를 길들일 때의, 그런 게 당연하다는 듯이 자연스럽게 휘두른 말의 채찍에 담긴 잔혹함.

헌병은 소년들의 전율과 희미한 경계심을 깨닫지 못했다. 어쩌면 알면서도 신경 쓰지 않았다.

"그리고 〈도청기〉로 확인되지 않은 에이티식스에 대해서도 만일을 위해 일시 구속하고 재검사를 실시할 예정이다."

세오가 번쩍 고개를 들었다.

"구속이라니……!"

"아, 미안하군. 종군한 자네들은 아니야. 애초에 레이드 디바이스의 유무는 검사했고, 기동타격군이 이제껏 거둔 전공은 알고 있지. 자네들은 잘해 주고 있어. 그게 아니라 종군하지 않았던 에이티식스들에 관한 이야기야."

하고 싶은 말은 있었지만 세오는 일단 말을 삼켰고, 헌병은 말을 이었다. 세오의, 침묵하고 있는 유토와 아마리의 속내를 모른 채로, 혹은 개의치 않은 채로.

"애초에 〈도청기〉 검거를 전후하는 형태로 보호자의 집이나 시설을 빠져나가 그대로 행방을 감춘 자가 몇 명 있어서 말이지. 그쪽에서 정보가 흘러간 건 아닌 모양이지만, 아무리 생각해도 수상하지. 그들은 특히나 서둘러서 보호하고 싶다. 공화국 피난 정부에 항의하기 위해서라도 카드는 많은 편이 좋으니까."

†

북부 제2전선은 하늘이 분노하기라도 한 것처럼 쏟아지는 맹포격과 이어서 밀려드는 무수한 〈레기온〉의 맹공으로 많은 사망자와 부상자, 행방불명자를 내고 후퇴했다.

결국 그렇게 된 것은 대체 누구의 탓일까.

대체 누가 나쁜 걸까. 북부 제2방면군의 일개 병졸인 청년, 멜레로서는 알 수 없다.

아는 것은 그저 연방이 된 뒤로 좋아진 게 하나도 없다는 사실뿐이다.

연방이 제국이었던 11년 전 멜레는 아직 어린애였고. 고향 도시는 최첨단 과학으로 만들어진 발전소가 있어서 풍요로웠다. 혁명이 일어나고 많은 것이 더 좋아질 거라고 어른들은 말했다.

하지만 좋아진 거라곤 없었다.

혁명과 전쟁으로 발전소는 폐지되었고. 여태까지 도시 아이들이 갈 필요 없었던 학교란 곳에 가야 하게 되었고. 도시는 가난해지고. 생활은 점점 힘들어지고.

성장하면 아무런 생각 없이 부모의 일을 이으면 되었을 텐데 스스로 일을 정해야 하게 되었고. 애초에 부모의 일이었던 발전소 청소원 일은 이미 없어졌고. 증조부 때 했던 농업도 지금 와서 다시 시작할 수 있을 리도 없고.

어쩔 수 없이 종군을 택했지만, 거기서도 훈련이네 교육이네 하는, 하고 싶지도 않은 일이 너무 많아서.

"왜 이렇게 되었지……."

멜레는 신음했다. 호박종(앰버)의 밀짚색 머리칼. 할머니에게 물려받은 파란 눈은 도시의 명사인 아가씨가 어렸을 적에 예쁜 색깔이라고 말해 주어서 남몰래 자랑스러워하는 색채다.

10년 동안 이렇게 나쁜 일만 일어났는데. 혁명을 이끈 에른스트 대통령도, 귀족 장교들도, 억지만 쓰는 부사관들도, 왜 아무도 뭔가 해 주지 않는 걸까.

나쁜 일은 이렇게나 많은데, 나쁜 일뿐이라고 알고 있는데, 이거고 저거고 지금 당장 해결할 수 없다는 건 이상하지 않은가.

어떻게든 해 줘.

누구든 좋으니까——이번에야말로.

"할 수 있어."

노엘레는 문득 깨달았다.

수단은 있다. 〈레기온〉을 불사를 수단. 자기 백성을 죽지 않게 하는 수단. 이 곤경을 당장에라도 타개할 수 있는 은 탄환은 마치 파랑새처럼 자신의 수중에서 발견될 때를 기다리며 빛나고 있었다.

깨닫고 보니 왜 이렇게 멋진 해결책을 대통령도 정부도 옛 대귀족인 장성들도 여태까지 태만하게도 쓰지 않았는가 생각될 정도로 간단한 방법.

노엘레가 속한 가문의 예전 영지. 그 시설을 건조하기 위해 대영주인 미아로나 가문에서 원조를 받아 최첨단 과학의 성지로 탈바꿈한 메리라줄리아 특별시의.

"원자력……."

†

혁명의 영웅으로서 연방 시민들에게 막대한 지지를 얻는 에른스트지만, 제2차 대공세의 패배와 그 희생, 한 달 동안의 막대한 전사자와 전쟁 비용 앞에서 지지율 급락은 피할 수 없다.

"선단국군, 공화국 피난민에게서 의용병을 모집하는 것까지는, 그들이 자원한 것이니까 좋지만. 나는 의용병을 앞세우는 작전은 반대해. 그보다도 방어시설의 충실을 꾀해야 하지. 시설은 고칠 수 있지만, 잃어버린 목숨은 돌이킬 수 없으니까."

그런데도 당사자인 대통령 각하는 전혀 위기감이 없이 평소처럼 느긋한 목소리다. 무엇보다도, 전선 유지보다도, 국가의 명운보다도, 인명 하나를 존중하는, 논리 모순의 이상주의를 이 시기에도 대통령 관저의 가죽 의자 위에서 늘어놓고 있다.

그것이야말로 정의를 노래하는 기아데 연방의 올바른 정의. 인간의 긍지와 존엄을 걸고 모두가 지켜야 하는 이상이라고.

상대하는 고관은 씁쓸한 얼굴을 감출 수 없었다. 대통령이, 자국보다도, 그 국민보다도 타국민의 목숨을 중시한다. 게다가.

"그 결과 죽는 것은 우리 연방의 장병입니다. 전사자의 증가에 방어시설 확충을 위한 전시 증세를 더하면 각하의 지지율은 더욱 떨어질 거라고 예측됩니다."

에른스트의 표정은 변함없었다.

"지지율이야 당연히 떨어지겠지. 그게 무슨 문제라도?"

희미한 웃음조차 보이는, 안경 안쪽의 잿빛 눈동자.

고관은 결국 견딜 수 없어졌다.

"각하. 인간의 이상이라고 말씀하십니다만, 각하는 그 이상을 지키는 것 따윈 아무래도 좋으신 것 아닙니까?"

시민들의 지지율이 떨어지는 것을, 자기 앞날을 전혀 고려하지 않는다――. 전선이나 국가의 명운과 마찬가지로 자기 자신에게조차 가치를 주지 않는다. 그러하듯이.

지켜야 한다고 노래하는, 이상조차도.

에른스트의 표정은 변함없었다. 세상에 똬리 튼 화룡의, 내면이 불타버린 잿빛 눈동자.

고관은 신음했다. 11년 전 혁명에서 함께 싸운 전우에게. 11년 동안 연방을 이끈 남자에게――. 친구이자 존경의 대상이었을 터인 눈앞의 괴물에게.

"각하, 저는…… 저희는 인간입니다. 용과 함께 갈 수 없습니다. 그토록 인간이 아니라고 과시하시면 따라갈 수 없습니다. 따라갈 수 없다고 알면서 그렇게 행동하시는 건…… 저희에 대한 배신입니다."

†

전원 집합하라는 중대장의 말에 멜레는 같은 소대의 오토와 키아히와 미르하, 리레와 요노와 함께 부대 창고에 모였다.

같은 특별시 출신이라도 전투병과에 배속된, 혹은 일찍 부사관으로 승진한 자는 다른 부대에 배치되어 군단 전체로 흩어졌고, 동포들끼리 모일 수 있는 것은 옛 향사(鄕士) 출신의 아가씨가 이끄는 이 중대뿐이다. 어렸을 적과 전혀 변함없이 총명하고 아름답고 든든한 그들의 공주님.

다른 부대로 간 자들은 수많이 전사했지만, 이 부대는 아가씨의 이끄심이 있기에 여태까지 누구 하나 죽지 않았다.

"——해결 수단은 있습니다."

그러니까 이들 수송중대와 또 다른 수송중대 3개를 세워놓고 아가씨가 절절히 말한 연설은 중대원 전원의 가슴에 의심 없이 스며들었다. 제1차 대공세에서 위기에 빠졌던 연방군을 구하기 위해 사관학교의 졸업을 앞당겨서 부임한, 지금은 훌륭한 중대장이 되신 노엘레 아가씨.

주위에 있는 것은 노엘레의 동기라는 젊은 사관으로, 여러 마을 유지들이나 기사님, 그 자제와 영애다. 아가씨와 마찬가지로 각자의 영민으로 이루어진 중대를 이끄는 젊은 영웅들.

"〈레기온〉을 없앨 수단. 이 전쟁을 끝낼 수 있는 수단이. 군 상층부와 정부는 이 사실을 깨닫지 못했고…… 어쩌면 숨기고 있을지도 모릅니다. 대귀족들의 특기인, 서로 발을 밟는 의회의 왈츠를 위해서."

파벌 간 대립이 너무 심해서 아무것도 결정하지 못하고 길게 늘어지기만 하는 제국 의회를 야유하는 말, 정말로 귀족적인 그 말은 그 사실을 모르는 각 중대 병사들에게는 그저…….

"말하자면 군 상층부에 대통령 각하, 대귀족들이 모두 잘못한 거라는 소린가."

형님뻘인 키아히가 지극히 조잡하게 요약한 말로 받아들여졌다.

군이, 대통령이, 대귀족이 나쁜 것이라고. 지휘하는 장성이, 에른스트가, 정부와 군을 좌우하는 대귀족이 제2차 대공세에서의 고전의, 〈레기온〉 전쟁이라는 재앙 전체의 원흉이라고.

키아히의 연노랑색 눈동자가 고양과 기대로 웃으며 빛났다.

"즉, 10년 전 혁명은 실패였다는 소리다. 하지만…… 이번에야말로 잘된다. 우리가 못된 놈들을 쓰러뜨리고 이 세계를 바꾸는 거다. 이번에야말로 영웅이란 것이 될 수 있어."

노엘레가 말했다. 키아히의, 병사들의, 올려다보는 멜레의 기대를 뒷받침하듯이.

"지금부터라도 연방의 잘못을 바로잡아야 합니다. 그걸 위해 우리는 지금부터 연방의 정신을 각성시키는 정의로운 싸움을 개시합니다. 앞을 못 보는 어둠에 빠진 그들의 앞에 인도의 푸른 화염을 내세우는 겁니다!"

세상을 구하는 사명을 한 몸에 짊어지고 비장하기까지 한 표정으로 노엘레는 힘주어 선언했다. "오오!" 하는 환성이 아름다운 아가씨에 대한 열렬한 찬동을 창고 전체에 알렸다.

주먹을 쳐든 키아히가 소리쳤다. 오토가, 리레가, 미르하가, 요노가 아가씨의 이름을 뜨겁게 외쳤다. 세계의 위기 앞에서 아가씨가, 자신들이 무언가 큰일을 할 거라는 예감에 모두가, 멜레 또한 떠밀리듯이 환성을 질렀다.

나쁜 일만 있었다. 하지만 이제 괜찮다. 모든 것은 전부 다 금방 해결된다.

나쁜 일의 원인을 아가씨가 가르쳐 주셨다. 쓰러뜨려야 할 나쁜 녀석들을 아가씨가 가르쳐 주셨다. 우리의 분노가, 불안이, 불만이 올바른 것이라고, 아가씨가 악을 제시해 증명해 주셨다.

이제 괜찮다. 전부 다 잘 풀린다. 현명하고 든든한 아가씨가 모든 것을 해결해 주신다.

아가씨의 인도에 그저 따르기만 하면.

"따라와 주세요. 당신들의 고향을, 가족을, 이 나라를 지키기 위해서."

그 말에 멜레는 고양과 눈이 부실 정도의 안도를 느꼈다.

북방 제2방면군, 제92지원연대 예하의 4개 수송중대가 동시에 실종되었다.

이를 전후해 해당 부대의 부사관이 부하와 상관이 밤중에 모습을 감추었다고—— 탈주 가능성이 있다는 통보를 올렸다.

군에서의 탈주는—— 전시 탈영은 중죄다. 헌병부대가 즉각 수색에 임해 발자취를 추적했다.

탈영병들이 간 곳은 아무래도 그들의 출신지 중 하나인 속령 쉠노우의 특별시인 모양이었다. 고향에 숨을 생각일까. 그런 단순한 생각에 헌병들은 눈썹을 찌푸렸다.

하지만 도착한 메리라줄리아 특별시에서 탈영병의 모습은 찾아볼 수 없었다.

제2차 대공세에서 주민을 피난시킨 도시지만, 대영주의 밑에서 파견된 시설 관계자와 그 가족이 아직 남아있었다. 그 책임자를 찾아간 헌병대장은 지극히 불길한 보고를 받았다.

탈영병은 도시 외곽의 시설로 향했다. 보관되어 있던 어떤 것을 꺼내서 다시금 떠났다.

도시 외곽의 방치된 발전소에서—— 제국 말기에 건설되었다가 혁명으로 파괴되었고, 이어진 〈레기온〉 전쟁 발발로 전선 근처에 위치하게 되면서 위험하다는 이유로 폐로 처분을 받았던.

원자력 발전소에서.

제2장 메리 수의 행진

얼음 틈새에서 바닷속으로 돌아가기도 하고, 해면을 떠돌면서 먼바다로 돌아갈 길을 찾던 음탐종(레우카)의 새끼. 하지만 두껍게 펼쳐진 유빙에 가로막혀서, 버려진 항만을 거쳐 커다란 강까지 가고 말았다.

몇 미터에 달하는 음탐종도 유유히 노닐 수 있는 수백 미터에 달하는 강폭. 완만한 흐름에 거슬러 올라가는 흰색 인어를 물고기들은 무표정한 눈동자로 흘낏 보고 지나쳤다.

가볍게 수면에 떠오른 음탐종은 주위를 둘러보았다.

차갑고 깊은 안개에 강가의 단풍이 비쳐 보이는, 북쪽 대지의 늦가을이다. 나뭇잎 하나하나가 진홍색에서 적색으로, 오렌지색에서 황색으로 색조를 바꾸는 모자이크에 안개의 장막이 차갑게 끼었다. 안개에 모습을 감추고 북쪽 강가를 나아가는, 거대한 거미와도 비슷한 자동기계의 모습과, 남쪽 강가에 쇳빛 잔해처럼 빽빽이 모여있는 다각전차들.

안개 안쪽에서, 북쪽에 트인 새로운 물길에서 흐름을 타고 배가 소리도 없이 다가왔다.

†

고작 4개 수송중대의 이탈은 북방 제2방면군 사령관 앞으로 빠르게 보고되었다.

"라시 원전에서 이탈자들이 탈취한 것은."

"우려하신 대로 방사성 폐기물입니다. 냉각 중인 폐연료 중, 연료 집합체 1기분을 가져갔다고 시설 관리인에게 증언을 얻었습니다."

"핵연료……. 대공세로 수송망은 펑크가 났지만, 그런 게 전선 근처에 남아있었나."

북방 제2방면군 참모장은 물새처럼 우아하게 고개를 갸웃거렸다.

땋아 올린 장발이 비단 스치는 소리를 내며 부드럽게 군복 등으로 흘러내렸다.

"라시 원전의 폐로는 11년 전이지요. 냉각이 끝나기 전에 연료를 수송할 수는 없습니다."

사령관은 탄식했다.

"알고 있다. 라시 원전 건설은 조모님의 업적이다. 이탈자들은 그 라시 원전 소재지의 자들이로군."

"제92지원연대 제3수송대대 제2중대. 메리라줄리아 시민을 중핵으로 한 부대입니다."

무수한 홀로윈도가 참모장의 주위에 전개되었다. 얼굴 사진을 포함한 이탈자의 인사 기록, 그중 몇 개를 손을 흔들어 확대한다.

아직 소년소녀의 느낌이 짙은 하급 장교들이 네 명.

“중대장은 이번 집단 탈영의 수괴로 보이는 메리라줄리아 시의 향사 노엘레 로히. 더불어서 동 대대의 제4중대장, 루크 마을의 향사 닌하 레카프. 제2수송대대 중대장, 코와 지구 기사작 자제 레케스 소아스, 스루 마을의 향사 치름 레와. 따르는 병졸은 각각의 지휘하의 수송중대가 하나씩.”

[말하자면 장원주와 그 백성인가. 닭들이로군.]

버러지를 쪼아서 하루하루의 양식으로 삼는다는 것을 의미하는 농노 계급에 대한 멸칭을 통신회선 너머로 기갑군단장이 내뱉었다. 북방 제2방면군 장성들은 다른 전선과 마찬가지로 전선을 구성하는 전투속령과 그 배후의 속령을 영지로 삼은 대영주의 일족이다. 농노도, 그것을 관리하는 준귀족인 장원주도 그들에게는 똑같이 가축에 불과하다. 이어서 보병군단의 참모가 물었다.

[전투부대가 아니라 지원부대뿐, 더불어서 부사관이 부재……. 아하. 애초부터 배속된 것은 다른 영지 출신의 부사관이로군요. 그 부사관들이 군에 남아서 탈주를 보고했다. 전투부대의 부재와 자기 영지 출신 부사관의 부재는 어떤 이유로?]

“양쪽의 대답은 같습니다. 그럴 능력이 부족하다. 입대 후의 의무 교육 과정을 수료하지 못했고, 그렇기에 전투부대 배치도, 부사관 승진도 이루지 못했습니다.”

다루는 기재도 전술도 복잡해진 현대 전쟁에서는 일개 병졸이라고 해도 중등 교육 수료 정도의 능력이 요구된다. 전투중량이 50톤인 〈바나르간드〉를 시속 100킬로미터로 모는 오퍼레이터도, 지평선에 숨은 목표를 날려버리는 포병도, 자동차 정도는 가루를 만드는 출력을 지닌 장갑강화외골격(아머드 스켈톤)을 입는 장갑보병도, 체력만이 아니라 기본적인 물리나 수학의 소양이 필수다.

후방 지원부대는 오히려 그 이상으로 교육도 지식도 필요한 업무밖에 없지만—— 기나긴 전쟁으로 병력이 부족해진 현재는 어쩔 수 없어졌다. 명령대로 짐을 싣고 안전이 확인된 후방의 수송로를 대대장의 뒤를 따라 왕복할 뿐인 임무라면, 체력만 있으면 어떻게든 못할 것도 아니다.

다만 이탈 부대의 병졸만 나무라야 할 이야기는 아니다.

제국에서 교육이란 귀족과 그 신하, 산하의 연구기관이 독점하고, 영지의 농촌에까지 베푸는 것은 아니었다. 자기 이름도 못 쓰고 글도 못 읽는 생애를 대대로 보낸 농노 계급의 가치관은 연방이 성립한 10년 만에 그리 쉽게 바뀌지 않는다. 읽고 쓰기 같은 것은 밥버러지의 도락, 무의미한 고행인 교육을 가벼이 여기며 꺼리는 옛 농노 계급은 아직 많다.

[그 지휘관도 사관학교의 '조기 졸업' 조. 낙오된 버림패가 닭을 이끄는 부대라니. 사이에 낀 부사관들은 오죽이나 고생했겠군.]

[과연. 그래서 노엘레 로히도 주군의 소속 연대에 배속되지 않은 거로군요. 레이디 블루버드 연대는 미아로나 가문 비장의 부대. 사관후보생 과정에서 탈락할 만큼 부족한 귀족에게 맡길 수 없겠죠.]

특별사관학교의 소년 사관과 마찬가지로 소모가 격심한 하급 사관의 보충요원으로 사관학교에서도 후보생 일부가 졸업을 앞당겨서 종군하고 있다. 다만 우수한 자가 아니라 성적이 떨어지는 자가. 소질이 있는 후보생이 충분한 교육과 훈련을 받을 시간을 버는 데 쓰는 일회용 패로써.

연방군의 사관은 대부분이 귀족 자제다. 군인이기를 긍지로 삼고 상무를 숭상하는 계급이다.

그 입구인 사관학교에서도 낙오하는 '귀족' 따윈 같은 푸른 피의 동포가 아니다.

참모장이 웃었다. 제국에서는 희귀한 사막갈종이면서도 대귀족까지 올라온 가문의 자부심과 불손함을 담아서.

"그 로히 가문의 영애에게서 조금 전에 성명이 나왔습니다. 여러분, 부디 분개하지 않도록 마음을 단단히 먹고 들어주십시오."

치직 하고 무전기가 날카로운 노이즈를 토해내서 장갑보병은 의아한 시선을 했다. 북부 제2전선의 경합구역의 참호 중 한 곳.

"음? 동조가 왔나? 누구 연결한 녀석 있나?"

그 질문에 참호에 있는 분대 전원이 부정하는 수신호를 보냈다. 장갑강화외골격 〈울프헤딘〉 장착 중에는 헬멧의 구조 관계상 고개를 끄덕이기 어렵다. 더불어서 두 손도 벙어리장갑 같은 형태이기 때문에 자잘한 수신호를 보내기 어렵기도 하다.

작년의 제1차 대공세에서는 공급이 늦어졌던 레이드 디바이스도 양산 라인이 확립된 현재는 각 전장에 배급된 지 오래다. 그 지각동조에는 통신이 들어오지 않고, 지금은 예비 취급이 된 무전기로만 수신하다니, 필시 정규 연락이 아니다.

의아함과 경계를 담아 내려다본 곳에서 무전기는 갑자기 아름답고 젊은 여성의 목소리를 발했다.

[——북부 제2전선의 친애하는 전우 여러분.]

북부 제2전선의 모든 부대에, 연방 수도의 대통령 관저에 보내기 위한 선언이다. 통신이 가능한 모든 주파수대로, 무전기의 최대 출력으로 설정하고 노엘레는 긴장에 원고를 움켜쥐었다.

군의, 대통령 각하의, 연방 수도의 대귀족들을 각성시키는 연설이다. 아마도 후세에까지 길이 남을 연설이리라. 그렇게 생각하니 긴장한 나머지 목이 죄어드는 것 같았다.

"북부 제2전선의 친애하는 전우 여러분. 저는 구세의용연대 〈헤일 메리〉 연대장, 노엘레 로히 소위입니다."

목소리는 다행히 떨리지 않았다. 스스로도 놀랄 정도로 차분하고 예쁜 목소리가 나왔다.

그 사실에 노엘레는 안도했다. 지켜보는 동지, 그중에서도 친구인 닌하의 자랑스러운 미소에. 소중한 영민들의 기대 담긴 시선에 자신감과 힘이 다시금 솟아나는 것을 느꼈다.

지켜보는 멜레의, 동갑내기 소꿉친구의 연파랑 눈동자.

하늘색 그 눈이 어렸을 적부터 좋았다. 다계종이 태반인 속령 쉠노우, 호박종뿐인 메리라줄리아 시에서는 드물게도 천청종(셀레

스타)의 피가 섞인 파란 눈동자.

고향 하늘의, 북쪽의 산들 너머의 바다의, 원자로에서 흔들리는 빛의. 이 세상에서 가장 아름다운 청색.

"저희 헤일 메리 연대는 비열한 탈영병도, 겁쟁이 배신자도 아닙니다. 저희는 이 북부의 제2전선을, 연방을, 인류 전체를 구하기 위해 일어선 정의의 무리입니다."

정의. 그래, 정의다.

우리를, 연방을 위협하는 〈레기온〉은 악이고, 맞서는 우리는 정의다. 정의니까 우리는 올바르고, 올바르니까 우리가 패할 리는 없다.

노엘레는 씩씩하게 고개를 들었다. 무의식중에 가슴을 똑바로 펴고, 아직 보이지 않는 청중을 바라보았다.

들어라. 모두여.

"저희의 손에는 비장의 카드가 있습니다. 고철덩어리들을 없애는 성스러운 화염. 최첨단 기술의 철퇴가."

노엘레는 그걸 알고 있다. 기술과 과학의 성지, 메리라줄리아 특별시를 가진 로히 가문의 딸로서 알고 있다.

무진장한 에너지를 연료에서 뽑아내는 원자로의 대단함을.

그리고 마찬가지로 무진장한 에너지를 파괴에 소비하는, 그 병기의 강대함을.

"다시 말해 제 영지, 라시 원전에서 회수한 성유물. 핵연료입니다. 무한한 에너지를 만들어내는 꿈의 동력로, 그 기적의 연료에서 위대한 심판의 벼락을 만들어낼 수 있습니다. 만듭시다. 일단은 이 북부 제2전선에서 커다란 전과를 올려서…… 대귀족을 계몽해 주지요."

그리고 모두들 일어서서. 나의, 우리의 뒤를 따라서.

우리가 올리는 눈부신 전과에 부디 희망을 되찾고.

"〈레기온〉을 모조리 불태우는 인류 최강의 푸른 화염…… 핵무기로."

헤일 메리 연대가 사용한 무전기는 먼 연방 수도까지 전파가 닿을 만한 것이 아니다. 녹음되어 전달된 방송을 거기까지만 듣고 정지하며 에른스트는 탄식했다.

숨길 수 없는 혐오로.

"핵무기를 쓴다고……?"

지금은 〈레기온〉에 빼앗긴 장소라고 해도—— 자기 나라 영토에서?

"바보 같은 소릴."

헤일 메리 연대란 자의 말에 장갑보병들은 술렁거렸다. 핵무기란 것이 뭔지는 초등학교도 없는 속령의 벽촌 출신이며 읽기 쓰기를 포함해서 군무에 필요한 것을 모두 입대 후에 배운—— 필요한 것밖에 배울 여유가 없었던 그들로서는 감도 오지 않았다.

〈레기온〉을 불태운다?

"그런 대단한 병기가 있습니까? 선진기술연구소에서 개발한 신병기 같은 겁니까?"

"간단히 〈레기온〉을 쓰러뜨릴 수 있다니, 그렇다면 혹시 성탄절엔 전쟁이 끝난다거나?"

기대를 담고 돌아본 곳에서 경험 풍부하고 든든한 부사관도, 아직 젊지만 학식이 있고 똑똑한 중대장도 쓸개 씹은 기색으로 침묵했다. 바이저 너머로 씁쓸한 표정이 보이는 듯했다.

"하사님……?"

"중대장님?"

하사와 중대장은 말했다. 이구동성으로.

"그럴 리가 있겠냐……."

같은 방송의 음성 기록을 재생한 뒤, 북방 제2방면군의 장성들은 길게 침묵했다.

"다른 말도 아니라 계몽이라고? 무식한 계집이 잘도 말하는군."

전율해서 그런 것도 아니고, 기대해서 그런 것도 아니다. 다름이 아니라 기가 차서.

"그야 핵무기라면 중전차형이라도 쉽게 없앨 수 있겠지만. 〈레기온〉 하나하나는 해치울 수 있어도 〈레기온〉을 모조리 없앨 수는 없으니까 여태까지 핵을 쓰지 않았던 건데."

그렇다. 원자력이란 인류가 손에 넣은 가장 강력한 에너지다.

하지만 핵무기도 원자력도 모든 문제를 모조리 해결하는 은 탄환이 아니다.

"자동공장형(바이젤)을 없애려고 해도 지배영역 안쪽 어디에 놈들이 있는지 특정할 수 없다. 그렇다고 지배영역 전체에 무차별로 핵을 날릴 수도 없지. 가령 그렇게까지 해서 자동공장형을 전멸시켰다고 해도…… 전선의 전투병기는 그대로 남는다. 전투는 끝나지 않는다."

과거 항공기의 여명기에 제창되었다가 금방 수그러들었던 전략 폭격과 마찬가지다.

전선에서 먼 후방을 폭격해 생산능력을 괴멸시키더라도, 전선에는 바로 영향이 나타나지 않는다. 이미 전선에 수송된 물자와 전투부대가 사라지는 건 아니기 때문이다. 동시에 기대할 수 있는 사기 저하도 공포가 없는 〈레기온〉에는 일어나지 않는다.

애초에 지배영역 안쪽에 핵탄두를 날릴 유도 비상체나 항공기는 방전교란형(아인탁스플리게)의 방해로 운용할 수 없고, 〈레기온〉 지배영역과 미확인 인류 생존권을 구별할 수 없는 이상, 타국을 말려들게 할 수도 없다. 더불어서 금속으로 된 〈레기온〉은 열원이나 충격파에도 강해, 인간에게 사용할 때와 비교해서 살상 범위는 극도로 좁다.

〈레기온〉을 불태우기 전에 낙진과 일조량 부족으로 연방이 위험해진다.

[애초에…… 핵무기를 만든다고 했습니까? 탈취했다는 폐기된 핵연료에서?]

보병군단의 참모가 의아한 눈치로 물었다. 그것 자체는 딱히 불가능하지 않지만.

[그게 가능한 시설이 있습니까? 라시 원전에는 재처리 시설이 없습니다. 부근에 해당 시설이 있습니까? 아니면 비밀리에 새로 건설한 흔적은?]

"존재하지 않습니다. 새로 건설하기에는 자금도, 시간도 부족합니다. 또한 참가한 인원 중에 관련 기술을 가진 자는 한 명도 없습니다."

[그렇다면 핵연료와 핵무기가 같은 우라늄이라도 농축률이 다르다는 것도 모르는 놈들입니까?]

핵연료도 핵무기도 우라늄 동위체 중 하나인 우라늄235를 농축해 만들지만, 핵연료 정도의 낮은 농축률로는 핵무기로서 완성되는 급격한 핵분열 연쇄반응이 발생하지 않는다. 그리고 농축률을 높이려면 성대한 공장 시설이 필요하다. 폐기 연료의 재처리만 해도 계속해서 발생하는 붕괴열과 강렬한 방사선에 대한 대책도 필수다.

하지만 그 농축 작업을 하는 방법도 없이 '핵무기' 제조를 논하다니.

"그게 오히려 성가시군……."

사령관이 낮게 신음했다.

"지식이 없으면 오히려 뭘 할지 모른다. 핵무기에 무엇이 필요한지를 지휘관이 이해하지 못한다면, 자칫하다간 병사들은 방사선이 위험하다는 사실조차도 모르겠군."

[〈레기온〉에 탈취당할 가능성도 부정할 수 없습니다. 핵무기

자체는 금지사항으로 설정된 모양입니다만, 방사성 폐기물은 불명료합니다. 발전공장형(아트미랄)이나 경계관제형(라베)의 일부는 원자로를 탑재했고, 열화우라늄 탄두 사용도 확인되었습니다. 즉, 〈레기온〉은 우라늄 농축이 가능합니다.]

열화우라늄은 우라늄 농축의 부산물에서 생성된다. 그것을 탄두나 장갑으로 사용할 수 있다면.

"핵무기는 금지했어도 핵무기 미만의 취급은 불명확하다 이건가. 그리고 놈들에게는 통하지 않는 병기도 우리 인간이 상대라면 통한다."

핵무기도, 거기에 못 미치는 병기도.

고개를 끄덕이고 사령관은 명했다. 사태가 더 나빠지기 전에.

"정보 수집은 계속한다. 신속히 진압하고 회수하도록."

†

다음 파견 예정이 전달되지 않은 것은 역시 방첩의 일환이었던 모양이다. 〈도청기〉의 적발과 보호가 일단락나고 얼마 후, 기동타격군은 북부 제2전선으로 이동 명령이 나왔다.

북부 제2전선은 연방 국토의 북부 중앙부터 서부에 이르고, 전쟁 전에는 선단국군 남부와 접해 있던 일대에 깔린 전선이다. 배치될 기갑사단의 각 기지가 포격의 방패로 삼은 구릉지대를, 정상을 넘지 않고 기슭을 돌아서 통과한 신은 북부 제2전선의 전장을 내려다보았다.

거듭 말하는데, 내려다보았다.

"전장 전체가 분지인가……."

전장 남방의 이 네히쿠와 구릉지대부터 완만하게 내려가면서 일대에 퍼진 진흙과 키 작은 풀이 점점이 있는 원시림 황야. 구릉의 북쪽 기슭에 깔린 것이 북방 제2방면군의 방어진지군, 로기니아 방어선이다. 전장과 시야를 서쪽에서 가르는, 남북으로 이어지는 시하노 산악지대. 그리고 거리가 있어서 여기서는 보이지 않지만, 마찬가지로 전장을 에워싼 동부 산악지대와 북쪽의 〈레기온〉 지배지 후방의 저산지대.

"참고로 시하노 산악은 이웃한 북부 제1전선을 가로질러서 연합왕국과의 국경인 용해산맥으로 이어지고, 북쪽의 저산지대 너머가 선단국군이야."

인접한 선단국군과의 작전에 참가한 관계상, 북부 제2전선의 전투 상황도 들었다는 치리가 보충했다.

"제2차 대공세까지는 이 분지에 숙영지나 기지 같은 게 있었던 모양이야. 전쟁 전에는 밭이었다고 하니까 후방 지원부대를 전개하기 좋았겠지만, 주전장으로는 맞지 않아."

개활지는 기갑병기의—— 전차형(뢰베)이나 중전차형(디노자우리아)의 독무대다.

포탄위성 폭격으로 여태까지의 방어진지를 포기하고 후퇴한 것은 어느 전선도 마찬가지지만. 그 후퇴한 곳이 하필이면 원래 농지인 개활지라니, 방어하기 힘들겠지.

"그래서 우리가 파견된 건가. 포기했던 강의 위치를 바꾸어 다시 방어선으로 삼는다니, 참 말도 안 되는 작전으로 들리는데."

피난을 온 외국인 중에서 의용병을 모집할 정도로 전력이 부족한 연방이다.

다른 나라의, 그것도 왕족 직할 부대라고 해도 귀중한 기갑전력을 놀리고 싶지 않은 것이 본심이겠고, 비카도 공짜 밥이나 얻어먹을 생각은 없다. 올리비아와 맹약동맹에서 온 파견교도부대도 마찬가지로 이번 작전부터는 다시금 기동타격군의 전력으로 참가한다.

내려다본 로기니아 방어선은 본디 하천이었던 것을 말려서 만든 분지다. 후퇴 전의 북방 제2방면군의 방어선, 히아노 강과는 나란히 분지를 서쪽에서 동쪽으로 달린다.

조용히 바라보는 비카의 곁에 언제나처럼 있는 레르케가 고개를 갸웃거렸다.

"이 로기니아 방어선도, 히아노 강도. 정말이지 타이밍 좋게 강이 있었군요."

국경 부근에 〈레기온〉의 침공을 10년이나 막을 만한 거대한 강이, 〈레기온〉과 연방의 세력권을 정확히 분단하는 형태로 존재하다니.

"있었던 게 아니다. 만들었다. 원래 있던 크고 작은 강을, 간척을 겸해서 흐름을 바꾸고 국경에서 한꺼번에 방어용 운하로 만든 게 히아노 강이다. 봐라, 오래된 제방의 흔적이 많다."

시선으로 가리킨 곳을 레르케도 따라 바라보지만, 그 눈에는 약간의 논두렁길 같은, 소박한 흙더미의 흔적밖에 안 보였다. 그것이 무수하게 참호나 포격 흔적에 무너지면서 분지를 달렸다.

"크고 작은, 셀 수 없을 정도의 강이 그물망처럼 존재했던 지세라니. 그걸 이렇게까지…… 오랜 시간과 노력을 들였겠군요."

"원래 이 근처는 습지다. 사방에서 물이 흘러드는 지세니까. 그걸 백여 년이나 걸린 간척으로 농지로 바꾸었다. 이 로기니아 방어선도 지금은 메말랐을 뿐이지 원래는 마찬가지로 간척과 방어를 겸한 운하다. 그만큼 조상의 노력이 아쉽겠지만……."

비카는 살짝 탄식했다.

"여기 상황은 감상에 젖어서 아쉬워할 정도가 아니로군."

철컹철컹. 시끄럽고 익숙한 발소리가 끼어들어서 눈길을 주니 86구에서 싫증이 날 만큼 익숙해진, 마른 뼈처럼 하얀 펠드레스가 네히쿠와 구릉에서 분지로 내려오고 있었다.

M1A4 〈저거노트〉. 공화국이 자랑하는 알루미늄 실패작이 왜 연방의 전장을?

신은 잠시 침묵했다.

"설마 저것도 전부터……?"

치리 또한 묘하다는 표정이었다.

"아니, 저건 나도 처음 봐. 여기서는."

게다가 보아하니 기갑병기로 운용하는 것도 아니다.

무거운 박격포나 휴대식 대전차 미사일 같은 것을 산처럼 짊어지고, 장갑보병과 함께 행군한다. 혹은 155mm 견인 곡사포나 88mm 대전차포를 끌고 포병과 함께 진지로 향한다.

〈저거노트〉는 일단 명목상으로는 기갑병기다.

얇다고 해도 장갑을 지녔고, 힘이 없다고 해도 전차포를 짊어지고 움직이는 이상, 상응하는 마력은 가지고 있다. 그 마력을 살려서.

"힘센 장갑보병 취급인 걸까……."

"그러고 보면 저번 피난 작전에서 자원 운송용으로 공화국에서 가져왔던가."

그렇긴 해도 과거에 그 〈저거노트〉로 〈레기온〉과 대치해 왔던 에이티식스들로서는 정말로 한심하다고 할까, 조금 가엾게 느껴질 정도의 말로다.

완전히 짐말 취급이라니.

"그 말처럼 접수한 〈저거노트〉는 사족(四足), 비인간형 중장갑 강화외골격으로 운용하고 있어."

다소 낮고 달콤한 울림의 여자 목소리가 들려서 돌아보니, 장갑탑승복 차림의 여성 장교였다.

연정종 특유의 거무스름한 커피색 머리. 화사하게 물결치는 머리카락을 말꼬리처럼 묶었고, 아름다운 얼굴에는 살짝 화장을 했다. 계급장은 야전 장병으로서 당연히 떼었지만, 병과 마크는 신과 치리와 같은 기갑부대의 다리 여덟 개 달린 준마다.

"장갑강화외골격으로는 그럭저럭 우수해. 장갑과 화력은 〈울프헤딘〉보다 낫고, 운반 능력은 차원이 달라. 애초에 기갑병기로서 운용했던 것이 잘못이었어."

메마르기 시작한 가을의 들풀을 밟으면서 다가오며 싹싹하게 한 손을 들었다. 자신감으로 가득한 미소를 짓는, 신보다 조금 클 정도로 장신의 아름다운 여성.

"인사할게, 기동타격군 제군. 나는 북방 제2방면군 제37기갑사단 제1연대 〈레이디 블루버드〉 대장, 니암 미아로나 중령이야. 이탈 부대 〈헤일 메리〉를 진압하는 작전 동안, 너희는 주로 내 연대와 협동하게 되었어."

"너희 기동타격군의 파견 목적은 전선 서쪽 끝, 시하노 산악의 댐 파괴 작전을 위해서야."

기동타격군의 거점이 되는 제37기갑사단 기지는 한 달 정도 전에 새로 설치된 곳으로, 다른 나라의 전장에서만 싸우고 온 소년병들에게는 오히려 낯설 정도로 통일된 규격의 조립식 모듈이 기동타격군을 맞이했다. 접이식, 대량 수송 가능, 설치와 철수도 간단하며 필요한 수량만큼 연결할 수 있는 기본 모듈에 기능별 전용 모듈을 추가하는 것으로 막사에 회의실에 식당에 격납고, 의료시설로까지 이용할 수 있는, 연방군 제식의 다목적 거주 설비.

오래 써서 조금 낡은 대회의실 모듈의 홀로스크린에 표시된 전역 지도와 줄줄이 모인 프로세서들 사이를 미아로나 중령이 왕복했다.

"정확하게는 시하노 산악 카두난 강의 치수 댐을 공병이 폭파하는 동안 강 주변의 제압을 유지하는 거야. 그것으로 워미덤 분지 전체를 간척 이전의 습지대로 되돌리고, 〈레기온〉들을 수렁의 덫에 빠뜨리는 거지."

지도상에 카두난 강과 댐들이 붉게 반짝이며 표시된다. 시하노 산악을 남쪽에서 북쪽으로 흘러드는 인공하천과 그 흐름에 있는 스물두 개의 댐. 크고 작은 하천을 완전히 막는 댐에서는 말라붙은 강의 흔적만이 동쪽에 펼쳐진 워미덤 분지로 이어졌다.

그 하천을 모두 되살리면 분지 전체가 기갑병기의 침입을 막는 수렁으로 변하겠지. 무겁고 덩치 큰 중전차형 따윈 제대로 움직일 수 없다.

"그와 함께 방면군 본대가 카두난 강 시작점인 로기니아 댐을 파괴, 신 타타츠와 강 시작점인 타타츠와 수문을 봉쇄하고, 로기니아 방어선을 하천으로 수복한다. 〈레기온〉에 점령당한 히아노 강을 대신해 로기니아 강이 쇳덩어리들의 앞을 가로막는 거야."

전장을 동서로 가로질러서 수복 예정인 로기니아 강이 표시된다. 참고로 옛 타타츠와 강은 네히쿠와 구릉지대 남쪽 하천의 흐름을 바꾸어서 과거의 로기니아 강으로 보내는 것이라서, 이걸 연장해 히아노 강으로 이은 것이 신 타타츠와 강이다.

"너희 기동타격군의 작전지역은 로기니아 댐에서 카두난 강 종점인 레카나크 댐까지의, 남북 60킬로미터 범위. 요사 댐에서 레카나크 댐까지의 15킬로미터는 〈레기온〉 지배영역에서 작전을 수행해야 하지만, 태반은 경합구역에서의 작전이야. 여태까지 몇 번이나 지배영역 깊은 곳으로 침투하는 작전을 수행한 기동타격군에게는 어쩌면 좀 부족할지도 모르겠네."

장난스러운 어조로 말을 마무리 지었다.

"다만…… 그 몸풀기 작전도 한동안은 연기되겠어. 아쉽게도."

'으음?' 하는 심정으로 신은 고개를 들었다. 이동하는 동안 상황이 바뀌는 일도 없지는 않지만, 작전이 연기되는 거라면 예삿일이 아니다.

미아로나 중령은 자포자기란 느낌으로 시선을 흐렸다.

"자세한 내용은 너무 바보 같아서 생략하겠는데, 실은 너희가 이동하는 동안에 헤일 메리 연대라고 자칭하는 바보들이 북방 제2방면군에서 이탈했는데. 핵무기를 만들겠다고 하면서 원전에서 폐기 핵연료를 탈취한 끝에 현재 경합구역에 잠입해서 행방불명되었어."

"엉……?"

무심코 신은 이상한 소리를 흘렸다.

옆에서 라이덴과 프로세서와 정비원도 각각 일부가 비슷한 반응을 했다.

태반의 에이티식스는 의아한 표정을 지었다. 그레테나 비카나 올리비아는 소리까진 내지 않았지만, 하늘을 올려다보거나 이마를 누르는 기색이었다.

미아로나 중령은 고개를 끄덕였다.

"멋진 반응 고마워, 대위. 기동타격군의 저승사자이자 에이티식스의 왕, 신에이 노우젠 대위에게서 '엉' 소리를 받아내다니 좋은 이야깃거리를 얻었네."

신이 와본 적 없는 북부전선에도 소문만큼은 멋대로 전달되었던 모양이다.

게다가 처음 듣는 거창한 별명에 참 성대하게 과장된 모양이라고 신은 생각했다. 그것도 〈레기온〉을 야삽으로 해치웠다든가, 머리부터 잡아먹었다든가 하는 황당무계한 뜬소문 같은 건가.

신부님도 아니고. 그건 말도 안 되지.

"전력 자체는 소규모인 헤일 메리 연대지만, 핵연료라면 무시할 수 없어. 옛 하천을 수복하는 이상은 더더욱. 즉, 핵연료 회수가 완료될 때까지 댐 파괴 작전은 실행할 수 없으니까, 당분간 너희에게는 기동방어를 부탁하게 되겠어."

폐기 핵연료의 방사선은 지극히 장기간에 걸쳐 약해지지 않는다. 회수하지 않고 물로 휩쓸어버리면 광대한 분지가 그대로 방사성 지뢰밭으로 변한다. 한편으로 회수를 위한 수색 작전을 실행하려면 일손이 필요하다. 사람을 할애하면 그만큼 전선 유지를 위한 전력이 부족해진다. 애초에 병력 부족 상태인 북방 제2방면군에 기동타격군을 놀려둘 여유가 있을 리가 없다.

"핵연료 취급법은 모를 테니까, 기동타격군에는 수색 임무도, 나아가 헤일 메리 연대의 진압 임무도 맡기지 않아. 다만 혹시 바보들이 연료를 폭파라도 하면 그때는 피난 명령을 내릴 테니까 즉각 따라줘. 질문 있어? 검은 눈이 신비하게 보이는 너? 말해 봐."

"레키 미치히 소위입니다. 핵연료를 폭파한다면. 즉, 핵폭탄이란 것입니까? 저기…… 그러니까 괴수영화에 등장하는 그거."

미아로나 중령은 잠시 생각했다.

"핵폭탄이랑은 다르지만, 어어……. 그래, 일단 비슷한 것으로 여겨도 좋아. 〈레기온〉에는 효과가 별로지만, 영화의 괴수나 나나 너희에게는 위험하다는 점에서."

"예? 우리에게만 위험합니까……?"

두통을 참는 얼굴로 비카가 말을 보태고 나선다. 미치히에게 하는 말이 아니라, 핵무기랍시고 전혀 다른 것을 만들지도 모른다는 문제의 이탈 부대에 대한 황당함을 감추지 못하는 기색으로.

"경이 말한 그건 방사성 물질을 이용한 생화학 병기다, 레키 미치히. 영화나 현실의 핵무기 정도의 위력은 없다. 〈레기온〉에는 무의미하면서 인간에게는 치명적인 오염물질만 뿌리는, 단순한 폭탄이다. 〈레긴레이브〉에는 어느 정도 대책이 마련되어 있지만, 완벽하게는 막을 수 없으니까 피난이 필요하지. 일단 현재로서는 그것만 파악해두면 충분하다. 자세히 설명하면 길어지겠고, 이번 작전에는 무관하다."

미치히는 드디어 눈썹을 찌푸렸다. 비카의 설명을 못 알아들은 것도, 작전과는 관계없는 설명이 생략된 것을 납득할 수 없는 것도 아니라. 그 이전에.

"〈레기온〉에는 안 먹히고, 우리에게는 위험하다는 단순한 폭탄을…… 그 사람들은 왜 〈레기온〉에 쓰려고 합니까?"

기동타격군이 기동방어만 맡고 헤일 메리 연대의 진압에 돌려지지 않은 것은 대인전에 익숙하지 않은 에이티식스들의 성질을 고려한 것이겠지만.

“너무 말이 안 되잖아. 핵무기를 만들겠다니. 오믈렛을 만드는 것도 아니고.”

“오믈렛 만드는 정도로 생각하니까 더러운 폭탄이나 만들 것 같다는 소리겠지. 핵무기의 기본적인 원리 자체를 모를 테니까.”

급격한 핵분열의 연쇄반응, 혹은 핵융합을 일으켜 원자핵이 내포한 엄청난 에너지를 파괴력으로 해방하는 것이 핵무기다. 달걀과 소금을 섞듯이 폭약과 저농축 우라늄을 섞는다고 일으킬 수 있는 반응이 아니다.

그런 근본적인 지식부터 부족한 놈들 때문에 댐 파괴 작전이 연기되었나 싶어서 라이덴도 신도 넌더리를 냈다.

북부 제2전선을 구하겠다고 헤일 메리 연대는 주장하고 있다나 본데.

실제로는 그들이 전선을 위기에 빠뜨리고 있다. 그들이 핵연료를 갖고 경합구역에 잠복하는 동안 댐 파괴를 통한 방어하천 수복은 실행할 수 없다. 그동안 방어진지의 부족을 메우는 것은 병사들이다. 기갑병기의 독무대인 개활지에서 그 목숨과 피와 살로.

헤일 메리 연대가 핵연료를 탈취했으니까 사상자가 늘어난다.

라이덴이 콧방귀를 뀌었다. 막사로 이어지는, 조립식 주거 모듈을 연결하는 통로는 막사와 대회의실보다도 천장이 낮아서 라이덴의 장신에는 비좁게 보였다.

“애초에 가령 만들었다고 해도 도움이 안 되잖아. 〈레기온〉을 전멸시키기 전에 인간이 전멸하겠고, 전선의 〈레기온〉만 날려버린다고 해도 그 뒤의 점령이 불가능하니까."

핵무기의 폭심지는 일시적이지만 방사성 물질에 오염된다. 방사선이 약해져 병사가 안전히 진입할 수 있게 되기 전에 후방에 있는 〈레기온〉이 진출해서 재점령할 뿐이다.

뒤에서 따라오던 베르노르트가 한마디 말했다.

"점령한다는 생각 자체가 머릿속에 없다고 봅니다."

그리고 돌아보는 두 사람에게 어깨를 으쓱여 주었다. 전투 경험은 그 나이치고 이상할 만큼 쌓았지만, 그 이외의 경험은 나이에 비례하게 부족한, 아직 어린 소년인 장교들에게.

"아무튼 저기 있는 〈레기온〉을 해치우면 이기는 거라고, 그 정도로만 생각하는 거겠죠. 정말로 영화의 괴수처럼."

"아니……. 정말로 그럴까?"

"적어도 수괴인…… 노엘레 로히였던가? 걔는 정규 사관이잖아. 그 정도도 못 배웠을 리가 없어."

그냥 무턱대고 적을 죽이고 다니는, 수급의 숫자를 자랑하는 것은 현대 군대의 역할이 아니다.

죽여야 할 것은 정치, 작전, 전략, 전술 목적의 달성에 기여하는 적뿐이고, 그렇지 않은 적은 아무리 해치워도 무의미하다. 그런 기본적인 지식은 특별사관인—— 훈련기간이 반년밖에 안 되는 속성 육성 사관에 불과한 신이나 라이덴도 배워서 알고 있다.

몇 년이나 교육받은 사관학교 출신의 정규 사관이 모를 리는 설마 없겠지.

"전에도 말했습니다만, 당신들 기준으로 생각하지 않는 편이 좋습니다. 이 경우는 공화국의 망할 기준이라는 의미가 아닙니다만…… 녀석들은 저희나 귀족님 같은 순수한 전쟁꾼도 아니고, 에이티식스처럼 소수도 아니죠. 전투요원이나 지원요원이 될 수 없어서, 아무나 할 수 있는 일로 돌려진 녀석들입니다. 그런 녀석들의 생각이라곤 그 정도입니다. 핵이란 게 뭔가 대단한 병기인 모양이니까 일단 써보자는 거죠."

"아니, 그건 좀……. 뭘 어떻게 생각하면 그렇게 되는 거야."

뚜벅. 야전 부츠의 발소리가 다가와서 멈췄다.

"그야 견디기 힘든 전황이니까, 아주 멋진 한 방 역전의 수단에 매달리고 싶은 거겠지. 그건 너희가 제일 잘 알고 있잖아."

그 인물이 돌아본 사람들에게 "안녕." 하고 함께 한 손을 들어 보였다. 바닷바람에 바랜 금갈색 머리. 녹색 눈동자와 불새 문신.

"〈레기온〉의 공격에 내일 죽을지도 모르는 건 무섭고, 너무 무서워서 눈을 돌리고 싶은 바람에 이상한 생각에 빠지는 바보 같은 녀석도 나오는 법인 거야."

공화국이 10년 동안 〈레기온〉에 대한 공포와 굴욕을 에이티식스에 대한 멸시로 바꾸어서 박해하는 것으로 얼버무렸듯이.

"이스마엘 대령님. 무사하셨군요."

"덕분에."

선단국군의 남색 해군복이 아니라 연방의 쇳빛 야전복을 입은 걸 보면, 의용병으로 연방군에 들어간 걸까?

신이 품은 의문에 대답하듯이 빙그레 웃으며 야전복 옷깃을 잡아당기는 시늉을 했다.

"나만이 아니라 정해선단의 생존자와 육군의 피난로 개척조는 모두 참가했다. 국민 전원을 받아들여 준다면 연방에 그 정도의 답례가 필요할 테니까."

피난 시간을 버는 지연전 부대가 아니라 국민의 피난로를 개척, 유지하는 부대로 돌려져서 그대로 피난민과 함께 연방에 투신한 모양이다. 그 말처럼 선단국군의 비전투원 전원을 연방이 받아들여 주는, 그 즉각적인 은혜를 갚는 전력으로서.

〈레기온〉의 발을 묶고 전사한 지연전 부대를 '저버렸다'는 오명을 짊어지고.

"함장인 나까지 죽으면 먼저 간 동생들을 볼 낯이 없고. 살아남았다는 수치도 어제오늘 일이 아니니까 일단은 살아남아야지."

그 말에 신은 총명하게 깨달았다.

선단국군에서 항상 그 곁에 있던 부관, 에스텔이 없다.

조용히 숨을 삼키는 그에게 이스마엘은 껄껄 웃어주었다.

"꼬맹이일 동안은 바보처럼 자신만만한 정도가 딱 좋지만, 대위. 아무래도 그건 오만이야. 네가 다 지키지 못했다고 해도 그게 네 탓인 건 아니야. 에스텔도. 저번 작전에서도. 여태까지도, 앞으로도 말이야."

너희가 짊어지게 하진 않겠다.

나의 소중한 동생들을.

신은 살짝 고개를 끄덕였다. 눈앞의 상대의 당당한 위엄.

정해함대와 그 씨족을 이끌어온 우두머리의.

"실례했습니다, 함장님."
"오냐."

그리고 정해함대를 이끄는 위엄을 띠고 당당히 웃으며 대답한 이스마엘은 그대로 자연스럽게 물었다.
"그나저나 대위, 용연향은 써 봤어? 밀리제 대령과 좋은 관계가 되거든 선물해 주라고, 에스텔이 그쪽 부대의 은발 미인에게 주었을 텐데."
앙쥬를 말하는 거겠지. 레나가 용연향 같은 걸 입수한 경로는 그녀였나.
아무튼 신은 대답했다. 눈을 천천히 한 번 깜빡이는 뜸을 들여서.
"묵비권을 행사하겠습니다."
"제공한 사람으로서 감상을 듣고 싶은데. 그걸 입수하느라 꽤 고생했거든."
신은 희미하게 미소 지었다.
옆에 있던 라이덴과 뒤에 있던 베르노르트가 노골적으로 질색한 기색을 했다.
"대령님…… 너무 무신경합니다."
이스마엘은 능글맞게 어깨를 으쓱였다.
"그것도 그렇군. 미안해."

연방군의 추적을 피하고자 헤일 메리 연대는 여러 분대로 나뉘어서 경합구역에 점점이 있는 원시림 곳곳에 잠복했다.

"좋아. 이걸로 끝이다."

숲속에 남은 숯 굽는 오두막 폐허에서, 핵무기 제조분대 중 하나에 속한 병사들은 만들어낸 핵무기를 얌전히 내려놓았다. 분대별로 나눈 연료봉의 피복을 열고, 안에 든 손톱 크기의 고체를 플라스틱 폭탄과 함께 용기에 채운, 그들이 직접 만든 '핵무기'.

대륙 북방의 가을, 낮은 기온 속에서 기묘한 열기를 띠는 그것을, 병사들은 가만히 바라보았다. 껍질로는 금속 양동이를 유용한 것이라서 아주 볼품없지만, 그 이상으로.

"핵무기란 건 대단한 폭탄인 것치고 아주 작고, 정말 간단히 만드는구나."

가느다란 피복관은 희미하게 열을 띠고 있었지만, 다소 고생한 것은 그 대책 정도다. 굵기는 어린애 손가락 정도도 안 되니까 공구로 간단히 절단할 수 있었다.

김샐 정도로 간단히, 〈레기온〉을 없애는 푸른 화염의 철퇴는 완성되었다.

"뭐, 잘된 일이잖아. 보고하자. 제조분대 중에서 제일 먼저 끝냈다면 치름 님이 기뻐할 거야."

그들의 지휘관, 스루 촌의 향사 치름 레와의 다정한 미소를 떠올리면서 무전기로 손을 뻗었다. 헤일 메리 연대에서는 레이드 디바이스를 쓰지 않는다. 모르는 것은 기분 나쁘고 무섭다. 안 써도 된다고 치름 아가씨가 말해 준 것도 병사들에게는 기쁜 일이다.

묘하게 목이 따끔거렸지만, 감기라도 걸린 거겠거니 하고 딱히 신경 쓰지 않았다.

올리비아는 밤이 되어서 저녁 식사를 마치고 조립식 기지에서 혼자 빠져나가는 크레나를 알아차리고 뒤를 쫓았다. 기지를 숨기는 네히쿠와 구릉지대의 그늘에서, 늦가을이라 이미 시든 꽃 대신일까, 화사하게 단풍이 든 나뭇가지를 손에 들고 있는 뒷모습에 말을 들었다.

"쿠쿠미라 소위……?"

"선단국군에서 친해진 사람이, 에스텔 대령이 죽었다고 해서."

〈레기온〉이 노획하지 못하도록 자침시킨 〈스텔라마리스〉의, 그 자침 작업의 지휘를 맡기 위해 배에 남았다.

정해함 정도 되는 거대한 배는 스스로 가라앉는 데도 시간이 걸린다. 그동안 예기치 못한 사태에 대비하기 위해서—— 그리고 완전히 가라앉을 무렵에는 이미 〈레기온〉에 둘러싸여서 피난민을 따라잡을 수 없으니까.

"나는 이제 괜찮다고 말하고 싶었는데……. 보여주고 싶었는데."

"대장. 여기의 〈양치기〉는 에이티식스입니까?"

"아직 구별은 가지 않아. 아마 아닐 것 같지만."

격납고에 〈레긴레이브〉를 반입하는 작업 도중에 문득 물어본 리토에게, 신은 고개를 내저었다.

연방과 공화국의 언어는 비슷하고, 멀리 있는 지휘관기의 잘 울리는 한탄에서는 판별할 수 없지만, 말씨가 에이티식스 같지 않다. 옛날식 말씨, 아마도 옛 제국의 귀족 계급.

그 뒤에 힐끗 리토를 바라보았다. 공화국에서 그가 싸우고 해치운 〈양치기〉.

"알드레히트 중위 때문인가."

"필요하다면 같은 걸 해주고 싶지만요. 하지만 가능하다면 하고 싶지 않구나 싶어서."

에이티식스가 〈양치기〉로 변했다면 해방해 주고 싶지만.

〈양치기〉라도 같은 에이티식스를, 사실은 죽이고 싶지 않다.

리토는 입술을 다물었다. 침통한 그 마노색 눈동자.

"알드레히트 중위에게도 하고 싶지 않았어요. 끝까지 싸운 끝에 죽었으니까 이제 86구를 나가서 아내와 딸을 만나러 가자고 중위가 생각했다면…… 그게 훨씬 좋았을 텐데."

전망 좋은 언덕의 정상에 서는 것은 전장에서 자살행위다. 연이은 구릉들 사이, 전망이 나쁜 낮은 장소에서 비카는 시하노 산악 지대를 멀리 바라보고, 그 옆에 레르케가 섰다.

여기서 아득히 서쪽, 연합왕국을 수호하는 천해의 요새, 용해산맥에서 이어지는 산악들을.

"전하……."

"아바마마와 자파르 형님은 무사하시다. 보리스 형님이 죽은 모양이지만."

자파르 왕세자와 후계자 자리를 다투었던, 배다른 제2왕자.

형이라고 해도 비카는 그 죽음에 아무것도 느끼지 않지만.

"왕실에 패전의 책임을 물을 수 없게끔, 함락되는 진지에 아내와 함께 남았다더군. 보리스 형님도 일각수의 일족이었다는 소리다."

용해산맥만이 아니라 생명선인 곡창지대도 잃은 왕실의 추태를, 증오스러운 〈레기온〉에 왕실의 일원을 빼앗긴 아름다운 비극으로 바꾸기 위해서.

전쟁 상황에 대한 불안과 앞으로의 곤경을, 원수인 쇳덩어리에 대한 증오로 일단 넘기기 위해서.

건국된 지 고작 10년인 연방은 그르쳤지만. 천년에 걸친 외적과, 그 녀석들과도 대치한 연합왕국의 일각수 왕실은 그리 간단히 실수하지 않는다.

"초동은 실패했지만…… 제국 귀족은 갑자기 튀어나온 바보들에게 어떻게 대처할까. 어디 한번 솜씨를 구경해 보실까."

제조분대원들은 핵무기 제조의 임무를 마치고 벌써부터 느슨해진 모양이다.

술을 마시고 대취해서 토하기 시작했다나. 그러니까 키아히는 버려진 연방군의 창고에 거점을 둔 노엘레 지휘하의 본대를 떠나 그들을 회수하러 가기로 했다.

"애초에 나는 처음부터 그 대통령이란 작자를 믿을 수 없었어."

올라탄 트럭의 운전석에서 소꿉친구인 리레와 미르하를 상대로 키아히는 내뱉었다. 투 블록으로 깎은 밀짚색 머리. 밤의 원시림을 바라보는 연노랑 눈동자.

11년 전, 에른스트 짐머만이 이끄는 혁명에는 키아히도 기대했었다.

부모님이나 시장이나 어른들이 모두 민주제란 좋은 것이라고 말했기 때문이다. 자유나 평등 같은 멋진 것을 얻을 수 있다고 했기 때문이다. 그 열광에 키아히 또한 들떴다.

그런데 현실은 어떤가.

혁명이 성공하고 연방이 성립되더니, 키아히의 세계는 안 좋은 방향으로 변했다.

자유도 평등도 훌륭하기는커녕 그냥 시끄럽고 귀찮은 것에 불과했다.

지역 어르신이나 시장에게 맡기면 되는 귀찮은 결단을, '자유'라는 이름으로 떠맡게 되었다.

쓸 곳도, 배울 필요도 없는, 귀찮기만 한 읽고 쓰기를 '평등' 하게 배우게 되었다.

그런 끝에.

"나는 특별시 아이들의 대장이었고, 실제로 시내에서 제일 강했어. 그런 내가 군에서 제대로 된 일 하나도 못 받은 건, 연방도 군도 이상했다는 소리잖아."

키아히는 기갑과를 지원했는데. 강한 자신은 〈바나르간드〉로 활약할 수 있었을 텐데. 군은 말도 안 되게도 펠드레스의 조종과는 무관한 학과시험 따위로 일방적으로 떨어뜨렸다.

장갑보병조차도 역시나 무관계한 학과시험 때문에 되지 못했고, 결국 맡겨진 것은 수송과의 트럭 운전사다. 후방의 수송로를 얼간이 오리처럼 줄줄이 왕복하는 일.

그런 건 군인이 할 일이 아니야.

수송과는 내가, 시내 제일의 영웅이었던 내가 할 일이 아니야.

리레가 대답했다. 메리라줄리아 시민 중에서 보기 드문 마노종(아가트)의 밤색 머리칼이 인상적인 그녀.

"그러니까 츠츠리와 누카프와 키나가 죽은 거야. 히스노는 학과시험만으로 아가씨와 같은 장교가 되지를 않나, 라침 녀석이 장갑보병이라니 믿을 수 없어."

"그 말라깽이 안경 말이지. 그런 걸 전선에 두니까 진다는 걸 왜 모르는 거지?"

"우리는 속은 거야. 혁명이고 군이고 우리에게 득이 될 건 하나도 없어."

평소처럼 메마른 목소리로 미르하가 내뱉었다. 패거리 중에서 가장 체구가 작은, 가녀린 청년이다.

"원전도 제대로 된 평가도 도둑맞고, 필요 없는 것만 떠맡고…… 우리는 착취당한 거야. 장성이나 상관들이 편하고 득 보기 위해서."

“그래. 하지만 그런 것도 전부 다 이걸로 끝내주겠어.”

이를 드러내며 키아히는 웃었다. 나무들 너머, 비장의 폭탄을 품은 민가가 보이기 시작했다.

빛나는 검도 펠드레스도 아닌, 손에 들어도 별로 멋있지 않은 폭탄인 게 아쉽다. 하지만.

“이걸로 전부 원래대로 돌아갈 거야. 모든 게 올바른 방향으로 돌아가는 거야.”

원래대로 영웅이 된다.

나에게 어울리는 그 지위로 돌아간다.

†

북부 제2전선의 전장인 분지는 늦가을인 이 계절에 특유의 짙은 아침 안개가 낀다.

시야가 완전히 가리는 무겁고 짙은 안개와 여명의 어둠은 공격하는 〈레기온〉에 있어서 아주 안성맞춤인 엄폐물이다. 더불어서 이 분지는 한 달 전까지 북방 제2방면군의 기지 기능이 있던 장소다. 막사나 창고로 설치된, 퇴각하면서 버려진 건물 또한 안개의 하얀 어둠 속에서 희미하게 녹아들어서, 소리도 없이 진군하는 쇳빛 그림자들을 사람들의 눈으로부터 숨겼다.

그리고 각 센서의 탐지를 수동(패시브)으로 설정하고 매복하는 순백의 해골들도 마찬가지로.

“사격 개시.”

대열 끝까지 사냥터에 진입한, 선두인 정찰소대와 후위인 근접엽병형의 중대에 포격한다. 신의 이능력으로 진로를 예측하고 매복 중이던 〈레긴레이브〉 각 전대가 차폐물에서 튀어나오고, 전진도 후퇴도 할 수 없어진 〈레기온〉 부대를 물어뜯는다——. 인류 측의 편성으로는 보병대대에 해당하는, 주력 경량급 근접엽병형(그라우볼프)과 그 호위인 전차형(뢰베), 정찰과 측면 경계를 맡는 척후형(아마이저).

색적을 담당하는 척후형을 제일 먼저 파괴했다. 센서가 빈약한 전차형과 근접엽병형은 그걸로 색적 정보의 태반을 잃지만, 〈레긴레이브〉 또한 안개로 시야가 가린다. 레이더를 능동(액티브)으로, 광학 센서를 적외선 탐지 모드로 바꾸어 안개의 하얀 어둠을 훑으면서 질주한다.

광학 스크린 안, 조준용 레이저를 탐지한 전차형이 즉각 포구를 돌렸다.

안개를 휘감고 회전한 포탑의 후방에서, 신은 〈언더테이커〉를 몰아 포탑에 달라붙었다. 탐지될 것을 예측하고 일부러 〈베어볼프〉의 레이저를 발사한 라이덴과 연계한 것이다. 〈레기온〉의 한탄을 듣는 신은 안개 속에서도 레이더를 쓸 필요가 없다——. 전파를 발하지 않으니까 색적 능력이 떨어지는 전차형으로서는 볼 수 없다.

완벽한 기습이었다. 전차형은 반응할 수 없다. 무방비한 포탑 후방에 달라붙어서 파일드라이버를 작동. 박힌 전자 파일이 전차형의 중앙처리장치를 증발시킨다.

전차형이 힘겹게 무릎을 꿇었다. 뛰어내린 신은 다음 적기를 찾아서 〈언더테이커〉의 기수를 돌렸다.

"대단하군."

그 모습은 신 지휘하의 부대를 따르는 장갑보병들의 눈에도 들어왔다.

보병부대가 전차에 호위로 수반하는 것과 마찬가지로, 기갑부대 또한 기갑병과 단독으로 편성하지 않고 척후나 주변 경계, 적 보병의 배제를 담당하는 보병 전력을 대동하는 것이 일반적이다. 특히나 북부 제2전선에 처음 파견된 기동타격군에, 처음 운용되는 〈레긴레이브〉에 신뢰할 만한 숙련된 장갑보병 부대를 수반하는 것은 당연한 판단이다.

그럴 터인데 동반한 장갑보병들이 나설 일이 전혀 없다.

급소라면 중기관총탄에도 견디는 장갑과 12.7mm 중기관총을 개인으로 운용하는 완력을 가진 장갑강화외골격 〈울프헤딘〉을 입고, 척후형과 근접엽병형, 때로는 전차형과도 싸워온 그들이 손도 내밀 수 없는 고속전투.

하지만. 장갑보병의 대장은 얼굴 전체를 뒤덮은 바이저 안에서 중얼거렸다. 소문으로는 들었던 기동타격군 정예들의 전공과 그 내력. 원전이 있을 뿐인 속령의 지방도시에서 극히 평범하게 자란 그의 눈에는 마치 이야기 속의 영웅 같았던 저 기동타격군의 소년병들은――.

"이렇게나, 대단한데도."

기동방어란 보병 주체의 제1열을 적 부대가 돌파했을 경우 후방에 한데 모은 기갑부대가 그 기동력을 살려서 빠르게 달려가 화력으로 격파하는 방어전술이다.

침입한 〈레기온〉에게 후퇴를 허용하면, 제1열의 장갑보병부대가 배후를 찔릴지도 모른다. 말 그대로 전멸시킨 〈레기온〉의 잔해를 둘러보며 신은 〈언더테이커〉 안에서 간신히 살짝 긴장을 늦추었다.

보병과 대전차 장해물, 대전차포 진지로 이루어진 제1열에서는 지금도 경보기 대용으로 삼은 대전차지뢰가 드문드문 불운한 적기의 위치를 장갑보병과 대전차포에 알려주고 있다. 〈레긴레이브〉가 전투하는 동안, 방해가 되지 않도록 대피시켰던 공병부대가 다시금 전진하고 막사와 창고를 다시 해체하기 시작한다.

잔해 틈새를 둘러본 공병이 십자를 긋는 것이 광학 스크린 가장자리에 비쳤다.

진출하려던 중장비를 일단 세우고, 장치된 덫을 경계하면서 다가가서 확 뒤집었다. 각각 남성과 여성의 시체다. 아니, 남성이 가슴에 껴안은 아이의 시체가 또 하나.

이 일대에 거주했던 전투속령민은 이미 몇 년 전에 피난을 마쳤으니까, 선단국군에서 피난 온 자들이겠지. 피난 가는 본대와 떨어진 걸까, 아마도 셋이서 여기까지 도망쳤지만―― 안전권에 도

달하지 못하고 힘이 다했다.

아이의 시체가 작은 인형을 껴안은 것이 보여서 신은 눈을 돌렸다.

목숨만 건져 피난하는데도 좋아하는 인형을 떼어놓지 못한다. 그런 천진난만한, 천진난만하기만 하면 되었을 터인 나이의 어린 애까지 도움받지 못하고, 보호받지 못하고 죽었다.

그 사실이 왠지 견딜 수 없었다.

자신들 북방 제2방면군과 북부 제2전선을 구하기 위해 파견된 기동타격군은 다행히 같은 37기갑사단의 예하다. 전쟁터의 먼지에 더러워졌어도 격납고에서는 하얗게 빛나는 순백의 기체.

"체크 리스트는 이걸로 끝났습니다. 그렌. 뒷일은 맡기겠습니다."

"그래. 수고했다."

부속 정비원인 모양이다. 키가 큰 안경잡이 청년과 말을 나누는 기동타격군의 총대장을, 신입 장갑보병 비요프 카토는 동경하는 눈으로 바라보았다. 서부전선의 목 없는 저승사자. 에이티식스의 왕, 신에이 노우젠 대위.

야흑종(오닉스)의 칠흑색 머리에 염홍종(파이로프)의 새빨간 눈동자. 대귀족의 혈통인 단정하고 새하얀 얼굴. 연방군의 최신예 펠드레스 〈레긴레이브〉를 몰고 정예부대인 기동타격군을 이끄는, 살아있는 영웅이다.

멸망의 위기에 처한 여러 나라에 파견되고, 모두를 구원했다고 한다.

연합왕국과 맹약동맹. 그리고 연방. 각국의 정예가 모인 특수부대라고 한다.

그 소문은 그도 들었지만, 이렇게 목격한 진짜 기동타격군은.

"역시 대단하네. 멋있어."

여기 북부 제2전선 또한 쇳덩어리들에게 몰려서 파멸의 위기를 맞았지만. 기동타격군이 왔으니까 우리도 구원을 얻겠지.

영웅인 그들이 왔으니까 죄다, 전부 아름답게 해결되겠지.

"나도 열심히 해야지."

불리한 전환을 타개하기 위한 〈레기온〉 지배영역으로의 침투 작전.

바꿔 말하자면 〈레기온〉의 압박 때문에 무모한 돌격 작전을 할 수밖에 없는 상황은 반년 전, 여름의 눈 오는 연합왕국에서 종사한 용아대산 공략 작전과도 비슷하지만.

"중전차형인 듯한 소리는, 중기갑부대가 전선 뒤에 진출한 기척은 역시 없군."

마침 같은 타이밍에 보급과 교대를 위해 돌아온 모양이다. 연합왕국 파견연대의 격납고에서 막사로 이어지는 통로에서, 신은 비카와 레르케와 마주쳤다.

인류 측의 전선 돌파를 위해 〈레기온〉이 투입하는 중전차형과 전차형이 주체인 중기갑부대. 연합왕국에서는 보급 수송부대에 섞여서 전선 뒤에 진출해 연합왕국군 기갑부대를 괴멸시키고 기동타격군을 고립으로 몰아놓은 것들. 당연히 신은 경계하고 있고, 이는 비카도 마찬가지다. 한 번 걸린 적이 있는 덫에 다시금 고개를 들이밀고 싶지는 않다.

"다만 전선의 기갑병종도 너무 적어. 다른 구역에서는 〈바나르간드〉가 기동방어에 나서는 이상, 전차형이 전진할 수 없을 만큼 지반이 약한 것도 아닐 테지. 온존해서 후방에 대기시키고 있다고 생각하는 게 타당하겠지."

"경이 들을 수 없다면 어쩔 수 없지. 척후를 내보내도록 타진해 볼까."

비카는 뒤에 있는 레르케에게 눈길도 주지 않고 대답했다. 그를 대신해서 시선을 준 신에게 레르케는 우아하게 인사했다. 맡겨달라고 하며 웃는, 유리 세공품 같은 녹색 눈동자.

"중기갑부대 정도 되면 쉽게 숨길 수도 없지. 이쪽은 경 같은 광범위 탐사의 이능력자가 없는 전장에서 싸워온 몸이다. 잠복 장소는 짐작도 가지."

"고맙군. 내친김에 묻고 싶은데."

"음?" 하는 소리와 함께 돌아보는 제왕색 눈을 똑바로 보며 물어봤다. 그것은 신도 짐작도 가지 않지만.

"중전차형이 직접 이동하지 않고, 회수수송형(타우젠트휘슬러) 같은 것에 견인을 맡기지도 않고, 전선에 진출시킬 수 있는 꼼수를 알아? 수송부대의 움직임과 숫자도 확인하고 있는데, 지금은 거기에 섞인 느낌도 없어."

신의 이능력은 동결 상태인 〈레기온〉의 한탄을 들을 수 없지만, 〈레기온〉도 동결 상태에서는 움직일 수 없다. 회수수송형이 견인한다고 해도——전투중량 100톤의 중전차형을 견인할 수 있는지는 모르겠지만—— 회수수송형의 목소리는 신에게 닿는다. 하물며 부대를 이동시킬 정도라면 아무래도 신이 파악할 수 없을 리가 없는데.

비카는 눈을 한 차례 깜빡였다.

"아하. 그건 꼼수라고 할 정도도 아니지. 지세는 다소 가리지만 흔해 빠진 수법. 항공기나 철도 같은 것보다도 훨씬 오래된 대량 수송의 수단에 불과하지."

조국에서는 방면군 지휘관으로 군수 부문의 수송 수단과 경로를, 그리고 일국의 왕자로서 자국의 유통과 그 역사를 숙지하는 게 당연했던 비카에게는 아주 간단했다.

뭔가 떠올린 기색으로 "흐음." 하는 소리를 흘렸다.

"헤일 메리 연대의 우행 때문에 본래 숨겨야 할 기동타격군의 존재는 〈레기온〉도 파악했다. 침투 작전을 강요한 것은 〈레기온〉 쪽이고, 진격로의 확인에 척후를 내보내니까 제압 목표도 확인했겠지. 그렇다면 아예 그것도 미끼로 쓰는 건 어떨까?"

"사용할 가치가 있다면 그래도 좋지만. 그 전에 질문에 대해 설명해 줘."

"보고서에 쓸 테니까 그걸 봐라. 그보다도."

날카로운 눈을 한 신에게 눈에 띄게 놀리는 기색으로 입꼬리를 올렸다.
"밀리제가 부재중이라서 어떨까 싶었는데, 의외로 냉정하군."
신은 여전히 매서운 눈으로 비카를 노려봤지만, 결국 노려보기만 한 채로 대답했다. 이 뱀에게는 어차피 무슨 소리를 해도 소용이 없다.
"없으니까 그렇지. 레나가 없는 이상, 어느 정도 그 역할을 대신하는 게 나겠고, 실패해서 나중에 부담을 주고 싶지 않아."
기동타격군에서는 예외적으로 작전지휘관에서 작전참모에게 지휘권이 넘어가지만, 아무래도 다른 부대와의 교류나 지휘관 사이의 사교 같은 것도 있다. 용모로도 전공으로도 눈길을 끄는 레나가 없다면, 사람들이 연방에서는 보기 드문 야흑종과 염홍종의 혼혈인, 특이한 총대장에게 말을 거는 건 당연하다.
피할 수도 없는 일이고, 그 정도는 대처할 수 있을 정도로 능수능란해지고 싶은 심정이다.
레나가 여태까지 그랬듯이…… 리햐르트 소장이 남긴 말처럼.
삶 전체로 응하라고는 하지 않는다. 자네가 속한 장소의 이익을 위해서, 자네의 재능과 승리를 써라.
배워야 하겠지. 연방군의 일원으로서, 하지만 완전히 녹아들 수 없는 가치관을 가진 에이티식스로서. 삶 전체로는 응하지 않고, 그래도 연방군으로 연방에서 살아가기 위한 행동거지. 불필요한 마찰을 피하고, 피할 수 없는 대립을 감수하고, 그래도 치명적인 파국을 피하기 위한 협상이나 조정이나 양보를 겸해 각자 길을 찾아가는── 조직에서의, 사회에서의 정치란 것을.

게다가 요양 중인 레나에게 걱정을 끼치고 싶지 않고, 신의 행동으로 레나의 평판까지 떨어뜨리고 싶지 않고, 너무나도 꼴사나운 모습만 보이고 싶지도 않고.

"언제까지고 애로 있고 싶지 않으니까. 너도 본보기로 삼도록 하지, 왕자 전하."

"그건 괜찮다만. 내가 밀리제에게 야단맞을 만큼 귀여움은 잃지 마라. 경에게 머리가 쪼개지고 밀리제에게까지 쫓겨 다니는 건 나도 사양이다."

"그걸 어떻게……. 아니, 머리를 깨뜨릴 생각은 안 했는데. 날을 세운 야삽으로 해치워서 바다에 던져버리려고 했을 뿐이다."

"역시 〈스텔라마리스〉에서의 오한은 경인가……."

"그 말에 떠올랐다. 〈찌카다〉 말인데."

레나만이 아니라 앙쥬와 크레나에게도 그걸 입혔다고 하던데.

"괜한 소릴 했군. 레르케, 부탁한다."

"에엣?! 전하, 너무하십니다!"

비카는 재빨리 떠나가고, 레르케가 허둥거렸다.

왠지 비장한 얼굴로 이쪽을 돌아보았다.

"어쩔 수 없군요……. 저승사자님, 부디 여기선 소생의 목으로 눈감아 주시길."

"잘못한 건 비카니까, 너한테 화풀이하진 않겠는데……. 애초에 너는 목을 뗄 수 있으니까 그걸로는 눈감을 수 없지 않나?"

레르케는 진리에 도달했다는 얼굴로 숨을 삼켰다.

"오오……."

"지금 와서 깨닫지 마."

"진언은 잘 들었어요, 그레테 벤체르 대령."

북방 제2방면군의 참모장은 몸짓이 우아한 여성 소장으로, 같은 참모장이라도 꽤 다르다고 그레테는 생각했다. 다만 어디까지나 겉모습만 그렇다는 거지만.

"적 기갑부대가 상정보다 적다는 사실은 이쪽에서도 파악하고 척후를 내보냈습니다. 자율 수색기에 추가로 사람들을 동원해 눈을 빛내고 있으니까, 놓치는 건 적겠지요."

연방군이 운용하는 무인 자율 수색기는 위험한 정찰임무에서의 병력 소모를 억누를 수 있지만 결점도 많다. 육상을 이동하니까 카메라에 비치는 범위가 좁고, 지형에 따라서는 진입할 수 없다. 원격조작도 데이터 송신도 종종 방전교란형의 재밍에 방해받는다. 숙련된 정찰병의 감에는 미치지 못하는 이상, 역시나 인간이 직접 정찰하는 것은 빼놓을 수 없다.

한편 경합구역 깊은 곳을 정찰하는 것은 상응하는 소모가 전제된다. 제2차 대공세 이후로 전사자가 많은 북방 제2방면군으로서는 최대한 치르고 싶지 않은 희생일 터이다.

즉, 척후로 진출한 태반은 연방군인이 아니라 선단국군의 의용병단.

그레테는 씁쓸하게 생각했지만, 입 밖에 내지 않았다. 참모장을 비난해 봤자 바뀌는 것도 없고, 일국을 통째로 연방에 보내는 대가로 그들도 그것을 각오했겠지.

"기동타격군에서도 〈알카노스트〉의 정찰대를 추출할 수 있습니다. 필요하다면 명령하시길."

"고려하겠어요. 고마워요. 헤일 메리 연대의 일만 아니었으면 기동타격군의 존재는 댐 파괴 작전까지 비밀에 부치고 싶었습니다만."

참모장은 말했다. 젖은 듯이 어두운 색채를 띤 두 눈에서 나오는 예리하고 냉혹한 빛.

"안타깝게도 가만히 있는 게 도움이 되는 인간은 있는 법이로군요. 제대로 도움도 안 되는 주제에 움직이면 주위에 폐만 끼치는 인간이."

기동방어를 교대하고 기지로 돌아와서 저녁 식사 시간이 되었지만, 토르는 아무래도 밥이 잘 넘어가지 않았다.

"아, 리토 녀석 또 고기 더 받았어."

"토르, 리토는 됐으니까 일단 네 밥을 먹어."

멍하니 다른 테이블을 보며 말했더니, 맞은편 자리의 클로드가 눈썹을 찌푸렸다.

신과 라이덴, 그리고 미치히와 리토 등 대대장은 동행하는 보병부대의 제안으로 그들 테이블에 끼어있다.

들려오는 느낌으로는 앞으로의 연계를 확인하는 모양이다. 어떻게 움직였으면 싶은가 하는 요망은 있는가, 다음은 이런 작전은 어떤가, 대장인 안경 낀 청년이 열심히 묻고 있다. 더불어서 성장기니까 많이 먹어라, 고기 더 먹어라, 고기, 같은 잔소리도 기본적으로는 건장한 장갑보병 아저씨들에게서 듣는 모양이다.

뭐, 실제로 수반보병인 그들을 거의 무시하고 움직였으니까 이런 관계도 필요하겠고, 원활한 연계를 위해서라도 그런 사교는 필요하겠지. 그것은 토르도 알고 있지만.

하지만 정말 의미가 있을까.

문득 토르는 생각했다.

지고 있는데.

우리는…… 〈레기온〉에게 졌는데.

자각해버렸다.

정말로 자각하지 않을 수 없었다.

이번에 파견된 여기 북부 제2전선도 여기저기 구멍투성이다. 주어진 임무는 그 구멍이 찔릴 때마다 일시적으로 메우고 다니는 것.

연방에 와서 처음으로 아무것도 얻는 게 없는 작전이다. 당장에라도 무너질 듯한 전쟁 상황을 가까스로 유지할 뿐인 전투다.

적지 깊은 곳으로 침투하고 중점을 파괴하는 돌격부대로서 설립되었을 터인 기동타격군조차도, 이미 방어전에 돌려야 할 정도의 난국이라고—— 이 상황에 와서 비로소 토르는, 에이티식스들은 깨닫게 되었다.

연방만이 아니다. 연합왕국은 용해산맥을 잃었고, 맹약동맹은 최종방어선까지 후퇴하였고. 남방제국도, 성교국과 극서제국도 연락이 끊긴 상황. 이번에야말로 완전히 함락되었을 공화국도, 이미 부름에 응하지 않는다. 선단국군에서 온 피난민도 발견되는 것은 이미 시체뿐이다.

에이티식스들의, 기동타격군의 여태까지의 싸움은, 아무런 의미도 없었다고 하듯이.

86구를 살아남은 자신들은 미래도 타개할 수 있다고 생각했던 것은 그저 헛된 자부심에 불과했다고 뼈저리게 깨우치는 듯한.

"토르. 자꾸 멈추지 말라고 했지."

"응."

건성으로 대답하며 스푼을 들어서 입으로 가져갔다. 밀가루 반죽에 다진 고기를 넣어서 수프로 삶은 향토 요리다. 어떻게든 먹고는 있지만, 도무지 맛을 모르겠다.

매운맛이 있는 건 알겠다. 하지만 투명한 수프에 뿌려진 향초는 향이 나지 않는다. 수프 국물은 어떤가. 다진 고기는 돼지인가 닭인가 아니면 양인가. 의식해서 입에 넣어도 기계적으로 씹고 어느새 멍하니 혀와 목을 통과해버린다.

본래 맡았어야 할 댐의 파괴 작전조차도 토르로서는 내키지 않았다.

워미덤 분지 일대를 간척하기 위한 카두난 강 상류의 댐을 모두 파괴한다는 소리는 이 일대를 지금의 농지에서 원래의 습지로 되돌린다는 소리다. 그건 즉.

같은 테이블 앞에 앉은 프레데리카가 견딜 수 없어진 것처럼 중얼거렸다.

"여기 장병들은 고향을 버려야만 한다는 소리니라……."
무거운 그 울림에 동석한 전원이 침묵했다.
맞은편에 있던 시덴이 팔을 뻗어서 중지로 프레데리카의 이마를 튕겼다.
"우갸악?! 무슨 짓이냐, 시덴!"
"그런 얼굴 하지 말라고, 꼬맹이. 이스마엘 아저씨가 말했잖아. 네가 지킬 수 없었던 것이 전부 네 탓인 건 아니라고. 그 말이 맞다고 생각해."
시덴은 계속해서 말했다.
"지켜야 하는 건 일단 나 자신. 그리고 주위. 손이 안 닿는 곳은 안 닿으니까 어쩔 수 없어. 그 녀석이 자기를 지키지 못했던 거고, 그게 그 녀석 탓이 아니라면 당연히 우리 탓도 아니야."
모두가 필사적으로 노력해도 어쩔 수 없는 일이 있다.
그것은 누구의 탓도 아니다.
누구의 탓도 아니고 어떻게 할 수 없었다고── 인정할 수밖에 없는 일도 있다.
"여기 녀석들도 필사적으로 노력했겠지만, 고향까지는 손이 닿지 않았어. 그건 여기 녀석들 잘못이 아니고, 우리나 꼬맹이 탓도 아니야. 그런 얼굴 하지 마."
하지만 프레데리카는 얼굴을 찌푸렸다.
"모두를 구하고 싶다고 생각하면 안 되는 것이냐……."
시덴은 고기쌈을 포크로 찔러서 입으로 가져갔다. 자잘한 생채기가 많은 낡은 포크.

"안 되는 건 아니지만. 누구 하나가 주위 전원, 정말로 눈이 닿지 않는 곳까지 전부 구한다는 건 이상하잖아. 무슨 하느님이야? 그런 걸 하라고 지껄이던 공화국의 하얀 돼지들도 아니고."

"하지만."

침묵한 프레데리카를 대변하는 것도 아니지만, 토르는 중얼거렸다.

"그 말처럼 버리는 작전이야. 우리가 여태까지 맡은 것은."

로기니아 강을 부활시키면 〈레기온〉은 건널 수 없지만, 마찬가지로 연방군도 북부로 건너갈 수 없다.

사실상 로기니아 강 이북은 더 되찾을 생각이 없는 작전이다. 방사성 오염이란 것을 피하는 걸 보면 두 번 다시 되찾지 않을 생각은 아닌 모양이지만.

"뭔가…… 86구 같아. 비가 계속 새는 방에서 양동이를 두고 다니는 기분이랄까. 싸워도 싸워도 〈레기온〉이 쳐들어오는 건 변함없고, 변함이 없는데 싸워야만 했던 86구처럼."

오늘을 가까스로 살아남을 뿐이지, 내일의 희망으로 이어지지 않는다. 근본적인 해결에 미치지 않는 전투. 〈레기온〉의 공세를 간신히 넘길 뿐 완전히 타도하지는 못하는, 언젠가 완전히 갈려나가는 날을 기다리기만 하는 공화국 86구에서의 전투와 마찬가지.

토르는 입술을 굳게 다물었다. 알고는 있어도 말해선 안 되는 그 말이 드디어 흘러나왔다.

"우리는 진짜로…… 지고 있구나."

그런 절망은 86구에서 익숙해졌을 텐데.

핵무기의 위력을 보이려면 연방군의 눈앞에서 〈레기온〉을 날려버려야 한다.

한편으로 핵의 파괴력을 고려하면 로기니아 방어선과 너무 가까운 위치에서는 기폭할 수 없다.

로기니아 방어선에서 적당히 먼, 하지만 쟁탈전이 벌어져서 근처에 〈레기온〉 부대가 전개한 지점. 그 조건에서 노엘레가 선택한 것은 경합구역 안의 어느 교차로였다.

원래 전투속령 워미덤 분지에서는 보기 드문, 포장된 도로가 엇갈리는 장소였다. 〈레기온〉 기갑부대의 이동 경로로써, 연방군의 반격 시 진격로로써, 양쪽 모두에게 중요한 지점.

"일단 여기를 되찾죠. 레케스, 준비는 됐습니까?"

"그래, 노엘레."

노엘레의 말에 동지인 레케스 소아스 소위가 표표하게 끄덕였다. 초콜릿색 머리를 짧게 친 그는 헤일 메리 연대에서 유일한 세습기사 가문의 자제다.

아름다운 공주를 따르는 것이 기사라면서 가문으로는 상위인데도 연대장 지위를 양보해 주었다.

짐칸에 핵무기 하나를 탑재한 차량폭탄을 발진시키고 레케스의 영민들이 돌아왔다. 핸들과 액셀을 고정하고, 무인으로 숲속을 나아가게 한 수송용 트럭. 레케스가 타고 온 트럭에 그들이 돌아오는 것을 확인하고, 노엘레도 자기 트럭에 올라탔다. 지휘관 둘을 태운 두 대의 트럭은 곧바로 시동을 걸었다.

"관측은 맡기겠습니다. 다만 충분히 대피해. 정말 엄청난 위력이니까요."

"알고 있어. 대피 시간은 잘 생각해서 시한장치를 설정했어. 걱정 필요 없어."

두 대의 트럭이 달려갔다. 핵무기를 실은 차량폭탄은 그와 정반대, 〈레기온〉 부대를 향해서 숲속을 나아갔다.

†

《버그239가 파이어플라이에. 차량폭탄의 공격을 확인. 방사성 오염물을 탑재했다고 추정.》

경합구역의 부대가 올린 보고에 북부 제2전선에 대치하는 〈레기온〉 집단, 그 지휘관기인 중전차형은 잠시 침묵했다.

《파이어플라이 수신. ——의미 불명.》

핵무기라면 또 모르겠지만, 사용된 것은 방사성 오염 폭탄이다.

금속 장갑을 두른 〈레기온〉에는 큰 효과가 없다. 게다가 방사선은 적과 아군을 구별하지 않으니까 방사성 오염 폭탄의 사용은 오히려 인류 측의 행동 범위를 좁히게 된다.

그렇기에 지휘관기도 판단을 내릴 수 없었다.

무엇을 목적으로 한 방사성 오염 폭탄의 사용인가.

기만행동인가. 양동인가. 모종의 실험인가——. 연방군의 목적은 무엇인가.

《정보 수집을 위해 방사성 오염 폭탄 운용 부대를 추적. 연방군의 의도를 파악할 때까지 공세를 일시 정지한다.》

†

핵무기는 정말로 기폭한 모양이다. 굉음이 숲을 흔들었다. 충격파가 가지를 바르르 떨리게 했다.

그것뿐이었다.

눈을 태우는 불구슬도 없고, 하늘을 찌르는 검은 버섯구름도 없다. 노엘레는 멍하니 폭심지일 터인 숲 너머를 돌아보았다.

하지만 폭발음은 너무 가벼웠다. 나무들을 날려버리긴 고사하고 가지들을 흔들었을 뿐인 충격파.

그럴 리가 없다.

두 손에 담길 정도의 우라늄이 숲을 증발시키고, 기갑병기마저도 태우는 게 핵무기다. 어렸을 적에 니암 아가씨가 보여준, 미아로나 가문과 제국군의 실험기록 영상에서는 그랬다.

마찬가지로 한 덩어리의 우라늄을 폭약으로 폭발시켰으니까 당연히 같은 위력이 나올 텐데.

"그럴 수가…… 왜?!"

핵무기의 절대적인 위력을 노엘레에게 말로 듣기만 한 레케스는 그 정도로 충격받지 않았다. 뭘 실패했는지 확인하기 위해 트럭의 진로를 되돌렸다.

그 정도의 폭발로는 〈레기온〉 부대가 거의 멀쩡할 터이지만, 어째서인지 척후형 한 기도 없다. 〈레기온〉의 대군이 있었을 터인 폭심지까지 조우하는 일도 없이 도달했다.

파괴의 흔적은 역시 거의 없었다.

트럭은 날아갔지만, 양동이에 담긴 고성능 폭약만으로도 비슷한 위력이 나온다.

"으음. 역시 뭔가 실패했나."

고개를 갸웃거렸다. 조금씩 일렁대는 화염이 눈에 들어와서 다가갔다.

기묘하게 선명한 색채의 화염이 양동이의 잔해와 핵연료 고체 위에서 일렁이며 타올랐다.

예쁘다고 생각하며 생각 없이 손을 뻗었다.

본래는 원전 사고를 탐지하기 위한 감마선 모니터링 포스트가 포착한 방사선량 증가. 이어서 부관이 보고한 '핵무기'의 폭심지에서 〈레기온〉이 철수했다는 이야기에 미아로나 중령은 아름답게 다듬은 눈썹을 찌푸렸다. 조립식 주거 모듈을 연결한 사단 기지에 있는 그녀의 집무실.

"강력한 감마선이라면 놈들에게도 영향이 있나. 아니, 단순히 경계했을 뿐인지도 모르지."

세라믹이나 금속은 방사선의 영향을 받기 어렵고, 〈레기온〉의 중앙처리장치는 유체금속이다. 방사선에 약한 뇌 신경계나 반도체만큼은 영향을 크게 받지 않으리라.

"기폭지점 출입은 단념했습니다만, 근처에서 레케스 소아스와 부하 셋을 발견, 생포했습니다. 오염 정도로 보면 기폭지점에 침입, 귀환하는 도중에 움직일 수 없게 된 듯합니다."

"출입에 관해서는 잘 판단했다, 히스노. 〈바나르간드〉의 오염 제거도 수고스럽고. 소아스 소위와 그 부하에 대해서는……."

힐끔 미아로나 중령은 부관을 올려다보았다.

"취조에 견딜 수 있겠나?"

"지금은 방사선 증후군으로 심한 구토를 하고 있습니다만. 그게 나아지면……."

"그런가."

봉인을 뜯은 폐기 핵연료를 그대로 고성능 폭약으로 터뜨렸다. '핵무기'의 기폭지점은 대량의 방사성 물질이 차폐물도 없이 흩뿌려진 방사성 오염 지대로 변했다.

한편 〈레기온〉은 인간만큼 방사선의 영향을 받지 않는다. 그 결과, 연방군이 접근할 수 없는 기폭지점 일대에는 〈레기온〉 기갑부대가 다시금 진출해 점거. 지배권을 다투던 경합구역의 한가운데에 어렵잖게 전진거점을 구축하는 사태가 되었다.

그 이야기를 듣고 에이티식스들은 슬슬 넌더리가 났다. 자신들도 잘 모르는 '핵무기'는 둘째 치고, 일부 지역의 지배권 상실과 〈레기온〉 전진거점의 구축. 방어선 유지를 위해 뛰어다니는 동안에 타인의 폭주 때문에 그 방어선이 위험에 처하다니.

애초에 파견의 목적이던 댐 파괴 작전도 헤일 메리 연대 때문에 연기되었다. '핵무기' 기폭의 영향으로 작전 범위의 재고나 이동 경로의 변경, 수반하는 공병이나 정찰병의 피폭 대책 등, 작전을 위해 준비한 수많은 것들이 재고되거나 추가된 것도 있다.

리토가 투덜거렸다. 안 그래도 그때그때 구멍만 겨우 메우는 방어전으로 힘이 쏙 빠지는 참인데.

"왜 같은 연방군인이 우리를 이렇게 방해하는 거야……?"

"하지만 신 군은 의외로 괜찮은가 보네?"

"일단은 아직……."

'의외로'는 필요 없는 말이라고 신은 생각했지만, 한편으로 부정할 수 없는 것이 과거의 자신이다. 사람을 잘 관찰하는 앙쥬는 훨씬 전부터 신의 연약함을 알아차리고 신경 써주기도 했겠고.

"힘들어지기 전에 해소할 생각이니까. 내가 제일 먼저 의욕을 잃으면 다른 녀석들은 더더욱 의욕을 잃겠고."

신은 기동타격군의 총대장 중 한 명이다. 레나가 없는 현재는 특히나 그 거동이 전원에게 영향을 준다.

그러니까 겨우겨우 구멍만 메우는 방어임무에서도, 연기된 본래의 작전에서도, 동요하는 모습을 보일 수 없다. 의욕이 없는 기색조차도 보이지 않고, 담담하게, 의연하게, 임무에 임한다. 의식해서 그렇게 행동하고 있다.

하지만 앙쥬는 오히려 걱정스러운 얼굴이었다.

"왕으로 불리는 모양이던데. 신경 쓰는 거 아니지? 공화국 구원 때 들은 말이라든가."

"어? 그렇군……."

너희 때문에 죽었다. 왜 지켜주지 않았던 거냐.

조금 생각하다가 신은 고개를 내저었다.

"그건 아니야. 다른 부대나, 하물며 공화국 사람이 멋대로 기대하는 것에 응할 이유는 없고, 그럴 생각도 없어. 그렇게까지 잘났다고 생각하지도 않아. 나는."

레나와.

"함께 싸우는 너희만으로도 빠듯해. 혼자서는 싸울 수 없는, 약한 저승사자니까."

농담처럼 말하자 앙쥬도 미소 지었다.

"그래. 그렇다면 다행이야."

"그렇게 말하는 걸 보면 앙쥬는 별로 힘 빠진 것도 아닌 모양인데. 무리하는 건 아니야?"

더스틴을 기지에 남겨서, 공화국의 멸망을 보여주게 되어서. 몰래 기대하고 있던 전쟁 종결의 미래가 멀어져서── 그것도 자신과 같을 테지만, 앙쥬 또한.

"으음……. 완전히 괜찮은 건 아니지만. 하지만 프레데리카가 꽤 풀죽은 기색이고, 그렇다면 신 군이 그러듯이 내가 어두운 얼굴을 하고 있을 수도 없잖아. 더스틴이 없는 건 쓸쓸하지만."

신은 삼켰던 애인의 이름을 태연히 말했다. 눈길을 주자, 앙쥬는 여유롭게 어깨를 으쓱이는 시늉을 했다. ——못 당하겠군.

그런 뒤에 아름다운 눈썹을 찡그렸다.

"그래, 프레데리카가…… 조금 이상해. 생각이 콱 막혀버린 느낌이야. 신 군은 작전을 우선해야 하니까, 뭘 해 주라는 건 아니고. 그건 나나 크레나나 라이덴 군에게 맡겨도 좋지만. 일단 마음에는 담아둬."

†

낯선 생물을 확인하고자 〈레기온〉들은 음탐종을 뒤쫓았다. 그걸 피해서 깊이 잠수하고 헤엄친 음탐종은 히아노 강을 거슬러 올라가서 그 원류인 인공하천 카두난 강의 입구에 도달했다.

남쪽에서 북쪽으로 흐름에 따라 표고가 낮아진 시하노 산악과 북쪽의 야짐 저산지대가 합류하는, 거의 벼랑에 가까운 급경사로 세 방향이 둘러싸인 지형이다. 산중턱을 달려온 카두난 강의 막대한 수량이 분지의 히아노 강으로 쏟아지는 폭포를, 음탐종은 헤엄쳐 올라갔다.

귀찮은 〈레기온〉은 더 쫓아오지 않는 듯하다. 조금 앞에는 물을 콸콸 내뿜어대는 회색 콘크리트 수문. 더불어서 높이가 낮은 절벽 위에서 뭔가 빛을 반사하는 것.

회색 토치카다. 빛을 반사하는 것은 옆에 선 생물의 눈이다.

기묘하게 가늘고 작은 이족보행 생물이 눈을 크게 뜨고 이쪽을 내려다보고 있었다.

그 모습을 공작새 안구로 올려다보며. 음탐종은 전장의 대하를 계속 거슬러 올라갔다.

†

경합구역의 한 곳에 전진거점을 구축한 〈레기온〉이지만, 헤일 메리 연대가 방사성 오염 폭탄을 사용한 의도를 간파할 수 없기에 경계했던 모양이다.

제37기갑사단 담당구역은 일시적으로 〈레기온〉의 공격이 정지, 그만큼 반역자를 쫓는 레이디 블루버드 연대는 움직이기 쉬워졌다. 기폭지점을 통해 행동반경을 좁히고, 또 포로에게서 얻은 정보를 기반으로, 분산해 숨은 헤일 메리 연대를 추적한다.

한편으로 〈레기온〉도 공격할 기색이 없으니까, 기동방어를 담당하는 기동타격군은 그동안 한가해졌다.

시간이 있으면 평소보다 열심히 하는, 막사에서의 디브리핑. 그 자리에 모인 제1기갑 그룹의 대대장과 전대장을 둘러보며 마지막에 신이 물었다.

"또 뭔가 확인사항은 없어?"

질문이나 보고가 나오지 않는 것을 확인한 뒤에 리토는 손을 들었다. 작전에는 직접 관계없다고 했으니까 미치히나 다른 이들도 일단 미뤄놓은 문제겠지만, 모처럼 시간이 생겼으니까.

"저기, 대장. 다른 이야기가 되는데 괜찮습니까?"
"이 자리의 전원에게 공유해야 할 것이라면."
"어……. 아마도 그런데요."
그래, 이를테면 이 막사로 돌아오기 전. 〈레긴레이브〉는 가능하다면 오염지역에 접근하지 않는 편이 좋다면서 기지에서 대기시키라고 미아로나 중령이 말했고, 신이나 라이덴은 거기에 의문을 느낀 기색도 없이 수긍했는데.
리토로서는 왜 그런지 이해되지 않는 지시나 경고에도 그런 식으로 주저 없이 수긍할 수 있는 지식.
"핵무기란 게 뭔가요? 그러니까 뭐로 만들어졌고, 뭐가 위험한 겁니까?"

질문을 받은 신이 동석한 비카에게 설명을 떠넘기고, 비카가 자이샤에게 떠넘기고, 자이샤가 눈을 껌뻑거리고 있을 때, 시덴은 브리핑룸을 나섰다.
핵무기에 대해서는 시덴도 대부분의 에이티식스와 마찬가지로 잘 모른다.
모르니까 이 기회에 남아서 들어두면 좋겠지만. 실제로 미치히는 아무래도 그럴 생각인지, 한가한 대원을 부르러 갔고. 하지만.
그걸 신에게 듣는 건 배알이 뒤틀린다.
레나가 있으면 물어봤겠지만, 지금은 없다. 그레테나 참모들은 당연히 알겠지만, 그들은 지금처럼 전투와 전투 사이에 비는 시간일수록 바쁘겠지.

나중에 올리비아 대위에게라도 가르쳐 달라고 할까.

그렇게 생각했더니 일단 돌아온 모양인 미아로나 중령이 걸어오는 게 보였다.

핵무기에 관한 지시를 내린 것은 그녀다. 당연히 자세히 알기도 할 테니까.

"중령님, 죄송합니다. 질문 좀 해도 됩니까?"

"응, 좋아. 뭐지, 이다 소위?"

시덴은 눈을 크게 떴다. 미아로나 중령이 연락사항을 전하는 상대는 여단장인 그레테나 참모나 총대장인 신이나 치리 등이다. 일개 전대장인 시덴과는 여태까지 대화를 나눈 적도 없다.

그런데 내 얼굴과 이름을 기억하는 건가? 그런 마음으로 적잖게 놀라면서 시덴은 말을 이었다.

"저기…… 헤일 메리 연대가 가져가서 문제가 된 핵연료네 핵무기네 방사선이네 하는…… 그러니까 원자력이란 건 결국 어떤 겁니까?"

그랬더니 미아로나 중령은 홱 돌아보더니 엄청난 기세로 말을 읊어댔다.

"흐흐흐흐흥미가 있는 거야?!"

거기에 시덴은 무심코 한 발짝 물러났다. 키가 큰 시덴으로서는 자기를 내려다보는 상대란 것도 보기 드문 일이라서 무섭다.

"아뇨, 저기, 흥미라고나 할까, 하나도 모르니까 알고 싶은 것뿐이라서."

"충분해, 훌륭해! 모른다, 그러니까 알고 싶다, 배우고 싶다! 그 생각이 중요한 거니까!"

시덴은 주먹을 불끈 쥐고 역설하는 미아로나 중령에게 완전히 질겁했다. 실수했다. 이럴 줄 알았으면 싫어도 신에게 듣는 게 나았을 것을.

미아로나 중령이 갑자기 정신을 차렸다.

"그래서, 어어, 원자력 말이지. 그래…… 아마 내가 설명하면 너무 길어져서 자네는 질겁할 것 같군."

아쉽게도 시덴은 이미 질겁했다. 흔히 있는 반응인지, 신경 쓰는 기색도 없이 미아로나 중령은 빙긋빙긋 웃으며 말을 이었다.

"아무튼 우리 연구소의 견학용으로 이해하기 쉬운 애니메이션을 만든 게 있으니까. 일단 그걸 줄게. 보고 싶은 애들이랑 같이 봐. 조금 더 자세한 내용의 자료도 이 작전 동안 준비시킬 테니까, 흥미가 생기거든 자네들 기지로 돌아가서 천천히 보도록 해. 아, 그렇지, 애니메이션 내용 중에 의문점이 생기면 그것도 나나 뒤에 있는 이 사람이 들어줄게."

대기하던 부하인 청년 장교가 고개를 돌리고 작은 목소리로, 지각동조 너머의 누군가에게 재빨리 지시를 내렸다. 미아로나 중령은 저것과 이것과 그것도 넣으라고, 아마도 책 이름인 듯한 것을 추가했다.

아무튼 뜻하지 않은 싹싹함과 열의에 시덴은 어안이 벙벙해졌다. 가벼운 마음으로 물어본 건데 이렇게나 친절하게 다 가르쳐 주겠다고 할 줄은 생각하지도 않았다.

조금 당황하며 고개를 숙였다.

"고맙습니다."

"뭘 그런 걸 가지고. 미아로나 가문의 전문은 바로 그 원자력이니까. 흥미를 느끼는 건 기쁜 일이야. 원자력은 아름다워. 위험하지만 매력적이야. 부디 자네들에게 맞춰서 즐겨 달라고."

그 말처럼 진심으로 기쁜 듯이 미아로나 중령은 웃었다.

"거듭 말하지만, 모르니까 알고 싶다, 배우고 싶다고 생각하는 건 정말로 소중한 자질이야. 꼭 그 마음에 따라서 이곳저곳의 학문의 문, 기술의 문을 편하게 두드려보도록 해줘. 분명 그중에 진심으로 마음에 드는 것을 찾을 수 있을 테니. 그리고 그것이."

향기를 풍기는 커다란 장미처럼 화사하게, 아름답게.

"우리의 아름다운 원자력이라면 나는 기쁘겠어."

시덴과 헤어진 뒤 미아로나 중령은 정말로 기분이 좋았다.

"으음, 기쁘네. 저 소위는 우수해. 에이티식스는 다들 그렇겠지. 신형 핵융합로 견학 같은 걸 기획하면 전후에 우리 연구소에 한 명 정도는……."

뒤따르는 부하가 쓴웃음을 지었다. 중령의 〈바나르간드〉에서 오퍼레이터를 맡는 연상의 부하. 미아로나 가문의 영지인 속령 쉠노우의 향사 가문 출신으로, 우수함 때문에 중령의 오빠가 발굴해 학우이자 심복으로 둔 청년이다.

전선에서 연대를 지휘하는 동생을 지켜달라며 오빠가 보내서,

지금은 중령의 곁에 있다. 경애하는 오빠와 동갑인, 나이 어렸을 때는 희미한 동경마저 품었던 청년.

"기쁘신 모양이로군요, 아가씨."

"당연하지. 배울 기회를 줄 수 있고, 그걸 살려준다는 게 얼마나 기쁜 일인데."

안 그랬으면 그들은 지옥 같다고 들은 86구에서 살아남을 수 없었겠지만.

미아로나 중령은 씁쓸하게 생각했다.

86구에서 살아남기 위해서. 끝까지 싸우기 위해서.

에이티식스들은 배우는 것을, 생각하는 것을, 그리고 결정을 내리고 그 판단을 스스로 책임질 각오를 요구받았겠지. 그 모든 것을 익히고 실천했기에 살아남을 수 있었겠지——. 그러지 못한 자들이 죽는 가운데.

〈레기온〉과 싸우는 방법을 익히지 않는 자가. 전투마다 다른 작전을 생각하지 않는 자가. 선택할 무장을, 숨을 지형을, 우선적으로 해치워야 하는 적기를 스스로 결정하지 못하는 자가. 자기 판단의 책임을 그 누구도 대신해 주지 않는 전장에서 살아남을 각오가 없는 자가.

물론 그걸 해냈다고 하더라도 죽는 일은 있었겠지만—— 그런 환경에서 살아남았으니까 기동타격군의 에이티식스는 전원이 그런 자질을 지닌 거겠지.

배우고, 생각하고, 결단하고, 그 책임을 진다——. 누구도 지배하지 않고, 무엇도 영유하지 않더라도, 스스로 자기 자신의 왕이라는, 지배자의 자질을.

문득 그 검은 연기 같은 커피색 눈동자가 기분 나쁜 기색으로 일그러졌다.

"참으로 기뻐. 배우지 않는, 생각하지 않는, 결정할 줄 모르는, 자기 한 명의 책임을 질 각오가 없는 닭들을 본 뒤라서 더더욱."

이탈자들의 거점 중 하나를 진압하러 간 레이디 블루버드 연대는 반격도 받지 않았다.

'핵무기' 제조거점이었던 모양이다. 걱정했던 대로 방사선의 유해성 따윈 생각하지도 않고 연료봉을 개봉한 모양이다. 누출된 방사능에 오염되어서 치명적인 방사선을 뒤집어쓴 일대.

레이디 블루버드 연대는 그것도 예견했으니까, 헤일 메리 연대 진압에는 장갑이 두꺼운 〈바나르간드〉만을 투입했다. 장갑강화외골격이나 〈레긴레이브〉의 얇은 장갑으로는 기체 밖에서 들어오는 감마선을 다 막을 수 없다. 그 정도의 지식을 제국에서는 원자력 연구를 맡아온 미아로나 가문의 영지 연대에 속한 그들이 모를 리가 없다.

한편 원자력에 대해 그냥 대단한 꿈의 에너지로밖에 인식하지 않은 헤일 메리 연대의 병사들은 대량의 방사선을 무방비하게, 맨몸으로 계속 뒤집어썼다.

방사선은 인간의 눈에 보이지 않는다. 고통도, 열기도 느껴지지 않는다.

치명적인 양이라도 모른 채 계속 맞게 된다.
이탈자들은 전원이 무력하게 쓰러져 있었다. 장교 계급장을 달고 있는 한 명에게 〈바나르간드〉 한 대가 광학 센서를 돌렸다. 헤일 메리 연대의 지휘관 중 하나, 치름 레와.
[이 녀석도 방사선 증후군이군. 아무리 그래도 속령 쉡노우의 향사가 방사선 피해를 보다니.]

차례로 보고가 올라온 각 거점의 진압 상황에 미아로나 중령은 한숨도 나오지 않았다.
"〈레기온〉을 불사르기는커녕 자기들이 방사능에 죽나. 노엘레로히는 끝까지 제대로 된 지식 하나도 얻지 못했군."
미아로나 가문의 밑에서 라시 원전을 맡은 로히 가문의 후계자다. 주군 가문의 연구 내용이나 영지의 재산에 대한 지식 정도는 배워야 했을 텐데.
대영주의 자녀로서 미아로나 중령은 휘하의 세습기사나 향사의 자녀들과 어렸을 적부터 교류했다. 유능한 자를 일찍부터 발굴하고 선발해서 교육하는 목적의 교류지만—— 노엘레는 선발에 미치지 못했던 사람이다. 향사의 자질조차도 미심쩍은 아이라고 당시부터 느꼈다.
그 인상 그대로, 회수된 '핵무기'는 당찮게도 얄팍한 금속 양동이에 고체 연료를 그대로 담고 차폐도 하지 않은 채로 트럭 짐칸에 실려 있었다고 한다.

"대통령 각하는 혁명만 일으키고 충분한 교육도 제대로 베풀지 않았지만."

그렇더라도 노엘레도 그 부하도 군에서 교육의 기회를 얻었을 텐데. 미아로나 중령은 그렇게 생각했다. 같은 속령의 같은 농노 출신의 병사라도 대부분은 하다못해 필요한 지식을 습득하려는 모습을 보인다. 자기 계발에 매진해 부사관 승진 자격을 얻은 자도, 개중에는 장교로 승진한 자도 있다.

그중 하나인 소위 계급의 부관이 담담하게 보고했다. 메리라줄리아 시 출신으로, 한동안 좀 쉬지 않겠냐고 타진해 봤지만 신경 쓰지 말아 달라고 당차게 대답한 여성 장교.

"청취한 제조분대의 모든 거점은 이것으로 제압을 마쳤고, 실행분대의 제압도 진행 중입니다. 병졸은 모두 처분 완료. 레케스 소아스를 대신하는 정보원으로 치름 레와를 확보했습니다."

'핵무기' 의 기폭지점에서 확보한 뒤, 한때는 심문이 가능한 정도로 회복된 것으로 보인—— 당사자는 회복했다고 생각했을 레케스 소아스는 그 부하들과 함께 이미 사망했다.

방사선 중독—— 급성 방사선 증후군은 초기의 컨디션 저하 후에 일시적으로 증상이 회복되지만, 그것은 치유된 게 아니다. 방사선의 영향을 받기 쉬운 골수나 소화기, 외부에서 조직을 지키는 부위이기 때문에 많은 방사선을 쬔 피부의 손상이 곧바로 증상을 보인다.

뒤집어쓴 것으로 추정되는 방사선량을 볼 때, 애초에 살 가망이 없을 것으로 여기긴 했다.

전선에서 귀중한 의료 자원을 탈영병에게 할애할 생각도, 미아로나 중령에게는 없었다.
심문할 가치도 없는 잡병들도, 새롭게 붙잡은 치름 레와도 마찬가지다.
"노엘레 로히와 닌하 레카프, 본대의 위치를 말하게 해라. 그게 완료되거든 처분해도 상관없다."

일대의 〈레기온〉들을 날려버리고 그 엄청난 전과로 북방 제2방면군과 연방의 눈을 띄워줄 터였던 핵무기는 트럭 한 대를 날려버렸을 뿐이었다.
레케스의 그 보고만으로도 노엘레를 혼란에 빠뜨리기엔 충분했지만, 시시각각 악화되는 사태는 공황에 박차를 가했다.
핵무기의 성과 확인을 위해 남은 레케스와 그 부하가 그 보고를 마지막으로 돌아오지 않는다.
제조분대는 핵무기를 다 만든 뒤에 전원이 쓰러져서 누구 하나 살아남지 못했다.
그 핵무기를 각각 품고 경합구역 곳곳에 숨어서 노엘레의 호령을 기다리는 실행부대가—— 지금 연방군의 추격에 차례로 쫓겨서 무자비하게 진압되었다.
"왜…… 이럴 리가, 이걸로 모든 게 잘 풀릴 터였는데……!"
나는 아무 잘못도 하지 않았는데.
나는 올바르니까, 모든 게 잘 풀릴 터였는데.

노엘레가 당황하는 동안에도 별동부대는 계속 진압되었다. 마지막 제조거점이 제압되고 치름이 추격자에게 붙잡혔다고, 부하 일부와 함께 돌아온 닌하가 새파래진 얼굴로 전했다.

숨을 삼키며 듣던 영민들, 어렸을 적부터 마음 약한 요노가 울 것 같은 얼굴을 했다.

"아, 아가씨. 다들, 우리 말고 다들 죽었다고……!"

"정말, 정말로 잘 풀리는 거죠, 아가씨?! 핵무기는 확실히 〈레기온〉을 날려버리고, 연방군으로부터 우리를 지키고, 우리를 구해주는 거죠?!"

"그건……."

잘 풀릴 터이다.

잘 풀릴 터였는데, 잘 풀리지 않았다. 실패했다. 아니다. 실패를 인정해선 안 된다. 자랑스러운 제국 귀족이 그런 식으로 패배를 받아들인다는 건 말도 안 된다.

"물론입니다! 이번에야말로 메리라줄리아의 푸른 화염으로 당신들을 구원하겠어요!"

영민들의 표정이 다소 풀어졌다.

나무와 나무 사이, 연방군이 과거에 만든 길을 따라서 〈바나르간드〉 1개 소대가 뛰쳐나왔다. 분대의 각 거점 배치, 약간 남은 트럭 바퀴의 진로. 그것을 통해서 헤일 메리 연대 본부의 잠복 위치를 알아낸, 레이디 블루버드 연대의 추격자.

"도망치세요! 어서!"

목청 높여 외쳤다. 엉거주춤하게 서 있던 영민들이 일제히 달아

났다.

어두운 원시림에 뛰어들고, 낙엽을 짓밟고, 발이 미끄러지면서도 질주했다. 아직 나뭇가지에 매달려 있는 나뭇잎이 만드는 어둠 속, 밝은 나무 저편을 모두가 무의식중에 향하며.

"아……."

어느새 눈앞에는 강이 있었다.

도주로가 막혀서 일행은 멈춰 섰다. 시하노 산악의 기슭을 흐르며 히아노 강으로 들어가는 인공하천, 신 타타츠와 강.

흐름은 완만하지만, 맞은편까지의 거리는 수백 미터. 도무지 건널 수 없다. 늦가을인 이 시기에 수온은 낮아서 인간의 체온을 순식간에 앗아간다.

나무들을 가르며 강철의 기체가 반역자들을 쫓아왔다. 처음에 나타난 소대 4기만이 아니다. 파워팩의 우렁찬 소리를 울리면서 1개 중대 16기가 전진해서 그들을 포위했다.

"제, 제길……!"

무턱대고 도망친 것을 부끄러워하듯이, 지금에서야 키아히가 소총을 들었다. 몸을 떠는 요노를 미르하가 감쌌다. 멈춰 선 노엘레의 앞에 멜레가 조용히 나섰다.

그럴 때가 아닌데도 가슴이 아름답게 고동쳤다.

"멜레. 난. 나는 사실……."

〈바나르간드〉의 기총이 선회해 이쪽을 향했다. 이미 투항을 권고하는 낌새조차 없는 그 동작.

그리고.

푸른 섬광이 파란 하늘을 그었다.

그 빛은 피폭을 피해 정찰임무를 중단하고, 공병 지원에 임하던 선단국군 의용병의 눈에도 비쳤다.

안개를 가르는 햇살도 아니고, 벼락도 아니다. 고온을 띠어서 푸르스름한, 수렴된 화염의 선.

그립고도 짜증스러운, 고향의 전장에서 낯익은 화염.

이스마엘은 무심코 낮게 신음했다. 설마. 이런 내륙의 전장에서 ―― 설마.

"어이, 설마 아니겠지……."

저 화염은.

그 보고를 듣고, 제아무리 북방 제2방면군 참모장이라도 안색이 변했다.

"헤일 메리 연대 잔당 및 수괴 노엘레 로히, 닌하 레카프는 도망. 진압에 임한 레이디 블루버드 연대 제2기갑중대는 전멸했다고 합니다."

1개 중대라고 해도 레이디 블루버드 연대의 정예가 농노 따위를 놓쳤을 뿐만 아니라 전멸한다는 건 말도 안 되지만, 참모장의 안색이 새파래진 것은 그 때문이 아니다. 대귀족의 일원으로서 어렸을 적부터 감정 제어를 익혀 온 그녀는 그 정도로 웃음을 지우지 않는다.

그런 그녀에게 공포를 느끼게 한 것은.

"신 타타츠와 강에 출현한, 원생해수의 공격으로."

제3장 부디 이루어지기를, 헤일 메리

과거 로기니아 강 이남을 흘렀던 수십 개의 강줄기를 하나로 끌어모은 것이 신 타타츠와 강이다. 최대 300미터에 달하는 강폭, 도도하게 흐르는 그 막대한 수량.

그 생물이 거슬러 올라가기에는 다소 좁지만, 부족하진 않다.

동서 강변의 삼림에서 떨어지는 무수한 단풍과 그것이 만드는 섬세한 물결이 아름다운 파문을 자아내는 수면을 가르며 그것이 고개를 쳐들었다.

긴 목. 용처럼 뾰족한 머리. 왕관처럼 하늘을 찌르는 뿔. 북쪽의 푸른 바다를 지배하는 해양의 왕, 원생해수.

우글우글 모인 인류 따윈 개의치 않고, 양쪽 강변을 둘러보았다. 느긋하게 둘러보는 용의 머리의 공작색을 띤 세 개의 안구.

헤일 메리 연대도, 쫓아온 기갑중대도, 뜻하지 않은 왕의 강림에 넋이 나갔다.

몸길이 70미터 정도. 이 종류의 원생해수 성체치고는 아직 작은 축이다. 하지만 조그만 인간에게는 너무나도 거대한, 모두가 절망과 공황에 빠지는 위용이었다.

궁지에 몰려서 움츠러든 헤일 메리 연대의 잔당은 절망을 못 이겨 그대로 굳어버렸다.

한심한 이탈자를 추적하고 훈련받은 의지의 힘으로 의분과 실의를 누르며 사격 명령을 기다리던 기갑중대에서 순간적으로 갑작스럽게 솟구친 공황을 견디지 못하는 자가 몇 명 나왔다.

방아쇠를 당겼다. 중기관총이 탁탁 끊어지는 소리를 울렸다.

인간 정도는 두 쪽으로 쪼개는 강력한 총탄이 원생해수의 투명한 비늘에 꽂히고, 그 철갑에 멋지게 튕겨 나갔다. 40㎝ 폭뢰로 무장한 정해함이나 원제함과도 정면에서 맞서는 바다의 제왕에게 12.7mm 총탄 따윈 콩알에 불과하다.

그저 살의만이 전해졌다.

원생해수의 세 개의 안구가 기갑중대를 향했다. 거대한 입이 쩍 벌어졌다.

그 순간, 발사된 푸르스름한 화염의 선에 〈바나르간드〉가 통째로 불타버렸다.

포탑을, 차체를, 구속 세라믹과 중금속으로 이루어진 복합장갑을, 자세히 구별하지도 않고 열선이 훑었다. 포탑 안의 포탄이 유폭하는 업화가 연이어, 한발 늦게 선이 지나간 길을 따랐다.

1개 기갑중대 16기가――단 일격에 괴멸했다.

타오르는 강철 기마의 잔해를, 원생해수는 무심하게 내려다보았다. 움직이는 자가 더 이상 없음을 지켜보고, 다시금 신 타타츠와 강의 잔잔한 물속으로 들어갔다.

그 뒤에는 몸이 굳은 채로 서로를 부둥켜안은 헤일 메리 연대의 잔당만이 남았다.

꽤 시간이 지난 뒤에 간신히 굳어있던 숨이 흘러나왔다.

"도와……준 건가……?"

멍하니 노엘레는 중얼거렸다. 그 말에 영민들이 술렁거렸다.

"우릴 구해줬어……?"

"지켜준 건가. 저 괴물이, 우리를."

그렇다고 생각할 수밖에 없다.

저렇게 크고 무시무시한 괴물이, 우리가 궁지에 몰린 바로 그 순간에 나타나서. 우리를 지키듯이, 구하듯이, 연방군의 추격자만을 전부 없애고.

"구해 준 거야. 우리는 잘못되지 않았으니까, 올바른 건 우리니까. 그러니까 지켜준 거야……!"

멜레만이 한 대 얻어맞은 것처럼, 원생해수가 떠난 수면을 바라보았다. 신의 계시를 받은 것처럼, 푸른 바다의 폭룡의 위용은 청년의 가슴에 충격을 주었다.

저 무시무시한, 이질적인, 너무나도 강한 생물.

그런 것이 나타났다. 아가씨를 구하러 나타났다.

그렇다면 저 괴물은 그냥 구해 준 것만이 아니다.

저 용은――아가씨가 휘두르는 검으로써, 철퇴로써, 현현한 신의 뜻이며 신의 위용이다.

†

“출현한 원생해수는 이 화면의 특징에서 보면 열선종(피사라). 포광종(무스쿨라)에서 파생된 소형 아종이다.”

그것에 대한 설명을 위해 정해씨족의 우두머리인 이스마엘이 불려오는 건 당연하다.

북방 제2방면군 통합사령부의 대회의실. 모여 앉은 장성들 앞에서 이스마엘은 태연한 모습이었다. 함대사령관의 ‘아들’로서 어렸을 적부터 원생해수에, 무정한 바다에 맞선 그에게는 제국의 옛 귀족으로 이루어진 장성들도 두려워할 것이 못 된다.

“선단국군의 해변에는 매년 북쪽 먼바다에서 유빙이 흘러들어오는데. 이따금 그 유빙을 타고 원생해수 새끼가, 특히나 소형 파갑종(모노케라)과 중형 음탐종(레우카)의 새끼가 흘러드는 일이 있다. 그걸 찾아서 원생해수의 해중함대가 보통은 안 들어오는 우리 영해까지 진출해. 연방의 전선까지 온 건 아마 지노리 군항을 경유해서 히아노 강을 거슬러 올라온 거겠지.”

워미덤 분지 북부를 서쪽에서 동쪽으로 흐른 히아노 강은 그대로 북쪽을 향해 꼬불꼬불하게 흘러가서 제국 유일의 북쪽 군항 지노리로 이어진다. 군항 주변은 선단국군의 영해와 접하고 있으니까, 원생해수가 지노리 항에 들어와서 히아노 강을 거슬러 올라오는 것도 불가능한 일은 아니다.

“다만 놈들도 영역 개념이 있으니까, 인류의 영해면 이쪽이 먼저 공격하지 않는 이상 저쪽에서도 공격하지 않아. 새끼를 찾으면 돌아갈 테니까 그때까지 멀찍이서 감시할 뿐이지."

"흠." 하고 소리 내며 영관 중 한 명이 반응을 보였다.

"새끼를 찾으러 왔단 말이지. 그건 이용할 수 있지 않나? 새끼를 확보해서 성체에게 〈레기온〉을 공격하게 한다든가. 혹은 새끼를 육성해 지시에 따르게 훈련하는 건 어떤가?"

이스마엘은 잠시 침묵했다.

"그게 가능했으면 이미 했을 거란 생각은 안 드나?"

11년에 걸친 〈레기온〉 전쟁 동안에. 그리고──.

"당신들 제국이나 연합왕국을 상대로 말이지. 몇 번을 시험해 봐도 그게 불가능했으니까 선단국군은 수백 년이나 제국과 연합왕국에 굽실댄 건데 말이지."

이번에는 영관이 침묵했다.

"하긴, 그렇군."

"그렇지. 그리고 새끼라고 해도 원생해수야. 제일 작은 파갑종 새끼도 인간보다 크고 힘세. 새끼 주제에 철판을 가르는 생체 톱을 달고 있지. 하물며 포광종의 새끼라면 더 손쓸 수가 없어. 다가간 순간 통구이지. 애초에……."

이스마엘은 야유하듯이 씨익 웃었다. 자신들 정해씨족은 불가능했지만, 연합왕국의 요해인 용해(용의 주검)산맥. 맹약동맹의 영봉 부름네스트(용의 둥지) 산. 지금은 그 이름만이 존재를 남겼다.

"육지의 원생룡은 이미 오래전에 전멸했잖아. 지금은 레이더도 항공기도 충분히 운용할 수 없다지만, 녀석들도 제 실력을 발휘

할 수 없는 장소에서는 별로 강하지 않아."

육전의 패자인 〈레기온〉들을 정면에서 상대할 정도로는.

같은 정보는 신 타타츠와 강 근처에서 침투 작전을 준비하던 기동타격군에도 공유되었다.

연방과 연합왕국과 맹약동맹, 국적이 다른 병사들이 서로 오해나 충돌을 일으키지 않도록 정기적으로 행하는 지휘관들의 미팅에서 비카의 대리로 출석했던 자이샤가 말했다.

"그렇다면 일부러 사냥할 것도 없이 원생해수와 〈레기온〉이 서로 싸우게 될지도 모르겠네요. 〈레기온〉은 인간과 동물을 구별하지 않죠. 열선종도 〈레기온〉에게 공격받으면 반격할 테니까요."

열선종의 열선은 〈바나르간드〉와 마찬가지로 전차형도 녹이고 자르겠지. 한편으로 원생해수의 철갑이라고 해도 두께 60센티미터의 철판을 꿰뚫는 전차포의 직격은 견딜 수 없다.

"음." 소리 내며 올리비아가 눈썹을 찌푸렸다.

"그건 과연 어떨까. 〈레기온〉은 열선종을 적성 존재로 간주할까? 일정 이상 크기의 항온동물이라면 인간도 동물도 구별하지 않고 죽인다는 건 맞는 말이지만. 전장 50미터나 되는 원생해수가 과연 그 범주에 들어갈까?"

〈레기온〉은 어디까지나 병기로 만들어진 살인 기계다. 섬멸해야 할 대상은 기본적으로 적병, 즉 인간이다. 동물까지 죽일 필요는 본래 없다. 그래도 죽이는 건 융통성 없는 자동기계가 인간인지 동물인지 고민될 때는 일단 죽이라고, 고의로 식별의 정확성을 안일하게 잡았기 때문이겠지.

그렇다면 체온이나 크기가 명확하게 인간과 다른 동물은 공격의 대상이 되지 않을 터이다.

"내가 알기로 〈레기온〉에게 죽은 건 늑대나 야생 염소다. 고양이나 토끼가 죽었다는 소리는 못 들었어. 그렇다면 반대로 너무 큰 생물도 공격은 안 하지 않을까?"

잠깐 기다리라면서 그레테가 레이드 디바이스를 켰다가 잠시 이야기한 뒤에 동조를 끊었다.

"노우젠 대위가 몇 명에게 물어봤는데, 대위도 다른 애들도 늑대나 양이나 돼지가 죽은 것까진 봤어도 말이나 소처럼 큰 가축이 죽은 건 본 적 없다네."

도시나 물자와 마찬가지로 방치된 가축들이 전장 주변에 남아 있고, 그 모습을 보는 일도 많았던 것이 86구의 전장이다. 당연히 남겨진 그들에게 〈레기온〉이 어떻게 반응하는지도.

"그렇지만…… 실제로 선단국군에서는 전투를……."

그렇게 말하려다 자이샤는 깨달았다.

"아뇨. 마천패루 거점에서는 원생해수가 먼저 공격했다고 들었습니다. 게다가 원생해수는 전자가속포형(모르포)과도, 전자포함형(녹틸루카)과도 전투하지 않았다고 하죠. 그렇다면."

고개를 끄덕이며 그레테는 결론을 내렸다.

그렇게 이야기가 입맛에 맞게 척척 돌아갈 리가 없다고, 처음부터 기대하지 않았지만.

"육지에서는 반격밖에 하지 않는 원생해수, 너무 큰 생물은 공격하지 않는 모양인 〈레기온〉. 서로 싸워 준다면 기동타격군의 작전이 편해지겠지만, 그렇게는 되지 않을 모양이야."

†

척후형과 경계관제형으로 하여금 신중하게 북방 제2방면군의 동정을 캐게 했던 지휘관기는 판단을 내렸다.

《파이어플라이가 각기에. —— 방사성 오염 폭탄의 사용은 일부 부대의 이탈과 폭주로 판단.》

북방 제2방면군의 책략이 아니다. 도주한 소부대가 일으킨 일종의 사고다.

이탈 부대가 보유한 핵연료는 지휘관기의 생전 지식으로도 전용이 가능하다. 탈취해 이용하는 것도 검토했지만—— 핵무기는 물론이고 방사성 오염 폭탄 또한 금지사항에 걸려 제조와 운용이 불가능한 사실이 드러났을 뿐이다. 이 시점에서 이탈 부대는 이용 가치를 잃고, 방사선에 강한 〈레기온〉들에게는 위험도가 낮은 소부대, 단순한 제거 대상의 하나로 전락했다.

다만 북방 제2방면군에게 이탈 부대는 여전히 일정 위협이 되는 존재다. 수색하고 제압하고 핵연료를 회수하는 수고를, 방사선의 영향을 받기 쉬운 인류는 실행해야만 한다.

작전 준비를 진행하는 시간을 이탈 부대가 벌어 주는 형태다.

《공세를 재개한다. 북방 제2방면군을 압박하고 방사성 오염 폭탄을 보유한 부대의 수색 활동, 지배영역 정찰 활동을 방해한다. 주의사항 있음. 기동타격군의 북방 제2전선 진출을 확인.》

이탈 부대가 〈레기온〉에게 가져다준 은혜가 또 하나.

정보에 따르면 연방 서부전선에서 생산거점 제압 작전에 종사한다고 했던 기동타격군을 북방 제2전선의 기동방어에 쓰게 해서 그 존재를 드러내게 했다. 침투 작전에 종사하기 때문에 비밀리에 북방 제2방면군에 가담했던 그들을 작전 전에 끌어내고 연방의 기만 공작을 일찌감치 폭로했다.

기동타격군에 대한 요격 준비는 노 페이스 지휘하의 집단이 하고 있지만—— 다행히 연방에 침투 작전을 강요하고 덫을 깔았던 이 북부 제2전선에서도 같은 행동은 가능하다.

《그릴스01 지휘하의 부대는 동결을 유지. 기동타격군 및 우선목표 〈발레이그르〉의 노획을 시도한다.》

†

추격해 온 기갑중대는 괴멸했지만, 위치가 들킨 창고로는 돌아갈 수 없다. 헤일 메리 연대의 생존자는 수색의 눈을 피하며 숲을 나아가서 석조 건물이 약간 남은 폐촌에 도달했다. '스니네히'라는 마을 이름이 비바람에 삭은 표지판에서 희미하게 읽혔다.

커다란 건물 중에서 유일하게 지붕이 남은 마을 회관에 대원들과 함께 자리를 잡은 노엘레는 아직 흥분이 채 가시지 않았다. 생존자는 노엘레의 영민과 닌하의 부하를 포함해도 1개 중대 정도밖에 없지만. 핵무기도 본대가 갖고 있던 것밖에 남지 않았지만.

원생해수가 추격자를 무찌르고 우리를 구해주어서. 우리가 올바르다고 인정해 주어서.

나는 무엇을 그르쳤는가, 내가 잘못하고 있는가 하는, 인정하고 싶지 않은 무서운 생각을 인정하지 않아도 되어서.

핵무기를 실은 트럭을 마을 외곽의 창고에 숨기러 간 자들이 돌아왔다. 그대로 멜레가, 그 또한 흥분이 가시지 않은 얼굴로 다가오기에 노엘레는 한순간 흠칫했다.

연방군 추격자와의 전투. 그 뒤로의 도피행으로 진흙과 땀으로 범벅이 된 이후로 제대로 씻지도 않은 자기 몸도 그렇지만, 그 이상으로―― 이게 끝이라고 각오했을 때 감싸준 눈앞의 그에게 말하려던 남모를 마음이.

전해지지, 않은, 거지?

노엘레는 귀족의 딸이다. 영민인 멜레와는 신분이 다르다.

그러니까 결코 전할 수 없는, 평생 마음속에 숨겨야 하는 아련한 첫사랑.

"멜레, 저기……."

"아가씨는 대단하시네요."

머뭇머뭇 모은 노엘레의 두 손을, 멜레가 덥석 붙잡았다.

"도와주었어요. 아가씨가 옳으니까 하늘이 도우신 거라고요!"

순수한 신뢰와 숭배의 시선이었다. 열기마저 감도는 푸른 눈동자로 똑바로, 가까이서 바라다보는 바람에 노엘레는 당황스러움도 잊고 하늘에라도 오를 기분이 되었다.

"그래!"

멜레는 나를 인정해 주고 있다. 믿어주고 있다. 기쁘다. 기쁘다. 기쁘다.

그 신뢰에 응하고 싶으니까.

"작전을 속행하겠습니다. 핵무기도 다음에는 분명……."

흥분한 키아히가 끼어들었다.

"그래, 우리에게는 저 원생해수가 있어! 〈레기온〉을 죽이는 것도, 이대로 원생해수가 도와줄 거야!"

"어?"

뜻하지 않은 말에 노엘레는 허를 찔렸다.

나는 이대로 핵무기를. 고향 도시를, 나의 소중한 모두를, 행복하게 해 준 원자력의 화염을.

원생해수는 내가 옳다고 증명해 주었으니까, 잘 풀릴 터인 핵무기를.

하지만 멜레는 굳게 끄덕였다.

"그래, 아가씨는 하늘에 선택받았으니까. 〈레기온〉도 원생해수가 해치워 줄 거야."

"용의 신이라면 양동이보다도 그럴듯하군. 멋대로 싸워 주니까 편해서 좋아."

동조한 리레가 몇 번이나 끄덕였고, 그 옆에서 미르하가 얼굴을 찌푸렸다.

"애초에 그 핵무기, 근처에 가면 금속 같은 맛이 나. 핥지도 않았는데 왜? 기분 나빠."

"어, 그래?! 무서워!"

"괜찮아. 원생해수라면 그럴 일 없으니까. 그렇죠, 아가씨!"

평소처럼 요노가 겁먹고, 그것도 평소처럼 오토가 태연하게 웃어넘겼다. 푸른 여름 하늘처럼 구름 하나 없는 털털한 웃음이 노엘레를 향하기에, 처음에는 겁먹은 기색으로 상황을 지켜보던 노엘레도 점점 그들이 옳다고 생각되었다.

그래, 그럴지도 모른다.

원생해수가, 하느님처럼 도와준 그 생물이 더 좋을지도 모른다.

멜레가 계속 말했다. 열병에 걸린 것 같은, 신뢰와 존경의 시선.

"그래. 아가씨는 하늘에 선택받았으니까. 저 원생해수는 아가씨의 검이니까."

선택받았다. 그래, 나는── 역시 올바르다.

그러니까 자신을 가져도 된다. 아무런 의심도 없이, 걱정도 없이, 괜한 생각을 하지 않아도 된다.

그렇게 생각하려 했지만, 노엘레로서는 도저히 불안을 씻어낼 수 없었다. 역시 나는 잘 아는 핵무기 쪽을 택하고 싶다. 아니, 그보다도.

원생해수는 도와주었다는 것 말고는 아무것도 모르는데.

그런데 정말로── 믿을 수 있는 걸까?

†

바보의 폭주로 인한 작전 연기, 그리고 깨닫게 된 연방의 곤경.

방사선 폭탄에 따른 오염과 경합구역 일부의 지배권 상실. 거기에 결정타로 원생해수의 출현과 헤일 메리 연대의 도주.

드디어 신도 한계에 달했다.

막사 일부를 차지한 공용 집무실에서 소파의 등받이에 몸을 맡긴 채로 천장을 올려다보며 움직이지 않는 신을 보며 라이덴은 말했다.

"어어, 뭐라고 할까, 애 많이 썼어."

"이제 싫어……."

"커피라도 마실래? 끓여왔는데."

애 같은 투덜거림에 쓴웃음을 지으며 물었다. 소파에 몸을 기댄 채, 신은 힘없는 목소리로 말을 이었다.

"레나를 보고 싶어……."

"오오……."

자기 소원을 남들 앞에서 숨기려는 기력마저 사라졌다. 이건 꽤 심각하다.

앙쥬가 쓴웃음 지었다.

"신 군, 심각한 레나 부족이네."

"레나도 없는 데다가 이렇게 한심한 상황이 계속되면 기력이 다 떨어질 만도 하지……. 무리하지 마. 오늘 정도는 너도 뻗어있어."

부대의 사기를 깎지 않는다든가, 레나에게 걱정을 끼치고 싶지 않다든가, 레나에게 멋진 모습을 보여주고 싶다든가, 그런 이유로 사태가 아무리 바보 같은 상황으로 굴러가도 태연한 척했지만, 그것도 한계가 있다. 솔직히 라이덴도 진절머리가 나고 있다.

크레나가 고개를 갸웃거렸다.

"그렇다면 레나한테 지각동조 연결하면 안 돼? 잠깐 이야기하면 기운이 나지 않겠어?"

"어이, 그만둬. 크레나."

"크레나, 그거 혹시 앙갚음?"

"응?"

라이덴이 눈을 흘기고 말했다.

"레나한테 꼴사나운 모습을 보여주고 싶지 않으니까 여태까지 필사적으로 태연한 척한 이 녀석의 체면이나 자존심 같은 걸 생각해보라고."

"내 자존심을 생각할 거라면, 그걸 내 눈앞에서 설명하지 말아주겠어……?"

"신 군, 그거 이런 공유 공간에서 푹 퍼져서 할 말이 아니야."

크레나는 흠흠 소리 내며 끄덕였다.

"그렇구나. 그렇다면 연결한다!"

"어?"

"아니, 크레나?!"

신이 놀라서 벌떡 일어나고 앙쥬도 놀랐다.

그걸 무시하고 크레나는 레이드 디바이스를 기동했다.

사실은 안 되는 일이고, 레나는 레이드 디바이스를 하고 있지 않을지도 모르지만.

"아, 레나."

우연히 하고 있었던 모양이다. 연결되었다. 은방울 같은 목소리가 놀란 듯이 답했다. 뒤로는 요양소에 같이 간 티피의 울음소리.

[크레나? 무슨 일 있습니까?]

"응, 실은 말이지. 지금 신이 심각한 레나 결핍증에 걸렸어."

[예?]

"어이, 크레나!"

라이덴의 제지도 역시 무시하고 크레나는 태연하게 레이드 디바이스를 신에게 던져주었다. 굳어있던 신이지만, 간신히 그걸 붙잡았다.

"두고 보자. 크레나."

"싫어. 앙갚음인걸."

앙갚음. 그래, 사소한 앙갚음이라고 할까.

자기가 찬 상대의 눈앞에서, 여기에 없는 다른 여자를 생각하며 움츠러든 한심한 오빠에게, 이 정도 장난은 쳐도 괜찮다고 여겼으니까.

동조가 연결된 것도, 안타깝게도 레나 본인에게 들킨 것도 이미 어쩔 수 없기에, 신은 레이드 디바이스를 차면서 집무실을 나가 옆방으로 향했다.

그걸 지켜보며 크레나는 흐흥 하고 가슴을 폈다.

"조금 정도는 나한테도 신경을 써달란 말이야."

한 발짝 물러나긴 했지만, 역시 아직 좋아하기도 하고.

전율한 얼굴로 라이덴은 말했다.
"크레나 너, 강해졌구나."
"나도 언제까지고 쪼그만 여동생이 아니야!"
"조금 전의 신 오빠는 조금 한심했으니까, 크레나가 강하면 딱 밸런스가 맞겠네."
"그렇지? 오빠는 한심했지?"
옆방과의 경계인 간이벽도, 조금 전에 닫힌 문도 다 얇으니까, 신에게 들릴 것을 다 알면서 하는 소리다.
그보다 알고 있으니까 그렇게 말하는 거겠지. 그런 생각에 라이덴은 신에게 조금 동정했다. 그리고 왠지 모르게 앞으로가 무서우니까 지금 당장 세오가 돌아와 줬으면 싶었다.
앙쥬와 크레나는 방울이 울리는 것처럼 깔깔거리며 웃고 있다.
"그보다 옛날 생각도 나. 86구에 있을 무렵 같아."
"그래. 레나는 멀리 있어서 목소리뿐. 우리는 이렇게 한가하게 지내고."
하지만 문득 앙쥬의 하늘색 눈동자가 따스한 듯이, 애절한 듯이 추억에 잠겼다.
그때는 받아들였던, 어딘가로 바라기도 했던 운명은 지금은 이미 멀고.
그때 함께 싸웠던 동료는, 계속 곁에 있던 사람은, 이미 없지만.
"그 뒤로 많이들 변했네. 저렇게 알기 쉽게, 우리 앞에서도 태연하게 푹 늘어져 있는 신 군을 볼 줄은 몰랐고, 게다가 크레나도. 크레나가 레나에게 연결하다니 상상도 못 했어."

크레나는 몇 번이나 눈을 깜빡였다.
"듣고 보니 그러네."
그렇게 말하고 가볍게 웃었다.
그립고, 살짝 후회와 애절함을 담아서, 하지만 자랑스럽게.
"응. 나도 언제까지고 조그만 여동생이 아니야."
어렸을 적 상처에 사로잡히지 않는다——. 보이지 않는 저 너머로 나아가는 것을 두려워하지 않는다.
그것은 크레나도, 앙쥬 자신도, 라이덴도 신도. 여기에는 없는 세오도.
문손잡이가 돌아가고 문이 열리길래 신이 돌아왔나 싶었더니 프레데리카였다.
"밖에까지 목소리가 들리던데, 무슨 일이 있었느냐?"
후훗 웃으면서 앙쥬는 대답했다.
말하고 싶은 마음도 있지만, 프레데리카와는 공유하지 않는 추억을 설명하는 것도 눈치 없는 짓일 테니까.
"그래. 크레나의 성장이라든가."
"그래. 보기 드물게 푹 퍼진 신이라든가."
'그건 또 뭔데?' 라며 가볍게 쏘아붙이는 라이덴의 농담에.
"역시 지쳤구나. 신에이도……."
무거운 얼굴로 프레데리카가 중얼거렸으니까.
라이덴은 한 차례 숨을 내뱉고 물었다. 미소를 지우고, 어린 소녀의 커다란 눈동자를 똑바로 바라보고.
"너야말로 무슨 일이 있었어? 지난번 작전 때부터 계속 뭔가 끙

끙대고 있잖아. 왜 그래?"

프레데리카가 몸을 떨었다. 솟구치는 감정을 억누르고, 그렇게 하려다가 견딜 수 없어져서, 결국 뚝뚝 눈물이 그 둥근 뺨을 따라 흘렀다.

벽이 얇으니까…… 누가 들어선 안 되니까, 토해내고 싶은 말도 그대로 전할 수 없지만.

"미안하구나. 지난번 작전, 함께 갈 수 없었다. 그대들과 함께 싸울 수 없었다."

일행에게, 그 외눈의 소장에게만, 희생을 강요하고.

자기 혼자만 한가하니.

라이덴은 쓴웃음을 지었다.

"그런 걸 신경 쓰고 있었나."

"그런 것은 아니다. 나는 마스코트인데."

이 제국의 여제인데.

"보호만 받고. 아무것도 해줄 수 없다. 아무것도 할 수 없다."

"그런가……."

그건 아니라는 말을 라이덴은 하지 않았다. 묵묵히 듣던 앙쥬와 크레나도.

괴로운 것은 알지만.

무력한 것은 괴로우니까.

"초조하게 굴지 않아도 되지만, 아무래도 마음이 급해지지."

"응……."

"하지만 그렇다고 해서 무리하면 안 돼."

"우……."

"그렇게 뭐든지 끌어안으려고 하지 마. 안 그래도 승리의 여신님이라는."

여제라는.

전쟁을 멈추는 열쇠라는.

"무거운 것을 짊어지고 있잖아. 더 이상은 우리 체면이 서지 않으니까."

"그건……."

하지만 프레데리카는 한 차례 훌쩍거렸다.

"저버리라는 소리인가……."

라이덴은 눈썹을 찌푸렸고, 계속 훌쩍거리면서 프레데리카는 말을 이었다.

"빅토르 녀석이 말했다. 지킬 힘도 없으면 괜히 엮이려 드는 것보다도 저버리는 편이 낫다고."

"그 자식이……."

"무력하면 구하고 싶다고 생각하는 것도 안 되는 것이냐……."

라이덴은 씁쓸한 얼굴로 머리를 긁적였다. 그 왕자 전하는 애를 상대로 또 무슨 소리를.

구원할 힘도, 각오도 없는 주제에 성자 행세를 하며 위에서 손을 내밀고. 꿈꾸었던 구세주가 될 수 없었다고 피해자인 것처럼 손을 거둘 정도라면. 그럴 바에는 차라리 엮이지 않는 게 낫겠지만.

"구하고 싶다는 생각이 잘못됐다는 게 아니야. 자기 힘이 미치지 않는 범위, 자기 책임이 아닌 것까지 자기 탓으로 할 필요가 없다는 말이지. 비카 그 녀석은…….”

분명 틀림없이, 그런 기특한 의도로 말한 건 아니겠지만.

“애초에 왕자님이니까 말이야. 모두를 구해야 하고, 구할 수 없었다면 그 책임을 져야 하지. 그건 그저 왕자님이니까 견딜 수 있고, 왕자님이니까 마음을 굳혔으니까 각오할 수 있는, 더럽게 무거운 짐이야. 그걸 짊어지지 말라고, 그냥 그렇게 말했을 거야.”

“…….”

“무력하다고 인정하는 것이 더 힘들고 괴로운 것도 알지만. 무리는 하지 마.”

무력함에서 도망치려고 한 나머지 더 무겁고 버거워지는 책임을, 억지로 끌어안지 않기 위해서.

간신히 프레데리카는 고개를 끄덕였다.

“오냐…….”

“그리고 정말로 방금 말한 것처럼 들었다면, 그건 심한 말이니까 받아쳐도 돼. 뭐하면 내가 말하고 올까?”

“그, 그건 됐다! 어린애도 아니고!”

프레데리카는 작은 고개를 도리도리 저었다.

그리고 잠시 라이덴의 말을 곱씹다가 다시금 고개를 끄덕였다.

“심한 말이라 했는가. 그렇다면 나의 말로 답하지. 참견은 필요 없다, 과보호하는 오라버니.”

“호오.”

“다만.”

그 말에 시선을 주자, 붉은 두 눈이 이쪽을 올려다보고 있었다.

오빠를 따르는 동생처럼, 무의식중에 매우 자연스럽게 나온 듯한 모습이었다.

"그자의 부츠 안에 벌레 인형을 넣어두는 정도의 앙갚음은 허락되겠지?"

"……."

인형인 것은 프레데리카의 양심일까, 혹은 계절을 고려한 걸까, 단순히 진짜 벌레를 만지기 싫은 것뿐일까.

"그 인형이 해부당해도 울지 않겠다면 괜찮겠네."

막사 모듈 내부를 나누는 간이 벽은 얇으니까 집무실 옆 거실로 간 신에게도 프레데리카와 라이덴의 대화가 들렸다.

조금 신경 써 줘…….

아무래도 그럴 필요는 이미 없어진 모양이다.

신을 격려하려고 했던 거겠지. 요양소에서의 즐거운 일상을 하염없이 자랑하는 레나에게 맞장구를 쳐주면서, 신은 가만히 숨을 내쉬었다.

†

"저 애는."

유토가 있는 교외 요양시설은 군인이 아닌 사람들도 이용하기에 군 병원처럼 출입이 제한되지 않는다. 근처 주민이 공원 대신 산책하는 일도 있는 넓은 앞마당을, 담화실의 커다란 창문에서 아마리가 내려다보며 흘린 말에 유토는 시선을 주었다.

아마리는 앞마당 구석을 바라보면서, 진갈색 두 눈을 험악하게 찌푸렸다.

"전에 병문안 왔던 꼬맹이를 데리러 왔던 애야."

다가가서 유토도 같은 방향을 보았다. 앞마당을 완만하게 에워싸인, 잘 손질된 나무들. 완전히 잎들이 져버린 그 밑에 황갈색 긴 머리를 등 뒤로 늘어뜨린 소녀가 생각하는 기색으로 서 있었다.

"저 애도 에이티식스라고 했지. 같은 집안에 거두어져서 언니가 되었으니까 같이 왔다고."

"왜 여기에……?"

종군하지 않는 에이티식스는 군에서 구속과 재검사 대상이다. 그걸 피해서 종적을 감춘 자도 있다는 모양이고, 저 소녀도 그중 하나겠지만…… 그렇다면 군에 들킬지도 모르는 이 요양소를 찾아온다는 게 이상하다. 물론 유토나 아마리와도 아는 사이가 아니다.

아마리가 목소리를 낮추었다.

"저기, 유토. 정말로 연방군은 저 애들을 보호할 생각일까?"

"으음……."

솔직히 신용할 소리는 아니라고 유토도 생각한다. 대공세 이전이라면 몰라도 지금 군의 분위기로서는.

애초에 시민과 외국의 동정을 사는 선전부대로 설립된 측면도 있는 기동타격군이다. 우수한 사냥개 정도로 간주하는 자도 많겠지만―― 저번에 만난 헌병은 그걸 숨기는 모습마저 잃어버렸다.

지금의 연방군은 그걸 숨기지 않는 조직이, 표면으로 내세운 인도주의도 유지할 여유가 없는 조직이 되어 가고 있다.

"사정을 좀 들어볼까. 헌병에게 연락하는 건 그런 다음이라도 되겠지."

"내가 갈까?"

"아니."

아마리는 얼마 전까지 부상자였고, 대대장인 유토가 보자면 부하고, 애초에 자신보다 어린 여자다.

그렇게 말하면 아마리는 분명 화를 내겠지만, 자신보다 어린 여자다.

위험한 다리는 되도록 건너게 하고 싶지 않다.

"내가 갈게."

점심을 먹으러 PX에 간 세오는 싸구려 테이블 세트 중 하나 앞에서 아네트가 엎드려 있는 것을 바라보았다.

PX의 한 구획에는 연방의 패스트푸드 체인점이 모여서 푸드코트를 이루고 있었다. 음식 하나도 없이 테이블에 엎어진 아네트를 봐버린 이상 가만히 둘 수도 없어서 다가가 말을 걸었다.

"아네트. 왜 그래? 배고파서 못 움직이겠어?"

농담에 아네트는 응하지 않았다.

테이블에 엎어진 채로 조용한 목소리가 흘러나왔다.

"배신자라고 해도 좋아."

"어, 왜?"

내심 의문스럽게 생각하며 세오는 물었다.

아네트는 한쪽 뺨을 테이블에 붙인 채로, 말하기 힘들 듯한 그 자세 그대로 중얼중얼 말했다.

"공화국은 또 너희를 배신했고, 나는 그런 공화국의 배신자야."

"애초에 공화국 따윈 믿지도 않으니까 배신이고 뭐고 없고, 공화국이 한 짓이 배신이라면 아네트가 한 건 배신이 아니잖아. 뭐라고 할까, 폭로? 고발? 고발이겠네."

아무튼 그런 정당한 행위다. 아네트가 속한 공화국군의 규정은 모르지만, 도덕이나 윤리상으로.

"고발이라고 하기에는 너무 늦었잖아."

도청기가 되었던 아이들에게는 거의 10년 가까이 걸렸다.

"더 일찍 알아차릴 수는 없었을까 싶어서. 내가 군에 들어가서 지각동조의 연구에 참여한 건 그렇게 오래전이 아니지만, 그래도 군의 지각동조 연구에 참여하면서 서류나 과거의 기록 같은 것을 보았으니까 알아차릴 수 있었을 텐데, 싶어서."

어쩌면 구할 수가, 이렇게 되기 전에 구할 수가 있었을 텐데, 싶어서.

"그런가……."

그럴 수 있었을지도 모르는데 하지 않았다. 할 수 없었다.

할 수 없었으니까.

"그러니까…… 응, 나를 배신자라고 불러주지 않겠어?"

누구를 탓하는 것도 허락되지 않았던 어린아이들 대신.

하지만 세오는 얼굴을 찌푸렸다.

"싫어. 아무리 나라도, 감정이 있든 말든 그런 악담을 하면 나중에 후회한다고 학습했어."

그 말투가 거세서 아네트는 꽤 심각한 뭔가가 있었을 것으로 생각했지만, 일부러 캐물어 볼 것도 아니라고 생각했기 때문에 흘려 넘겼다.

"그렇구나. 미안해."

"뭐, 욕을 듣는 게 편할 때도 있다는 건 알지만."

욕할 입장도 아니고 애초에 하고 싶지도 않고, 뭐라고 할까, 그렇게까지 편하게 받아줄 관계도 아니라고 생각하고.

완전히 내치고 싶지도 않다고 생각하지만.

세오는 생각해 봤지만, 좋은 생각이 떠오르지 않았기에 일단 말해 보았다.

"노점에서 파는 튀김빵, 아네트가 전에 병원에서 알려준 그거 말이지, 진짜 맛있었어. 다진 고기랑 양파랑 후추에, 향기를 위해 뭔가 모르는 조미료가 들어가서."

"그래……."

"그리고 저기 카페 체인은 말이지, 땅콩과 초콜릿이 든 타르트가 맛있대."

엎드린 상태의 앞머리 틈새로 은색 눈 한쪽만 올려다보았고, 무언의 그것에 세오는 왜인지 움츠러들면서도 말을 이었다.

"먹어 보지 않을래? 일단 지금부터는 그걸 맛있게 먹는 시간인 걸로 하자."

"……."

"카페의 커피도 함께. 생크림이나 캐러멜소스를 듬뿍 쓴 걸. 뭐하면 종이컵에 고양이나 개 얼굴이라도 그려줄 테니까."

아네트는 간신히 조금 웃었다.

"좋아."

소녀는 유토에게 '치토리 오키' 라고 자기 이름을 밝혔다.

"서류상으로 지금은 치토리 뮬러지만. 양아버지는 억지로 지금 집에 맞추지 않고 원래 이름대로 지내도 된다고 말해 줬어."

조상은 연합왕국 속령의 담등종(타페)이었다는 모양이다. 연황색 장발에 매우 연한 보라색 눈동자.

인형처럼 단정하고 청초한 용모에 옷자락이 길고 품위 있는 원피스가 잘 어울렸다. 머리를 묶고 있는, 눈동자 색깔에 맞는 연한 보라색 리본.

그러니까 발에 신은, 튼튼하고 더러워진 부츠가 너무 안 어울렸다.

늦가을이라서 기온이 낮으니까 신경 쓰일 정도도 아닌, 전장에서의 생활이 긴 유토에게는 지금 와서 신경도 쓰이지 않는, 적어도 최근 며칠 동안 제대로 몸을 챙기지 못한 소녀 특유의 달콤한 살결 냄새도.

치토리 본인은 그게 신경 쓰이는지, 벤치에 앉은 거리가 조금 멀었다. 어쩌면 같은 에이티식스라도 전장에 남아 싸운 유토에게 그렇지 않은 그녀는 미안한 마음이라도 있을까.

"나는 종군하지 않았는데. 종군한 당신들은 다쳐서 요양 중인데, 귀찮겠지만. 하지만…… 꼭 묻고 싶은 게 있어서."

"너희에게 연방군의 정보를 캐게 했던 공화국 사람은 이미 붙잡혔어. 정보를 캐낼 필요는 이미 없어."

치토리는 무릎 위에 둔 두 손을 움켜쥐었다.

기동타격군의 여느 소녀들과도 다르다. 개머리판도 조종간도 익숙하지 않은, 전쟁을 모르는 가녀리고 연약한 손.

에이티식스 중에서도 나이 있는 유토와 동년배라면 있을 수 없는 손이다.

"응, 알아. 동생은, 카니하는, 그래서 붙잡혔으니까."

아마리가 만났다는 어린 에이티식스이자 〈도청기〉인 소녀.

"그게 낫다고 생각했어. 카니하는 뮬러 가문에 함께 거두어졌을 뿐이지 우리와는 다르고, 그 애가 공화국의 명령에 협력하고 있었던 것도, 알고 있었으니까."

"다르다고……?"

"귀찮게 군다는 건 알아."

의아하게, 그리고 신중하게 거듭 말한 유토에게, 치토리는 계속해서 말했다. 원피스 자락을 움켜쥔 가녀린 손, 완강히 이쪽을 보지 않는 보라색 눈동자.

"하지만 시간이 없으니까. 종군했던 당신들이라면 알 테니까 가르쳐 줬으면 해서."

잠시 유토는 생각에 잠겼다.

가령 치토리가 〈도청기〉가 아니었다고 해도, 기동타격군의 정보는 누설할 수 없다. 유토는 지금 연방군인이니까 그가 아는 정보는 상당수가 기밀에 속한다. 다만.

다르다. 그리고 우리.

"내용에 따라서."

그녀가── 그녀들이 〈도청기〉와 다른 뭔가라면. 그걸 연방군이 파악하지 못했다면.

그걸 캐내는 정도는 해야겠고, 캐내기 위해서는 일단 이야기해야 한다.

"고마워. 저기……."

치토리는 말했다. 안도한 듯이, 그러면서 아주 궁지에 몰린 듯한 시선으로.

시간이 없다.

그 말을 뒷받침하듯이 긴장한 시선으로.

"그건 말이지……."

†

미아로나 중령에게 받았다며 원자력에 대한 설명 애니메이션을 시덴이 가져왔고, 그것을 바로 막사의 담화실에서 재생했다. 다른 프로세서도 궁금증에 모여들었고, 1개 여단 규모의 머릿수의 태반이 보고 싶어 했기에 서로 교대하며 반복해서 틀었다.

애니메이션 자체는 아주 구성이 좋아서, 학교에 제대로 가지도 않은 에이티식스들도 알기 쉬운 내용이었고, 실제로 일단 지금 알고 싶은 기본적인 내용은 이해되었지만.

"대장, 죄송합니다. 저걸 본 탓에 오히려 이해할 수 없게 되었습니다."

대량의 피클과 소금에 절인 고기의 맛을 끌어내는 토마토 수프. 그게 메인인 점심 식사의 식판을 두 손으로 들고 테이블 앞에 앉으며 리토가 말했다. 스피어헤드 전대와 프레데리카. 오늘은 마르셀이 추가로 참가한 식당의 기다란 테이블.

마침 입에 넣으려던 포크를 멈추며 마르셀이 말했다.

"그걸 보고 이해가 안 간다고 질문해도 솔직히 대답하기 어려워. 나도 특별사관인 건 변함없지만, 솔직히 그걸 봐서 간신히 좀 이해가 되었을 뿐이지. 노우젠이라면 알겠어?"

"내용에 따르지만. 자세한 이야기는 미아로나 중령님에게 묻는 편이 낫겠지."

"아, 아뇨, 그게 아니라. 애니메이션의 내용 해설을 듣고 싶은 게 아니라."

미묘한 얼굴로 리토는 말했다.

"공부는 하고 있지만, 우리는 전혀 따라잡지 못하고 있잖아요. 하지만 그런 나라도 핵무기가 어떤 것인지, 그렇게 간단히 만들 수 없다는 것은 이해했어요."

"그래……."

"그렇다면 왜 헤일 메리 연대는 애초에 그걸 몰랐던 걸까요. 그리고 미아로나 중령님의 말로는 저번에 폭발한 것도 실패였다고 그랬죠. 그러면 못 만든다는 걸 알았을 텐데, 투항하려고 하지 않는 이유는 뭘까 해서요."

듣고 보니.

신은, 라이덴은, 크레나나 앙쥬나 클로드나 토르는 서로의 얼굴을 바라보았다.

"분명히 애초에 제작법도 확인하지 않는다는 건 이상하군. 처음 만드는 요리를 보통 매뉴얼도 안 보고 만드나?"

"클로드. 아마도 할 수 있을 테니까 해봤다가 실패했다는 대답이 필요한 거야?"

"시끄러워."

"매뉴얼이 없었다든가? 하지만 그렇다면 미아로나 중령님에게라도 물어보면 될 텐데."

"투항하지 않는 건, 반역은 중죄니까 극형을 피할 수 없는 탓이라고 생각하는데."

"그렇긴 하지만, 신 군. 그렇다면 더더욱 핵무기의 제조법을 먼저 배워야 하는 게 아닐까? 실패하면 분명히 사형일 테니까."

소년병들은 답을 얻지 못해서 끙끙거리며 생각에 잠겼다.

참으로 순진하게 잔혹하군요, 에이티식스는…….

조금 떨어진 테이블에서 연대 부하들과 함께 식사하던 자이샤는 가볍게 쓴웃음을 지었다.

에이티식스들은 그걸 모르겠지.

에이티식스는 왕의, 지배자의 자질을 가진 자들이다.

누구 하나 거느리지 않고 자기 자신의 왕으로 살 수 있을 만큼, 강함과 각오를 갖춘 자다.

유일무이한 왕이기에 약한 양의 마음을 모른다.

양을 거느릴 필요가 없으니까, 양을 이해해 줄 필요성도 느끼지 않는다.

그 잔혹함을――눈치채는 것조차도.

대영주의 후계자와 그 딸이라고 해도, 본래 그리 간단히 뵐 수 없는 상대다.

미아로나 중령과 그 오빠, 미아로나 준장은 이 기회를 놓치지 않고 로아 그레키아 연합왕국 제5왕자 빅토르 이디나로크 전하를 식사 자리에 초대하였고, 영광스럽게도 출석하겠다는 회신을 받았다.

조심스럽게 일하던 급사 사관이 얌전히 벽 쪽으로 물러나는 타이밍에, 미아로나 중령은 입을 열었다.

"저희 영지의 신민들이 부끄러운 모습을 보여드렸습니다."

빅토르 전하는 우아하게 웃었다. 지금도 전제군주제를 유지하는 연합왕국의 왕족이, 혁명으로 주군을 그 자리에서 추방한 제국 신민들에게 보이는 냉철한 시선.

"그렇군. 신민 자신이 바란 자유일 텐데. 본인들도 뭘 바라는지 모른 끝에 이런 꼴인가."

자유와 평등. 아름답게만 들리는 그것들의── 한없는 무게를.

그것은 혁명 따위를 바라지 않았으면 연약한 그들의 조상들과 마찬가지로 영주에게 맡기고 살아도 될 중책인데.

"예. 실로 부끄러운 일……입니다만."

고개를 끄덕이며 미아로나 중령은 말을 이었다. 양들을 지배하는 대신. 명령하고, 따르게 하고, 백성들에게 지식도 선택도 빼앗는 대신 필요한 모든 것을 배우고, 모든 결단을 내리고 그 책임을 지는, 양들의 주군 중 하나로서.

자기 계발도 결단도 책임도 스스로 짊어지고 싶지 않은 양들에게는, 지배자란 동시에 비호자이기도 하다. 그저 따르기만 하면 되는 존재. 자기 계발의 노력도 결단의 중압도 없는 안락을 약속하는 존재.

미아로나 중령은 말했다. 과거 제국을 지배한 혈족의 일원으로서. 안락을 바라는 양들의 그 태만을 이용해 지금도 연합왕국을 다스리는 일각수 왕실의 일원에게.

"스스로 뭘 원하는지도 모르는 양들에게까지, 모르니까 짊어질 수 없는 짐을 떠안긴 자들에게도 죄가 있다고 저는 생각합니다."

잠시 생각하고 마르셀은 말했다.

"아……. 그거, 그거라면 좀 알 것도 같아."

토마토 수프 그릇으로 시선을 내리고, 반쯤 생각에 잠긴 채로.

"생각하지 않으면 편하니까. 반성은 귀찮으니까. 명령받은 대로 따르면 된다고, 그것만 생각하면 편하고, 그러면 무슨 일이 있어도 반성하지 않아도 되지. 자기는 명령받았을 뿐이라고, 전부 남 탓으로…… 할 수 있으니까."

그렇다면 명령받은 일이 아니라도, 남 탓으로 돌리는 거다.

씁쓸하게 마르셀은 생각했다.

지킬 수 없었던 책임을, 짊어질 생각이 없는 녀석은. 갑자기 눈앞에 나타난 부조리를, 껴안을 수 없는 녀석은.

나는…….

한 번은 채 짊어질 수 없었고, 그렇게 있고 싶지 않다고 생각하는 나는, 지금은 그럴 수 있는 인간이 되었을까.

부조리에 맞닥뜨린 증오도 받아내고, 그 탓에 죽지 않고 살아남게도 해 주고, 신경 쓰지 않는다고 말한 녀석처럼 될 수 없더라도, 하다못해 자신의 괴로움이나 두려움을 하나라도 스스로 끌어안을 수 있는 인간이.

"그러니까……라고 할까."

신은 마르셀의 후회를 눈치챈 기색으로 아무 말도 없이 있어 주었다.

신도 후회나 갈등이나 약함이나 잘못은 있었을 거라고, 지금이라면 마르셀도 이해하니까 어두운 마음은 품지 않았다.

숨기고 있었을 뿐이다.

겉으로 드러내어 괴롭다고, 도와달라고 말하는 것조차 할 수 없었을 뿐이었다.

그런 것을 지금은 아니까.

잠시 생각하며 자기 나름대로 곱씹고 리토가 끄덕였다.

"어어. 즉, 헤일 메리 연대도 그렇다는 소리? 지휘관인…… 로히 소위였나? 그 사람을 따를 뿐이지, 자기는 아무런 생각도 하지 않으니까 공부도 하지 않고, 실패해도 역시 배우지 않고 끝장이라고 생각하지도 않는다. 그런 녀석들밖에 없다는 소리야?"

"아마도. 다만 그렇다면 그 로히 소위란 녀석은 왜 명령하는 쪽인데 생각하거나 배우지 않느냐는 점인데."

눈썹을 찌푸리며 프레데리카가 신음했다.

엄청나게 싫은 기색으로.

"어쩌면…… 그 노엘레 로히란 녀석도 생각하거나 배우지 않는 인간일지 모르지."

"어?"

"뭐?"

"그렇게 생각할 수밖에 없구나. 잘못해도 멈추지 않는다. 애초에 지식이 부족한 것도 깨닫지 못한다. 왕처럼 행동하면서도 그 기량을 갖지 않는다. 가져야만 한다고, 생각하지도 않는 것처럼."

배우지 않는다. 생각하지 않는다.

왕으로서 명령을 내리면서, 왕으로서 모든 것을 짊어지는――그 자질과 각오가 없다.

"아! 맞다! 아가씨!"

지금은 1개 보병중대 200명 이하의 머릿수밖에 남지 않은 헤일 메리 연대는 식사도 브리핑도 보초를 제외한 모두가 한자리에 모이게 된다.

숙소로 삼은 마을 회관에서 통조림 수프를 플라스틱 스푼으로 뜨고 간신히 기품을 지키며 입에 넣던 노엘레에게 오토가 갑자기 일어서서 다가간 것도 그렇기 때문이었다.

"아가씨, 떠오른 게 있었습니다! 어렸을 적에 할머니가 할머니의 할머니에게 들었다는 이야기를 해줬는데! 어린 원생해수가 로기니아 강에 거슬러 올라오면, 그 뒤를 쫓아서 부모 원생해수도 바다에서 올라오는 겁니다!"

맥락도 없이 어린 원생해수 이야기를 하는 바람에 노엘레는 곤혹스러웠고, 영민 따위가 향사의 식사에 끼어드는 불손함에 동석했던 닌하 레카프가 눈썹을 찌푸렸지만, 흥분한 오토는 아랑곳하지 않았다.

"즉, 자식을 찾으러 오는 겁니다! 그러니까 도와주면 은혜를 갚으러 또 도와줄 겁니다!"

"어어……."

오토는 설명한다고 한 거겠지만, 자기 자신만 이해될 뿐이지 생략이 너무 많아서 노엘레는 순간적으로 이해할 수 없었다. 자식을 찾는다는 것은 저 원생해수고. 도와주는 것은 우리고, 도와주는 대상은 원생해수, 가 아니라 그 자식인가. 은혜를 느껴서 도와준다는 소리는 부모 원생해수고, 도와주는 상대는 우리인가. 즉…….

간신히 정리되기 시작할 때, 애가 탄 오토가 계속 떠들어댔다.
"그러니까! 자식을 찾으면 원생해수가 〈레기온〉들을 해치워 줄 거라고요!"
"어?"
논리의 비약에 노엘레는 놀랐지만, 주위 영민들은 그 말에 단숨에 술렁댔다.
"좋은 생각이야, 오토!"
"용케 기억했군!"
"헤헤! 난 이런 쪽에 밝으니까!"
"새끼 원생해수로군! 아가씨! 얼른 그 새끼를 찾죠!"
"사람은 조금 부족해졌습니다만……. 강을 따라 올라온다면 물속에 있겠죠. 나눠서 찾으면 금방 찾을 겁니다!"
"어, 어어, 하지만, 저기……."
연신 떠들어대는 영민들 앞에서 노엘레는 말을 흐렸다.
하지만.
원생해수의 새끼가 물속이나 그 부근에 있다고 하면. 찾아야 할 강은 바다로 흘러드는 히아노 강과 히아노 강에 이어지는 신 타타츠와 강과 카두난 강으로 한정된다고 하고.
그 두 강은 남북 60킬로미터에 달하며 펼쳐져 있고, 일부는 〈레기온〉 지배영역에 있다. 히아노 강에 이르면 유역 전체가 지금 〈레기온〉 지배영역이다.
거기서부터 찾는다니, 대체 어떻게?
하지만 자신이 가져온 것이 아닌 열광을, 노엘레는 어떻게 가라앉혀야 좋을지 알 수 없었다.

기대와 희망으로 가득한 영민들의 표정을 흐리고 싶지 않아서, 지금 와서 불가능하다고 말해서 여태까지 따라온 그들이 실망하는 게 무서워서, 도무지 말문이 열리지 않았다.

슥 둘러보니, 다른 자들의 열광을 조금 떨어져서 지켜보던 멜레가 미소 지었다.

"괜찮습니다, 아가씨. 아가씨라면 전부 다 잘될 겁니다."

그 한마디에 각오가 생겼다.

멜레가, 영민들이, 이렇게나 나를 기대해 주고 있는데.

내가, 그들을 이끌어야 할 귀족인 내가, 그들을 믿지 않으면 어쩐단 말인가.

씩씩하게 일어섰다. 정말로 자신감 가득한 얼굴로, 당당하게 가슴을 폈다.

"예, 물론입니다! 찾지요. 이번에야말로 북부전선을 구하는 겁니다."

"그래, 이번에야말로 북부전선을 구하는 거야! 우리가!"

"〈레기온〉들도, 우리를 방해한 연방군도 쓸어버리자! 동료의 복수다!"

경애하는 아가씨의 선언에 마을 회관은 축제 분위기였다. 이미 원생해수의 새끼를 발견하기라도 한 것처럼, 벌써부터 전투식량에 있는 술병을 따서 마시기 시작했다.

"그래. 원생해수는 우리가 올바르니까 편을 들어준 거야. 벌을 받았으니까 연방군은 잘못한 거고, 잘못했으니까 해치워야지!"

"잘못한 주제에 우리를 무시한 복수를 해야지. 시끄러운 부사관도, 잘난 척하는 대대장도, 무능한 대귀족들도 모조리 죽이면 되는 거야."

"그래."

기염을 토하는 오토와 리레에게 키아히도 기분 좋게 끄덕였다. 실제로 기분 좋았다. 〈레기온〉을 쓸어버릴 수단을 손에 넣어서. 자신을 얕잡아보던 연방군에 그만한 벌을 내릴 수 있어서.

여태까지 부당하게 무시당하고, 올바른 평가를 받지 못한 자신이, 간신히 본디 있어야 할 지위에—— 영웅의 자리에 앉을 수 있어서.

"아니, 그 정도가 아니야. 잘만 하면 우리는 연방도, 대륙 전체도 단숨에 구할 수 있을지도 몰라. 애초에 하늘이 우리를 도와주고 있잖아."

그렇게 되면 나는.

"우리는 선택받았어. 구국의 영웅, 구세주야."

리레와 오토는 눈을 크게 떴다.

생각이 쫓아갈 수 없었는지 쩌억 입을 벌리고 서로의 얼굴을 바라보았다.

"구세주. 우리가."

"우와아……."

천천히 이해가, 이어서 환희와 흥분이, 두 사람의 호박색과 밤색 눈동자에 퍼졌다.
"대단해! 구세주! 대단해!"
"동상 같은 것도 만들어지려나! 영화도!"
"그래. 대통령 각하도 로아 그레키아의 왕도 감사해 주겠지."
무릎을 꿇고 감격의 눈물을 흘리며, 모든 인류가 자신의 발밑에 엎드리고.
키아히는 손에 든 술병의 알코올보다도 그런 몽상에 취했다.

"진짜려나. 원생해수 같은 건 잘 모르니까 무서워."
식당 구석에서 요노는 동료들의 열광에 오히려 겁먹고 움츠러든 모습이었다.
"핵무기도 잘 모르지만 위험한 것이었던 모양이고. 그러니까 원생해수는 역시 모르니까 무섭고……."
겁 많은 동생뻘 되는 동료가 언제나처럼 움츠러든 것이지만, 멜레는 좋았던 기분이 날아갔다. 그건 미르하도 마찬가지였는지, 짜증을 숨기지도 않고 토해냈다.
"뭐야? 요노는 우리를 방해하고 싶어?"
그 순간 요노는 몸을 움찔 움츠렸다. 그런 그녀를 노골적으로 불쾌하게 내려다보았다.
"우리를 도와주었잖아. 방해해도 된다고 생각해? 아니면 요노는 방해하고 싶어? 저 〈바나르간드〉처럼 우리를 배신했다가 벌을 받고 싶은 거야?"

요도는 화들짝 놀라서 눈을 휘둥그레 떴다.

"아니야! 난 배신자가 아니야! 연방은 잘못되었고, 이대로는 안 된다는 건 나도 알아. 그러니까 방해는 안 해. 배신자 아니야!"

"흐응……."

미르하는 심술궂게 콧소리를 냈지만, 성은 좀 풀린 모양이다. 둘로 땋은 머리를 휘두르듯이 붕붕 고개를 흔드는 요노에게 더는 뭐라고 하지 않았다.

한편 멜레는 요노의 말에 갑자기 번뜩이는 걸 느꼈다.

그런가…….

그런 거였나.

"응. 요노는 옳아."

뜻하지 않은 말에 요노가 눈을 크게 뜨고 미르하가 돌아보았다.

"무슨 소리야, 멜레?"

"모르는 건 무섭지. 연방이 된 뒤로 계속 모르는 게 늘어났잖아. 왜 그렇게 되는지도, 왜 그런 소리를 들어야 하는지도, 온통 모르는 게 되었잖아."

그렇게나 도시를 행복하게 해주는 원전이 위험하다는 소리라든가. 가난해진 도시라든가. 그때까지 전혀 없었던 〈레기온〉들이라든가. 학습 과정이네 교본이네 하는 거라든가. 자유네 권리네 하는 거라든가.

그렇게 지독한 건 전부.

"모르는 건 무섭고, 무섭다는 건 잘못되었단 소리잖아. 연방은 계속, 10년 동안 계속 잘못되었어. 요노도, 우리도, 그 사실을 10

년 전부터, 10년도 전부터 이미 깨닫고 있었던 거야."

다른 자들이 10년 동안, 어쩌면 지금도 깨닫지 못한 그 사실을 자신들만이 총명하게도.

"요노도, 미르하도, 우리도, 우리야말로 계속 옳았던 거야. 그러니까."

요노가 환한 얼굴을 했다. 자랑스럽게 미르하가 끄덕였다.

거기에 고개를 끄덕여주면서 말했다. 힘주어서.

"그러니까 전부 잘될 거야."

"이제 틀렸어. 전부 다."

닌하는 노엘레와 같은 속주 쉠노우의 향사고, 노엘레와는 사관학교 동기에 마찬가지로 조기 졸업으로 졸업하는 괴로움을 겪은 사이다.

순박한 노엘레는 '졸업을 앞당긴 것은 정해진 교육 기간이 불필요할 정도로 제군이 우수했기 때문이다.' 라는 군의 핑계를 아무래도 그대로 믿는 모양이지만.

마을 회관을 나와서 지휘소로 정해진 폐가의 하나밖에 없는 방에서 두 여성 사관은 서로 마주 보았다. 같은 연정종의 초콜릿색 눈동자와 머리라도 머릿결은 달라서, 부드러운 머리를 둘로 땋아 올린 노엘레와 뻣뻣한 생머리를 옆에서 묶은 닌하.

"원생해수 새끼를 어떻게 찾을 건데? 애초에 정말로 원생해수의 새끼가 여기에 있어? 찾았다고 해도 보호할 수 있어? 보호했다고 해도 원생해수는 또 우리 편을 들어 줄까? 〈레기온〉과 싸우라는 걸 어떻게 전할 건데? 하나도 알 수 없는데 억측만으로 움직일 수는 없어.”

“어, 하지만…….”

스스로도 담담히 알고 있던 문제를 제기하는 바람에 모기 우는 소리로 노엘레는 반박했다.

“핵무기가 잘되지 않았으니까, 그 대체가 필요해.”

“핵무기가 당신이 말한 그런 게 아니었던 시점에서 물러나야 했어. 그러니까 원생해수가 대체재가 될지는 알 수 없어.”

“…….”

“아무리 생각해도 이젠 틀렸어. 어떻게든 안 돼.”

그건── 닌하의 말이 맞을지도 모르지만. 하지만.

그렇게 무리라고 인정해버리면. 포기해버리면…….

“누구든 좋아. 영민은 영주를 위한 존재야. 탈영죄도 반란죄도 대신 덮어씌우면 돼. 영민 누군가에게 씌우고 우리는 말려들었을 뿐이라고 해서 물러날 때야.”

탈영죄를, 반역을 주도한 죄를── 노엘레의 죄를, 영민 중 누군가에게 덮어씌우고.

그 말에 노엘레는 확 열이 올랐다.

“그럴 수는 없어!”

지켜야 할 영민을 방패로 삼다니. 희생으로 삼다니.

무엇보다 자신이 여기서 포기해버리면 모두를 구할 수 없다. 포기하면 모두가 죽어버릴지도 모르니까, 이런 일로 포기할 수 없다.

상황을 뒤집을 수 있다면 아무리 작고 멀리 보이는 희망이라도 손을 뻗고 움켜쥐어야 한다.

포기하지 않으면 붙잡을 수 있으니까.

"원생해수가 〈레기온〉을 해치울 수 있다면. 원생해수가 모두를 지킬 수 있다면. 나는 포기하지 않아. 나는…… 내가 모두를 구할 거야."

닌하는 슬쩍 한숨을 쉬었다.

†

문득 눈을 떠보니, 어두컴컴한 막사의 자기 방이었다.

한순간 상황을 파악하지 못해서, 좁은 침대에 드러누운 채로 신은 눈을 껌뻑였다. 언제 돌아왔는지 기억도 없지만.

"잠들었던 건가."

이능력의 부담을 해소하기 위한 강제 수면이다.

흐트러진 모포를 걷고 일어나서 아직 멍한 머리를 눌렀다. 강렬한 잠기운을 못 이겨서 한나절 정도 계속 잠드는 것은 여태까지 경험한 바가 있지만, 졸음을 느낀 기억도 없거니와 침대에 들어간 기억도 없는데 어느새 잠들어 있었던 것은 아무래도 이번이 처음이다.

〈레기온〉의 한탄에도, 〈목양견〉에도 익숙해졌다고 생각했는데, 전장과 가까우면 역시 부담이 커지는 모양이다.

더불어서 여태까지는 전장과 거리가 멀었던 본거지 뤼스트카머도 지금은 전장과 수십 킬로미터 정도밖에 떨어지지 않았다. 휴식을 취한다고 해도 완전히 회복하지 않았던 걸까.

같은 방인 라이덴의 침대가 빈 걸 보면 취침 시각은 아니다. 책상에 간단한 식사와 페트병과 메모가 있는데, 메모의 필적은 라이덴이었다. 신 대신 오늘 잡무를 처리해 준다는 모양이다. 슥 훑어본 뒤에 페트병을 열어 물을 한 모금 마셨다.

그러면서 〈레기온〉의 목소리에 주의를 기울인 것은 몸에 밴 습관 같은 것이다. 86구에서, 연방의 전장에서 살아남으며 전쟁에 익숙해진 의식은 적정의 파악을 무엇보다도 우선한다.

그때 문득 깨달았다.

"……음."

낯익은 기계장치의 망령들의 알아들을 수 없는 한탄과 아우성. 그 너머에.

꾸우 하고 울리는, 낯선 무언가의 울음소리가 멀리서 들려온 듯했다.

구웅 하고 울리는── 언젠가 들었던 바다의 왕이 낸 노랫소리와 같은 느낌으로.

"어머, 대위. 몸은 이제 괜찮아?"

확인한 시각은 저녁 식사에 조금 이른 타이밍이라서 고맙게 경식을 먹고 옷을 갈아입고 밖에 나갔다가 그레테와 딱 마주쳤다.

“예, 죄송합니다.”

“됐어. 그보다도 힘들 때는 사양 말고 보고해. 부하에게 불필요한 부담을 지우지 않는 것도 여단장의 일이니까. 이능력 제어 훈련은 결국 할 수 없었던 거잖아?”

전국의 악화에 따라 서방 방면군 본부 직속인 요슈카도, 다른 마이카의 친척들도 각자의 임지에서 각자 바빠졌다. 신을 위해 시간을 쪼갤 여유는 현재로선 없다.

문득 그레테가 장난스러운 얼굴을 했다.

“〈찌카다〉는 아직 예비가 있다는 모양이니까, 당신의 부담 경감에도 쓸 수 있지 않을까? 왕자 전하에게 물어볼까?”

“절대로 싫습니다.”

“농담이야. 전하에게서는 이미 대위의 이능력에는 의미가 없을 거란 대답을 받았고.”

[——애초에 노우젠에게 어떻게 〈찌카다〉를 장착시킬 거냐 하는 난제도 있지만.]

그야 물론 영예로운 연합왕국의 제5왕자 전하께서 고귀하게 희생해 주셔야겠죠. 그레테는 속으로 그렇게 생각했다.

[노우젠에게 걸리는 부담의 원인은 이능력 그 자체보다도 항상 〈레기온〉들의 목소리가 들린다는 점이겠지. 라디오가 망가져서 전원이 꺼지지 않고 대음량으로 쾅쾅 소리가 나올 때 라디오의 수신 기능을 향상해도 좋아질 리가 없지.]

"……라고 하더라고."

"이미 확인해 본 겁니까……?!"

신은 전율하고 신음했다. 그레테의 태연한 얼굴이 이때만큼은 너무나도 무서웠다.

더 괜한 소리를 듣기 전에 얼른 화제를 바꾸었다.

애초부터 그레테에게는 보고할 생각이었으니까, 도망치는 것은 아닐 터이다. 아마도.

"그보다도 저기…… 원생해수의 새끼로 생각됩니다만. 목소리를 듣기로는 생각보다 가까이 있는 모양입니다."

생각보다 가까운 정도가 아니라 기동타격군의 작전지역인 카두난 강 근처다. 하필이면.

새끼가 거슬러 올라온 듯한 히아노 강은 카두난 강과 신 타타츠와 강이 원류다. 히아노 강을 거슬러 올라온 끝에 카두난 강에 들어선 모양이다.

그렇게 설명하자, 그레테의 눈빛이 예리해졌다.

"대위……. 점점 더 이상한 방향으로 진화하고 있지 않아? 〈레기온〉에 이어서 원생해수의 목소리까지 들리게 되다니."

"진화라고 해야 할까요. 아마도 원생해수도 〈레기온〉과 똑같아서 그런 것 같은데요."

멸망한 존재가 두고 간 망령의 군대.

무엇이 두고 간 건지는, 〈레기온〉 이상으로 이질적인 원생해수와는 의사소통도 안 되니까 알 턱이 없지만.

"뭐, 그건 그렇고…… 알고 있겠지만, 혹시 발견하더라도 건드리지는 마. 주워오는 건 더더욱 안 돼. 전투에 휘말리지 않고 끝나면 그게 제일이지만."

신은 흘낏 그레테를 바라보았다.

"그보다도."

그레테는 쾌활하게 어깨를 으쓱였다. 전장에서 빼먹지 않는 입술의 연지. 부츠를 신은 발.

"헤일 메리 연대에서 드디어 투항자가 나왔어. 상황이 움직이기 시작했어."

"헤일 메리 연대 선임, 닌하 레카프 소위다. 잡병이라고 해도 연락은 받아서 알겠지?"

반역자인 주제에도 턱을 쳐들고 당당히 말하는 투항자에게 초계를 돌던 병사들은 주눅들었다. 타인을 대놓고 잡병으로 부르는 것에 의문도 품지 않는, 지배계급의 오만함.

"너희 지휘관에게 안내해. 헤일 메리 연대의 정보를 제공하겠어. 대신 한 가지 조건이 있지만."

"닌하 님이 도망쳤다고요?"

"예……."

깨친 창문 너머의 밤하늘과 비슷하게 어두운 얼굴로 노엘레는 고개를 숙였고, 멜레로서는 믿을 수 없었다. 닌하 님은 노엘레 아가씨와 사관학교 동기이고, 친구라고 말했는데.

그게 아니더라도, 아가씨를 배신하는 자가 있을 수가.

"총도, 군복도, 짐이 죄다 없어졌습니다. 그리고 부하들도 모두 행방을 모릅니다. 물론 저도 못 들었죠. 그러니까…… 탈주라고 할 수밖에 없습니다."

노엘레는 거칠어지기 시작한 입술을 깨물었다.

보름에 걸친 잠복으로 머리도 피부와 손톱도 손질하지 못하였다. 멜레로서는 그게 가슴 아팠다.

"닌하는 이 장소를 알고 있습니다. 붙잡히고 심문을 받아서 이 장소가 들키는 것도 이미 시간문제겠지요. 발견되기 전에 우리도 움직일 수밖에 없습니다."

초콜릿색 두 눈동자가, 특유의 연기 낀 수정처럼 투명한 눈동자가, 비장하고 어두운 결의를 띠었다.

"원생해수를 이용…… 아니, 조력을 청하겠습니다. 새끼를 찾아내면 원생해수도 거기로 올 겁니다. 우리를 선택했으니까……. 그래요. 이것은 시련입니다. 새끼를 찾아내면 원생해수도 우리를 구해주겠죠. 북부 제2전선은 살아납니다. 멜레."

희망적 관측이라고 할 정도도 아닌 망상 속 가정을 말하며 노엘레는 몸을 내밀었다. 200명 가까운 부하들의 목숨을 맡았는데 너무나도 불성실한 그 자세.

하지만 노엘레는 이미 그렇게 될 거라고 믿을 수밖에 없었다.

하지만 멜레는 이 시기에도 노엘레를 의심하려고 들지 않았다.

"멜레, 당신에게는 척후소대를 맡기겠습니다. 부디 당신이 새끼를 찾아주세요."

멜레는 눈을 크게 떴다.

"제가 말입니까?"

나는 원래 속령의 농노 집안 출신이고. 별것 아닌 졸병이고.

원생해수의 시련에 임하다니, 그런 어려운 일이 가능할 리도 없어서.

"레케스 님이나 치름 님에게 부탁하죠. 그게 아니더라도 키아히나 리레에게."

"레케스도 치름도 돌아오지 않습니다. 키아히는 핵무기를 운반하는 일이 있습니다. 내가 지휘하는 본대는 눈에 띄고 속도가 느리죠. 당신밖에 할 사람이 없습니다. 당신밖에 의지할 수 없어요."

애원하는 눈으로 노엘레는 말했다. 어쩔 줄 모르는, 울 것만 같은 초콜릿색 두 눈동자.

아무리 멜레라도 각오할 수밖에 없었다.

그렇다. 아가씨를, 아가씨의 말에 따르는 것이 영민이다. 그리고 이미 맹세하지 않았나.

"멜레, 부탁이야. 같이 싸워 줘. 부디 나를 도와줘."

"물론입니다, 노엘레 님."

언젠가, 아직 어렸을 적. 아가씨와 함께 싸우겠다고 맹세했듯이.

"반드시 찾아내겠습니다. 아가씨의 힘이 되겠습니다."

헤일 메리 연대의 잠복지와 남은 '핵무기'의 숫자, 인원. 그리고 현재의 행동. 실패한 방사성 오염 폭탄을 포기하고 열선종을 이용한 〈레기온〉 괴멸을 꾀한다.

닌하를 통해서 얻은 반역자들의 동향이 너무 즉흥적이라서 북방 제2방면군의 장성들은 차마 말이 나오지 않았다. 방사성 오염 폭탄도 열선종의 이용도 예측 범주이긴 하지만.

"취조 내용의 확인도 모두 완료했군. 그렇다면…… 움직여 보실까."

명령하는 사령관에게 장성들은 고개를 끄덕였다. 이 땅을 다스리는 연정종이 태반인, 연기가 낀 수정의 색채 뒤로 반짝이는 눈동자.

"바보들의 진압도, 핵연료 회수도 이걸로 가닥이 잡혔다. 기동타격군에 명령해라. 북방 제2방면군 본래의 작전, 댐 파괴를 통한 방어 하천 복구를 실행한다."

문득 북방 제2방면군 참모장이 떠올린 것처럼 물었다.

"닌하 레카프의 조건이란 것은 어찌하시겠습니까?"

말 자체는 질문의 형태이지만, 사실은 확인도 아니다. 그러니까 사령관도 대수롭잖게 대답했다.

"그래……. 들어줘라. 그 정도라면 들어줄 수 있지."

이른 아침.

"지금부터 레이디 블루버드 연대는 헤일 메리 연대 잔당 진압에 임한다."

브리핑을 하는 미아로나 중령을 올려다보는 레이디 블루버드 연대의 대원은 그 높은 숙련도를 보이듯이 꿈쩍도 하지 않았다. 홀로스크린 한쪽에 표시된, 등딱지가 파란 무당벌레 모양의 부대 마크.

열선종과의 조우로 1개 중대를 잃었지만, 용의 왕이라고 해도 엉뚱한 전장에 흘러든 바다 도마뱀 따위에게 역전의 그들이 겁먹을 일도 없다. 하물며 고향과 동포를 위기에 빠뜨린 어리석은 농노의 잔당 따위야.

"작전지역은 경합구역 신 타타츠와 강 동쪽, 스니네히 지구. 헤일 메리 잔당은 현재 그 마을 터에 잠복 중이다. 적 잔존 세력은 보병 200명 이하. 여태까지와 마찬가지로 기갑전력 단독으로 진압한다. 수반 장갑보병 대대는 포위망 밖에서 일대의 봉쇄에 임해라."

든든한 전우인 장갑보병은 이 작전에서 동반하지 않는다. 작전지역은 헤일 메리 연대가 탈취한 핵연료 때문에 방사능 수치가 높은 위험지대다. 피폭되게 할 수는 없다.

귀여운 무당벌레(레이디 버드) 마크를 등지고 미아로나 중령은 말했다. 아득한 고대, 바다를 건너 전해졌다는 푸른 귀석(울트라마린 블루). 그 희소함과 아름다움 때문에 천국과 성모를 그릴 때 사용된 푸른색. 더러움이 없는, 두려워해야 할, 순수한 푸른색을 띤 하늘의 새(레이디 버드).

북쪽 대기의 겨울과 어둠을 비추기 위해 미아로나 가문이 켠 푸른 화염.

어리석은 행위로 더러워져서, 지금도 조국의 대지를 계속 태우는 원자력의 푸른 화염.

더러워졌다면 우리 손으로 제거하자.

"또한 공병 및 기동타격군에 의한 카두난 강 제압 작전이 동시 병행으로 진행된다. 그쪽에 뒤처지지 않게, 또한 멍청이들이 손님을 방해하지 못하게 해라. 작전지역을 단단한 감옥으로 만들어서 가둬라."

"제1, 제2, 제3기갑 그룹의 작전지역은 시하노 산악 카두난 강 일대, 경합구역에서 〈레기온〉 지배영역에 걸친 60킬로미터 범위다. 동행하는 공병이 치수용 댐 전체를 폭파, 해체할 때까지 일대에서 적성 세력을 배제한다."

홀로스크린으로 띄운 전장 지도에 카두난 강과 12개의 댐을 표시하고, 신은 브리핑룸에 모인 대원들을 돌아보았다. 댐을 파괴해 워미덤 분지를 수렁의 덫으로, 로기니아 방어선을 큰 강으로 되돌림으로써 〈레기온〉의 침공을 막는다는 기동타격군의 이번 임무.

"공병 외 장갑보병 3개 연대와 선단국군 의용병으로 이루어진 정찰대대 3개가 각 기갑 그룹과 동행한다. 또한 카두난 강에는 두 종류의 원생해수, 불명종의 새끼와 열선종이 있는 것으로 추정된다. 양쪽 다 발견 후에는 감시만 하고 접촉은 피해라. 사격이나 조준 동작 등, 공격으로 간주되는 행위도 마찬가지다. 주변에서의 전투는 문제없는 것으로 보이지만."

그렇게 말하고 신은 살짝 얼굴을 찌푸렸다. 전장에는 안개가 낀다. 불확정 요소는 아무리 우수한 군대라고 해도 완전히 없앨 수 없다고 해도.

원생해수의 반격을 유발하는 행동을 브리핑 전에 확인했을 때의 이스마엘이 지금의 신과 마찬가지로 얼굴을 찌푸리며 덧붙인 말을 떠올리면서 말했다.

"상대는 동물이다. 어떻게 반응할지 확실하지 않아. 접근 자체를 최대한 삼가라."

"이탈 부대 잔당의 소탕 및 기동타격군 본대에 의한 댐 파괴 임무. 이것들을 미끼로 제4기갑 그룹 및 〈알카노스트〉 전부가 〈레기온〉 지배영역에 진출한다."

신과 3개 기갑 그룹이 댐 파괴에 종사하는 한편, 스이우와 제4기갑 그룹만은 별도 임무를 부여받아서 이번 작전 동안 비카의 지휘하에 들어간다. 정확하게는 제4기갑 그룹과 연합왕국 파견연대가 임시 태스크포스를 편성하고, 그 전체 지휘를 비카가 겸임한다.

스크린에 투영된 전장 지도는 전선 서쪽의 시하노 산악도 아니고 워미덤 분지 남쪽의 현 방어선인 로기니아 방어선 주변도 아니다. 워미덤 분지의 북쪽 외곽, 〈레기온〉 지배영역을 서쪽에서 동쪽으로 흐르는 큰 강줄기 중류 일대다.

"작전지역은 옛 방어선, 히아노 강 남안. 전력 분산은 하책이지만, 때로는 기책도 좋겠지."

침투 작전 동안 전선의 〈레기온〉을 북방 제2방면군 본대가 구속하고 돌격부대를 지원하는 것은 여태까지 파견지에서 수행했던 작전과 마찬가지다. 이스마엘 등 선단국군 의용병단에도 임무가 하달되었다.

댐 파괴 작전에 종사하는 기동타격군에 정찰부대로 동행. 시야가 극도로 제한되는 깊은 삼림 내부에서의, 돌격부대 전체의 '눈' 역할이다.

대열의 선두를 나아가서 제일 먼저 적과 접촉하기에 소모율이 높고, 그러면서도 기량이 없는 자로서는 맡을 수 없는 병종.

"이쪽도 그런 생각으로 나라를 통째로 받아들여달라고 한 거지만. 사양하지 않고 써주시는군. 제국님은 역시 달라."

브리핑룸을 제일 마지막으로 나가서 아무도 없는 막사 복도에서 이스마엘은 내뱉었다. 오래된 임시 건물이지만, 연방군과 차별이 있는 것도 아닌 막사. 식사 내용도, 주어진 장비도 똑같다.

그래도 이런 대접에서 옛 제국 장성들의 냉철함과 냉혈성이 또렷하게 엿보인다. 약소하다고는 해도 뒷배가 되어 주던 조국을 잃은 국민의 약한 처지와 가벼운 목숨도.

훈련 중인 제2진 이후는 몰라도, 현재의 선단국군 의용병은 순수한 보병이다. 장갑강화외골격 적응 훈련은 고작 한 달 만에 되는 게 아니니까, 바로 연방군에 편입된 자신들이 맨몸으로 뛰어다니는 건 어쩔 수 없지만—— 정찰로 돌려지면 당연히 피해는 더 많이 나온다.

"제기랄."

아무도 없는 복도다. 신경 쓰는 부하는 아무도 없다. 그러니까 그만 쌓였던 걱정이 터져 나왔다. 상처투성이 건물의 얇은 벽에 힘껏 주먹을 내리쳤다.

"히익."

쿠웅 하고 기분을 크게 거스르는 음향은 작은 비명에 지워졌다. 이스마엘은 다급히 돌아보았다.

"음, 미안해, 아가씨! 놀라게 했네."

커다란 눈을 더욱 크게 뜨고 서 있던 것은 기동타격군의 마스코트 소녀였다. 프레데리카, 라고 했던가. 작은 그 몸에는 지나칠 정도의 각오로, 정해함에서 뛰어다니던 소녀.

가볍게 고개를 내젓더니 종종걸음으로 다가왔다. 신중하게 들여다보는 진홍색의 맑고 커다란 눈동자.

"괜찮은가……."

나이에 어울리지 않는 총명한 그 눈동자가 설마 주먹을 걱정하는 것일 리가 없다. 이스마엘은 쓴웃음과 함께 소녀 쪽으로 몸을 돌렸다.

"그래. 한심한 모습을 보이고 말았군."

다 큰 어른이 자제하지 못하고 감정적이 되는 모습을.

"그대는 한심하지 않다. 훌륭한 지휘관이고 함장이고 모두의 자랑스러운 형님이니라."

"고맙군……."

아주 진지한 말이었기에 이스마엘은 오히려 더 한심한 기분이 들었다. 자신은 그렇게 진지한 시선과 말을 들을 만한 인간이 아니다.

꾹 눌러온 말이 무심코 흘러나왔다.

"한심한 모습을 보인 김에 푸념 좀 해도 될까, 아가씨."

"음."

"힘들어 죽겠네. 수치를 견디며 산다는 건. 구해줄 수 있으면 구해주고 싶었어……. 구해줄 수 없었으니까 누군가가 벌해 준다면 좋겠는데."

〈스텔라마리스〉는 자침시켰다. 원생해수의 골격표본도 결국 버릴 수밖에 없어졌다——. 정해선단의 위업을 후세에 전하는 역할은 지금 이스마엘이 혼자 짊어져야 한다.

정해함의 함장이며, 또 차기 함대 사령관이었던 이스마엘은 다시 말해 함대 승조원과 그 가족들로 이루어진 정해씨족의 차기 족장이기도 하다. 실전 경험자이고, 함대와 씨족을 지휘하는 교육도 받은 정치가 후보. 선단국군 피난민과 의용병을 지도하는 역할로서, 연방에서도 가치가 있는 인재다. 연방군은 이스마엘을 통해 의용병에게 명령하는 책임을 그에게 돌렸고, 한편으로 이스마엘은 연방의 명령에 대해 의견 조율의 형태로 협상하는 여지를 갖는다.

정해선단의 기억을 전하기 위해서. 그리고 동포들에게 무모한 명령이 내려오지 않도록. 이스마엘은 결코 죽을 수 없다.

씨족 중 누군가가, 부하 누군가가, 동포 누군가가 전사하더라도, 그 모두를 구할 수 없었던 수치를 견디면서, 죄를 짊어지고, 살아가야만 한다.

프레데리카가 붕붕 고개를 흔들었다. 연한 핑크색 입술을 왜인지 꾹 다물고.

"그대는 한심하지 않다……. 그런 싸움도 있는 법이니라."

"토르……."

돌아보니 클로드가 할 말이 있다는 듯이 은색 눈을 일그러뜨리며 서 있었다. 사단 기지에 있는 제1기갑 그룹 제1대대의 격납고. 클로드의 〈밴더스내치〉와 토르의 〈재버워크〉가 나란히 서 있는, 출격 준비가 진행 중이라 소음으로 가득한 그 공간의 한가운데에서.

"미안. 나한테 신경 쓰느라고 넌 고민할 틈도 없었지."

제2차 대공세로부터 두 달. 공화국이 함락되고 한 달 동안.

조금 생각한 뒤에 토르는 고개를 내저었다.

"으음. 뭐, 됐어. 클로드는 실제로 형 문제로 머릿속이 가득했을 테니까."

형이라고 알아주지도 못하고 죽게 내버려 뒀다고 생각했던 형이라든가. 그 바람에 공화국 멸망에 대해 그럴 필요도 없는 미안한 마음이 생긴 거라든가.

애초에 형이 나타난 타이밍이 정말로 최악이라서, 클로드가 화내는 것도 당연했고.

거기까지 생각하고 토르는 히죽 웃었다.

"나는 그렇게까지 고생스럽지 않으니까. 여태까지도, 지금도."

86구에서는 증오스러운 백계종의 피를 이었고, 자신과 어머니를 버린 형과 아버지에 대한 분노, 그래도 채 버릴 수 없었던 감정을 품고 있던 클로드와는 달리 금록종(아벤투라)이라고 한눈에 알 수 있는 에이티식스고, 부모나 할아버지는 공화국에 의해 죽었으니까 공화국을 그냥 원망만 하면 되는 자신은.

클로드는 그런 토르에게서 시선을 떼지 않고 말했다. 은색 눈동자.

"그렇게 말할 수 있으니까 너는."

"음."

"잘라내고 끝이 아니야. 빗물이 새는 곳에 양동이만 두면 끝인 게 아니라고. 여태까지도, 지금도."

지고 있다. 이기지 못하고 있다. 계속 휘둘려서 같은 장소를 맴돌고 있다. 그런 게 아니다.

토르는 씨익 웃었다.

"위로는 관둬."

짜증을 내듯이 클로드는 신음했다.

"그런 게 아니야. 이 멍청한 자식아."

멜레가 맡은 척후소대는 움직일 수 있는 인원이 부족해져서 정원을 크게 밑도는 20명 정도였다.

"왠지 몸이 안 좋다는 녀석이 많아. 겨울이 가까워졌으니까 감기인가."

새는 잠들고, 야행성 동물도 둥지로 돌아가는 새벽 직전의 숲은 아주 조용했고, 옆을 걷는 오토의 투덜거림이 귀를 찔렀다. 헤일메리 연대는 아가씨가 움직이기로 정했는데, 감기 걸렸다든가 하는 이유로 못 움직이는 자가 많아서 정말 한심하다고 멜레는 생각했다. 아가씨의 말씀에 따르지 못하다니.

하지만 소대 동료들은 저마다 말했다.

"그보다 그 녀석들, 진짜 감기 맞아?"

"열도 안 나고, 이상하게 몸이 붓질 않나, 토하기도 하고."

"스루 마을의 제조분대 녀석들. 핵무기를 가지러 갔을 때 봤는데. 심상치 않았어. 머리가 빠지기도 하고 몸에 멍 같은 게 생기고. 거기다가 피도 토하고."

멜레는 짜증을 내며 제지했다.

"시끄러워. 똑바로 찾아보기나 해. 강가인 이 근처에 분명히 있을 테니까."

"그렇긴 해도 말이지, 멜레. 강가라고 해도 넓잖아."

자기가 새끼 원생해수를 찾으면 된다고 말한 주제에 오토는 입술을 삐죽거렸다. 완전히 삐친 애처럼 돌격소총의 총구로 발밑의 낙엽을 성대하게 헤집었다.

"머릿수가 부족해. 이렇게 넓은 곳을 찾아야 하잖아. 다들 몸이 나은 뒤에 다 함께 찾으면 빠를 텐데."

"그건. 그러니까 닌하 님이……."

횡렬로 퍼진 소대의 끝에서 한 명이 소리를 쳤다.

"아…… 저기! 저거 아니야?!"

그가 가리킨 곳. 먼동이 트기 전의 푸르스름한 어둠 속, 차갑고 깊은 숲의 나무들 너머.

이 계절 특유의 아침 안개도 시하노 산악 중에서 비교적 표고가 높은 이 부근에서는 끼지 않는다. 푸른 어둠에 물들고 무수한 낙엽이 쌓인, 그 너머에 있는 것은 무시무시할 정도로 투명하고 맑은, 그러면서도 바닥이 보이지 않는 깊은 호수였다. 별의 엷은 빛과 어두운 하늘의 청색을 반사하면서 잔물결로 수면이 일렁거리는 그 가운데에.

섬세한 베일을 두른 머리를 쳐들고 헤엄치는, 하얀 유리 세공품 같은 생물의 모습이 있었다.

†

새벽 전의 어둠과 안개의 장막 아래, 〈바나르간드〉와 장갑보병을 알리는 무수한 열원이 움직이는 것을, 상공 2만 미터를 선회하는 경계관제형(라베)이 감지했다.

《드래곤플라이01이 파이어플라이에. 북방 제2방면군의 공세 발기를 탐지.》

북방 제2방면군이 있는 방어지대, 로기니아 방어선을 넘는 움직임이다. 동시에 방패가 되는 네히쿠와 산악지대의 그늘에서 무수한 로켓과 곡사포탄이 솟구쳤다. 공격준비사격. 기갑부대가 진격하기 전에 방어시설과 거기에 있는 적 부대를 분쇄, 진격로를 개척하는, 포병이 알리는 전투 개시의 신호탄.

그 틈을 타듯이 소규모 부대가 시하노 산악의 숲에 진입하는 것 또한 강철 까마귀의 눈에 비쳤다.

《척후의 이동 루트를 볼 때 목표는 시하노 산악, 인류 측 호칭 카두난 강 부근. 침투 작전 개시로 추정. 드래곤플라이01이 파이어플라이에. 작전 예정을 앞당길 것을 진언한다.》

†

꿈처럼 떨어지는 파란 잎들이 흩날리는 가운데, 반짝이는 하늘과 푸른 수면의 틈새에 있는 원생해수의 새끼는 신성할 정도로 아름다웠다.

무심코 멜레는 멍하니 서버렸다. 마치 옛날이야기 속 인어공주 같다. 새하얀 눈 같은 실루엣. 얌전히 덮어쓴 베일과 긴 드레스. 별들의 약한 빛에 투명한 비늘을 반짝이면서, 무슨 섬세한 유리 세공품처럼 파란 수면에 조용히 떠올라 있었다.

"예쁘다……."

Illustration:I-IV

이토록 아름다운 생물이라면 선할 것이다. 올바를 것이다.

이토록 아름다운 생물이니까 우리나 아가씨를 구해준 게 틀림없다.

끌리듯이 다가갔다. 고개를 갸웃거리며 올려다보는 인어공주에게 가만히 손을 내밀었다.

베일 같은 외투막 너머—— 머리라고 멜레가 생각했던 부위보다 훨씬 아래에서, 갑자기 세 개의 안구가 그를 바라보았다.

"——?!"

인간에게도, 지상의 모든 동물에게도 존재하지 않는, 금속광택의 홍채와 이어지는 마름모꼴 동공. 그가 아는 무엇보다도 이질적인 그 시선에 꿰뚫려서 멜레는 소름이 돋았다.

어정쩡한 위치에서 얼어붙은 손을 경계한 걸까.

음탐종이 입을 쩍 벌렸다. 악어나 혹은 상어와도 비슷한, 몇 줄로 불규칙하게 이어진 이빨이 입 안의 어둠에 심해어의 사체처럼 기분 나쁘게 비쳤다.

깊게, 가을의 차가운 새벽 공기를 들이마시고.

"끼이이이!!"

먼바다에 사는 식인 인어는 귀를 찌르는 위협의 절규를 눈앞에 있는 포유류에게 질렀다.

성체라면 그것이 유발하는 버블 펄스로 장갑판도 부러뜨리는 음탐종의 포효다. 온 힘을 다한 외침은 여명의 시하노 산악 구석구석까지 울렸다.

모르는 절규에 놀란 새들이 여명의 나뭇가지에서 바쁘게 날아올랐다. 불행히도 근처 나무 위에 있던 다람쥐들이 실신해 투두둑 떨어졌다.

그 포효는 카두난 강을 거슬러 올라가서 댐 하나가 막고 있는 강의 상류까지 도달했던 열선종에게도 닿았다.

열선종이 머리를 쳐들고, 긴 목을 돌려서 새끼의 포효가 들린 곳을 바라보았다. 새끼가 있는 방향과 대략적인 위치, 그리고 위협음을 발하는 위기 상황임을 파악했다.

“——!”

아직 보지 않은 외적에게 경고하듯이 성대한 포효를 지르고.

열선종은 자신이 찾아다니는 새끼를 향해, 완만한 강의 흐름을 타고 다시 헤엄쳤다.

돌격부대 본진에 선행하는 정찰부대가 포착한 두 종류의 절규는 신속하게 사단 본부에 보고되었고, 분석을 거쳐 그 결과가 지휘하의 각 연대에 전파되었다.

“그래, 수신했다.”

기지가 통일 규격의 조립식 주거 모듈로 구성된 것과 마찬가지로, 연방군에서는 전선 지휘소 또한 단기간의 설치와 철수, 이동을 목적으로 전용 트레일러를 연결해 만들어진다.

더불어서 연산 능력을 유용하기 위해 레나를 제외한 세 명의 작전지휘관의 장갑지휘차와 비카와 자이샤의 지휘관 사양 〈바르슈카 마투슈카〉. 강철과 푸르스름한 그림자에 둘러싸인 지휘소에 여단장 그레테를 시작으로 하는 기동타격군의 지휘관, 참모, 관제관이 모였다.

그 구석, 측면 패널을 전개한 관제용 트레일러 안에서 마르셀은 끄덕였다. 마찬가지로 정보가 지휘소에 있는 상관들에게도 공유되는 것을 곁눈으로 확인하면서 지각동조를 전환했다.

여단 본부에서 이 지휘소까지는 통신망이 확립되어 있으니까 정보 공유도 순식간이다. 하지만 지휘소에서 전방, 전선에 있는 부대는 방전교란형의 재밍으로 그 혜택을 볼 수 없으니까.

"레라드 HQ(지휘소)가 언더테이커에. 새끼(발트라우테02) 원생해수(발트라우테01), 열선종의 위치를 확인했다. 발트라우테02는 칼라쿼냐 댐 동쪽 1킬로미터 내. 발트라우테01은 칼라쿼냐 댐 상류의 칼라쿼냐 강, 댐에서 12킬로미터 지점이다. 새끼 회수를 위해 칼라쿼냐 강을 동진하는 것으로 추정된다."

가을이 끝날 무렵의 시하노 산악은 가지 전체가 불타듯이 붉은 색이고, 새벽 전의 이 어둠 속에서도 밝다.

멋들어진 단풍나무 군생지 한복판을, 〈언더테이커〉를 선두로 스피어헤드 전대는 내달렸다. 나무 아래에서 올려다본 단풍은 별

빛을 받아 희미하게 빛나는 듯하고, 들풀 사이로는 잠긴 듯이 같은 색깔의 낙엽이 있다. 이 근처의 단풍나무 잎은 적색을 뛰어넘어서 보라색에 가까운 색채를 띤다. 어딘가 비현실적인 적색과 보라색의 그림자와 별빛이 길 가는 이에게 얼룩무늬를 드리웠다. 카두난 강을 올려다보면서 나아가는, 사람이 들어오지 않게 된 지 오래된 깊은 숲속의 진격로.

병행해서 작전을 진행하는 레이디 블루버드 연대는 산기슭의 삼림지대에서 헤어져서 또 하나의 인공하천인 신 타타츠와 강 부근으로 향했다. 방사성 물질 쪽으로는 영향이 없구나 싶어 안도하면서도 신은 험악한 눈길을 했다.

"열선종이 댐에 도착할 것으로 예측되는 시각은?"

마르셀은 순간 주저했다.

[0530. 너희의 도달 예정 시각과 거의 같다.]

†

《열선종의 이동 개시를 확인. 적 돌격부대 진로와 교차할 것으로 예측된다. 프쉬케12는 열선종을 구속, 유인하고, 돌격부대와의 교전을 유도하라.》

음탐종의 절규와 열선종의 이동은 당연히 〈레기온〉도 파악하고 있다. 예하 부대에 내렸던 작전을 다소 수정하고, 지휘관기는 기계의 언어에 실어서 전장 전체에 전달했다.

《프쉬케12 라저. 우려 사항 있음. 터마이트05의 철수가 미달.》

작전 영역에 파견했던 대형기가 미처 철수하지 못하고 잔류하고 있다.

지휘관기는 생각에 잠겼다. 이동 속도가 극단적으로 느린 기종이다. 북방 제2방면군이 작전을 앞당긴 지금으로서는 미처 후퇴시킬 수 없을 것이다.

《파이어플라이가 프쉬케12에. 터마이트05는 포인트 칼라퀴냐에서 대기. 프쉬케12 지휘하에 편입하고 적 돌격부대 요격에 참가하라.》

《라저.》

†

늑대의 울음소리도 아니고 사슴이나 새의 울음소리도 아니다. 하물며 발소리도 내지 않는 〈레기온〉의 울음소리일 리도 없다.

태어나서 여태까지 들어본 적 없는 엄청난 포효에 펄쩍 놀랐던 젊은 병사는 간신히 마음을 진정시키고 신중히 토치카의 총안구에서 밖을 엿보았다. 우렁차게 울리는, 근처 댐에서 끊임없이 흘러나오는 엄청난 수량의 대음향도 압도하며 울린 절규와 포효.

도대체 뭘까. 옛날이야기 속의 용이라도 내려온 걸까. 아니면 불타는 별이나 하늘의 푸른 말일까.

둘러본 토치카 주변에는 다행히 이변이 없는 듯했다. 아니──.

댐 수문에 생긴 폭포 옆. 희미하게 남은 댐 건축 당시의 길을 따라서 쇳빛 무리가 숲의 풍경에 녹아들어 사라지는 것이, 뭔가 이상해서 돌린 눈에 비쳤다. 온몸의 털이 흠칫 곤두섰다.

——중대장은 저런 놈들 이야기를 안 했는데.

아무리 그래도 저건 보면 안다. 경계해야 한다. 요란스러울 뿐이지 영향도 없을 듯한 조금 전의 포효와 달리, 이 토치카와 자신들을 위협하는 명확한 적이다.

얼마 전에 비슷한 적에 대한 대책 매뉴얼이 나왔지——라고 생각하다가 왠지 가슴 아파졌다. 속령의 벽촌 출신으로 읽고 쓰기 같은 것도 못 배운, 지금도 긴 문장을 읽기 힘들어하는 그와 동료를 위해서 알기 쉽게 설명해 준 것은 중대장이었다. 언제라도 다시 읽을 수 있도록 간단한 문장으로 고쳐서 써 주었던, 평소에는 무섭던 중사. 지금은 그 중사도 없다.

한 달 전, 불타는 별이 떨어진 날에 죽어버렸다.

어느새 곁에 조그만 아이가 와서 그를 올려다보고 있기에, 병사는 다급히 나오려던 눈물을 닦았다. 자신도 놀랐으니 이렇게 조그만 아이는 더 무섭겠지.

"괜찮아. 아까 그 큰 소리 낸 괴수는 여기로 안 와. 안에서 다른 애들이랑 숨어 있어."

평소처럼 전투 준비를 해야만 한다. 아까 본 〈레기온〉의 대책도 잘 기억하는지 모두와 확인해야지.

병사는 한 달 정도 손에서 떼어놓은 적이 없는 돌격소총의 개머리판을 무심코 움켜쥐었다.

이것이 내가 투항하는 조건이라고 닌하는 주장했고, 의외로 레이디 블루버드 연대는 그것을 쉽사리 받아들여서 동행을 허락했다.

무장은 물론이고 권총 한 자루도 허가되지 않았다. 진흙과 피 냄새가 밴, 장갑보병으로 가득한 보병전투차의 한구석에서 닌하는 조용히 중얼거렸다.

"기다려, 노엘레. 당신이 정말로 원하던 것을 내가 줄 테니까."

카두난 강의 시작점, 로기니아 강을 상류에서 막는 로기니아 댐은 북방 제2방면군 본진의 관할이지만, 그 이북의 댐과 강 주변의 제압은 기동타격군의 역할이다.

사키가 대대장 대리를 맡는 제4대대와 미츠다의 제5대대, 리토의 제2대대와 크노에의 제6대대에게 귀환로를 유지하게 하고, 미치히 지휘하의 제3대대와 로칸의 제7대대, 사이스 전대 이하의 제1대대 소속 5개 전대에 이동 경로에 있는 일곱 개 댐을 제압하도록 순서대로 남기고.

신과 그 지휘하의 부대는 제1기갑 그룹의 마지막 제압 목표, 칼라퀴냐 댐에 도달했다. 스피어헤드 전대에 노르트리히트 전대, 추가 전력으로 브리싱가멘 전대까지 도합 3개 전대.

"레라드 HQ에. —— 제1대대 제1반은 칼라퀴냐 댐에 도달."

적도 작전 목표를 예상했겠지만, 상공의 경계관제형의 눈에는 되도록 띄지 않도록 가지와 잎이 많은 숲속을 일부러 골라서 왔다. 그 숲속의 엄폐 속에서 신은 〈언더테이커〉와 지휘 부대의 이동을 멈추게 했다. 더 북쪽으로 가는 치리의 제2기갑 그룹, 카난의 제3기갑 그룹이 여기 남는 그들과 헤어져서 단풍으로 물든 숲을 더 나아갔다.

모든 기체를 나무 그늘에 숨긴 채로, 가지 너머의 제압 목표, 칼라퀴냐 댐을 엿보았다.

두 개의 산 사이를 흐르는 칼라퀴냐 강을 콘크리트 제방으로 완전히 틀어막은 댐이다. 말라붙은 하류에서 수십 미터나 되는 높이의, 그러면서도 너무나도 얇은 아치형의 제방이 두 개의 산 경사면에 꽂혀서 계곡을 든든히 메우고 있었다.

수문은 분지의 북쪽으로 흐름을 바꾸기 위해 북쪽 산의 구릉지대를 깎아서 만들어진 모양인지 이쪽에는 없다. 이 크기의 건조물에서는 가느다란 사슬 장식으로만 보이는, 평행으로 걸쳐진 다섯 개의 작업용 통로.

거의 수직으로 솟은 그 콘크리트 제방 너머에서. 댐을 사이에 두고 남북으로 솟은 산의 경사면 여기저기에서.

——역시나 있군.

〈레기온〉의 한탄이 무수하게 닿았다.

매복하기 쉬운 삼림이 전장인 이상, 신을 경계해 동결한 것도 있을 터이다. 라이덴이 불쾌한 기색으로 콧소리를 냈다.

[헤일 메리 연대가 쓸데없는 짓만 하지 않았으면 더 편한 전투였겠는데.]

당초의 예정대로 작전 개시까지 기동타격군의 존재를 숨겼으면, 신의 이능력을 상대하는 데 특화된 매복 포진이 깔리는 일은 없었을 것이다. 경계를 소홀히 하는 일은 없겠지만, 〈레기온〉이 대책을 세우게 한 것은 사실이다.

"그런 말 해도 어쩔 수 없어. 댐 너머의 적기가 움직인다. 기종을 확인한다."

[댐 너머는 호수잖아. 꽤 커다란 기종인가 본데…….]

그림자가 드리워졌다.

거의 수직으로 솟은 아치형 댐의 제방 위쪽에, 약한 빛을 받아서 희미하게, 현실감이 빈곤한 그림자가 드리워졌다. 제방 너머, 흐름이 막힌 강물이 만들어내는 호수 안에서 솟구친 그것이 댐 너머로 그 거구를 보였다.

하늘을 찌르는 기다란 목. 거기에 매달린 갈퀴. 한 쌍의 가위와 한 쌍의 날개.

〈레기온〉의 쇳빛, 하지만 본 적 없는, 날개 달린 거대 짐승의 뼈와 흡사한 기체가. 알아들을 수 없는 망자의 단말마를 요란스럽게 외치면서 아치형 댐 너머로 일어섰다.

제4장 메리의 작은 어린양과 평소처럼 양을 사냥하는 해골들

요양소에 딸린 목장에는 잘 훈련되어 붙임성 있는 대형견이 몇 마리나 있고, 그중 한 마리가 특히나 레나의 마음에 들었다.

어쩌면 개가 레나를 마음에 들어 한 걸지도 모른다. 오늘도 목장 구석에 풀어놓은 새끼양이나 새끼염소나 새끼돼지들이 노는 것을 한가하게 지켜보던 레나에게 쪼르르 달려오더니 '쓰다듬어 줘! 쓰다듬어 줘!' 라며 어리광을 부렸다.

"에잇."

"멍!"

레나의 감각으로는 조금 난폭할 정도로 거칠게 쓰다듬어 준 것이 개들에게는 오히려 딱 좋았던 모양이다. 바라는 대로 새카만 털을 마구 쓰다듬어 주자 정말 기쁜 듯이 북슬북슬한 꼬리를 흔들며 답했다. 머리를 마구 들이대는 바람에 간지러워서 레나도 웃었다.

왠지 신과 비슷하다고 생각했다. 새카만 털에 아름다운 청색 스카프도 그렇지만, 언뜻 봐선 정말이지 고고한 외모와 분위기가 있으면서도 사실은 붙임성 있고 다정하며, 조금 어리광쟁이인 구석이 있는 점이.

다들 지금쯤 전투 중일까.

——부디 무사하길. 다음에는 나도 싸울 테니까요.

그러며 북쪽 하늘을 올려다보았더니.

"꺄악?!"

돌진해온 새끼돼지가 레나의 뒤에서 다리에 머리를 부딪쳤다.

레나는 넘어졌다.

뒤집힌 새끼돼지가 다리를 버둥거렸다. 땅에 손을 짚긴 했지만 부딪친 팔꿈치가 아파서 못 일어나는 레나의 주변을 검둥개가 걱정하며 빙글빙글 돌았다.

"괜찮으십니까, 대령님?" 이라며 같이 요양 중인 어느 부대의 대위가 느긋하게 물었다.

†

머리 위로 보이는 〈레기온〉은 기동타격군 중에서도 제일가는 전투 경험이 있는 신도 본 적 없는 기종이었다. 비스듬히 하늘을 찌르는 긴 목과 그 끝에 달린 갈퀴. 집게가 달린 한 쌍의 팔과 뼈대밖에 없는 날개.

제방 너머는 깊은 호수고, 100년분의 토사가 축적되었다고 해도 바닥에 다리를 딛고 있다고 생각하면 정말 말도 안 되는 크기다. 안 그래도 올려다봐야 하는 제방 위로 30미터는 될 듯한 기다란 목이—— 그렇게 보이는 활대가 솟구쳤다.

철골을 트러스 구조로 맞춰서 솟은 가동형 암. 이리저리 얽힌 굵은 와이어에 매달린 거대한 금속 갈퀴와 가볍게 잡아도 몇 톤은 될 듯한 그 갈고리. 엄청난 무게를 쳐들 정도로 막대한 파워를 발휘하는 무수한 유압장치.

"크레인……. 아니, 그것뿐만이 아닌가."

여러 관절로 자유도가 높은 한 쌍의 다목적 암과 그 끝에 달린 집게발과 비슷한 해체용 유압 펜치. 병들어서 깃털도 살도 없어진 새의 날개 같은 후방의 서브 암은 날개나 팔뼈처럼 본체와 팔을 관절로 잇는 형태인 걸로 볼 때 휘두르는 것도―― 강타하는 정도의 격투도 가능할 것이다.

한편으로 장갑도 화기도 없는 이상, 전투병종이 아니라 공병이겠지. 그게 이런 북방 제2방면군의 방어선에서도 멀지 않은 경합 구역의 댐에 있는 것은.

눈으로 보는 것은 물론이거니와, 레이더도 잘 잡히지 않는 숲속에서 기갑부대의 눈이 되고자 장갑보병이 산개하고 앞장서 적기를 수색하기 시작한다. 카난도 안개 낀 하얀 어둠과 빽빽하게 들어찬 나무 그늘을 응시하고…….

――비카의 예상대로인가.

"각기. 적기의 호칭을 중기공병형(아라네아)으로 명명. 화포는 보이지 않지만, 이쪽에서의 포격도 이 위치에서는 피해라. 최대한 제방에 손상을 가하고 싶지 않다."

이 작전에서 기동타격군에게 주어진 목표는 댐의 파괴지만, 댐을 파괴하는 것은 말라붙은 하천을 부활시켜서 전장을 습지로 되돌리기 위해서다. 〈레기온〉이 수복시키지 못하도록 하기 위해서라도 제방은 그 기반부터 완전히 무너뜨려야 하니까, 어중간하게 포격으로 상처를 냈다가 무너져서 공병이 접근할 수 없는 상태로 만들었다간 목표를 달성할 수 없다. 열선종이 근처에 있는 상황에서 공격으로 인식되기라도 하면 귀찮다.

시선을 제방의 좌우, 그리고 중력댐의 두꺼운 경사와 그 양옆의 산으로 옮겼다. 원래는 깊은 협곡을 구성하던 두 개의 산이 제방과 그 너머의 호수를 끼고 있는 지세.

"좌우의 산을 경유해 제방을 우회해 공격한다. 노르트리히트, 브리싱가멘 전대는……."

지시를 내리려고 할 때 시선을 깨달았다. 중기공병형의 메인 암 끝의 푸른 광학 센서가 이쪽을 향하며 렌즈를 확대하는 것을 전쟁에 익숙한 신의 의식은 민감하게 깨달았다.

살의와도 비슷한 그 시선.

한 쌍의 후방 서브 암이 분노한 대형 새의 날개처럼 펄럭였다.

두 개씩 있는 관절부를 각각 회전시켜서, 그 자체만 해도 초중량인 구조물을 나뭇가지처럼 가볍게 휘둘렀다. 메인 암과 마찬가지로 철골 트러스 구조인 그 하나하나에 달라붙은 무수한 깃털이 움직여서 파도치듯이 주르륵 곤두섰다.

우웅……하는 낮고 불길하게 몸속에서 울리는, 중세의 투석기처럼 바람 가르는 소리를 연주하며 좌우의 날개를 휘둘렀다.

날개 끝의 궤도를 따라서 부채꼴로, 무수한 깃털 전부가 투사되었다. 하늘 높이 사출된 화살의 궤도 그대로, 상승의 정점에 달한 뒤에는 급각도로 대지에 돌진했다.

신이 지시할 것도 없이, 잠복 중이던 전기가 산개해 서로 거리를 두고 차폐물이 될 만한 지형이나 그늘에 숨어 착탄에 대비했다. 산탄이나 곡사포탄이라면 무수한 나무들이 충격파와 포탄의 파편을 약하게 한다. 소이탄이라면 귀찮지만, 〈레긴레이브〉의 다리라면 불이 번지기 전에 도망칠 수 있다.

하지만 그 포탄의 깃털들이 기계장치 망령 특유의 단말마의 비명을 지르는 것을 신은 깨달았다.

반사적으로 올려다보았다. 팔다리를 버둥거려서 낙하 궤도를 조정하는 저것은…….

"자주지뢰다! 착탄 후에도 주의해라, 달라붙는다!"

착탄.

나뭇가지에, 가지와 잎을 흩날리며 대지에, 격돌과 동시에 몇 개가 터졌다. 동료의 자폭을 연막으로 삼아서 무수한 인간형 물체가 착지의 충격으로 부러진 팔다리로 메마른 들풀 사이를 기었다.

[칫……. 귀찮게!]

[나무 위에도 있다! 아래만 보지 마!]

자폭 말고는 공격 수단이 없는, 발도 느리고 장갑도 없는 자주지뢰는 〈레긴레이브〉에게 귀찮은 적이 아니지만, 흩뿌려진 숫자가 너무나도 많다. 더불어서 차폐물이 많고 어두운 원시림 안에서 자그만 자주지뢰는 눈으로 확인하기 어렵다. 탐지되는 가능성을 낮추기 위해 수동 탐지로 해두었던 레이더를 몇 기가 능동 탐지로 변경. 데이터링크로 동료에게 적 위치를 공유하면서 전파를 감지해 무리를 지은 자주지뢰를 요격했다.

[노우젠, 물러나. 전체 지휘도 해야겠고, 무엇보다 너랑은 궁합이 안 좋아.]

"미안, 타치나. 부탁하지."

지휘하의 소대원이자 기관포수인 타치나의 말에 수긍했다. 그 말처럼 기총이 아니라 고주파 블레이드를 격투 암에 장비한 신의 〈언더테이커〉는 자주지뢰를 상대하기 어렵지는 않지만, 비효율적이다.

소대원에게 요격을 맡기고, 단숨에 틈새가 벌어진 가지들 사이로 중기공병형을 엿보았다. 시선을 따라가는 시스템이 자동으로 화면을 확대하고, 서브윈도를 켜서 표시한다. 투사를 마친 철골의 날개를 따라서 인간형의 실루엣이 줄줄이 기어 올라가는 모습이 비쳤다.

뒤쪽에 상당한 보충 탄약이 대기하고 있다고, 이능력으로 포착한 목소리로 예측하며 허를 차고 싶은 마음을 눌렀다.

"시덴, 베르노르트, 그쪽 상황은?"

[문제없다고, 저승사자. 조금만 더 있으면 끝나.]

[노르트리히트 전대도 마찬가지입니다, 대장. 다음이 오지 않는다면 말입니다만.]

"곧 다음 탄이 온다. 라침 중사."

[이쪽도 곧 끝난다. 공병대도 무사하다.]

공병의 호위를 담당하는 장갑보병대의 대장이 답했다. 취약한 공병을 다음 자주지뢰 투사에서 지키고자 주변을 봉쇄하는 제2대대가 전대 하나를 빼내어 호위에 돌렸다고 연락이 들어왔다.

“라저. 각기, 중기공병형에 의한 자주지뢰 투사는 재장전이 느리지만 한 번의 투사량이 많다. 탄이 떨어질 거라고 기대하기도 어렵다. 착탄 후에는 다음 투사까지 소탕. 작전은 변경 없음. 제방 좌우, 남북의 산으로 접근해서 두들긴다.”

[라저.] [예이예이.]

“스피어헤드 전대가 미끼가 되지. 노르트리히트 전대는 남쪽을 등반하고, 브리싱가멘 전대는 삼림 안을 경유해서 북쪽으로 돌아가라.”

“롱보우 전대, 레카나크 댐에 도달. 제압을 시작했습니다.”

스피어헤드 전대가 〈레기온〉의 요격을 받아 제압 목표인 댐에서 전투에 들어갔다는 사실은 제3기갑 그룹의 카난에게도 전달되었다. 틀림없이 매복이 있을 것으로 예상해 카난은 신중하게 안개 속에 잠긴 카두난 강 최북단, 레카나크 댐 주변으로 시선을 돌렸다.

지형 관계상 스피어헤드 전대는 댐의 하류 쪽에서 접근하게 된 모양새지만, 다행히 레카나크 댐은 상류 호수에서도 접근할 수 있다. 최종적으로는 파괴해야겠지만, 공병이 도착할 때까지는 상처 낼 수 없는 제방을 조심하면서 싸울 필요는 없다.

“보고에 있던 중기공병형은, 없는 모양이네요.”

메인 암만 해도 30미터나 되는 크레인을 숨기는 건 아무리 삼림이라고 해도 어렵다. 전차라면 몰라도 결국은 중기계인 이상 잠수 능력이 있는 것도 아니겠고.

한편 그리 표고도 높지 않고, 또한 카두난 강의 종점이자 히아노 강의 시작점인 폭포와 가까운 레카나크 댐 주변은 특히나 아침 안개가 짙게 낀다. 차폐물 천지인 삼림은 〈레기온〉이 매복할 장소로 부족함 없는 지형이다.

치익. 무전기가 특징적인 잡음을 토해냈다.

[거기 〈울프헤딘〉! 우군, 연방 북방 제2방면군이지?!]

호출 대상은 수반하는 장갑보병이지만, 연방군이 다른 부대와의 긴급 연락에 사용하는 주파수로 하는 통신이다. 〈레긴레이브〉의 무전기도 범위 안에 있으면 수신하고, 암호화 해제도 가능하다.

하지만 〈레기온〉 지배영역에 위치하는 이 레카나크 댐 일대에 기동타격군과 장갑보병대, 공병 이외에 전개하는 부대는 없다. 경계한 장갑보병이 발을 멈추고 차폐물에 몸을 숨기고, 〈레긴레이브〉의 시스템이 자동으로 발신원을 특정한다. 호수를 넘은 북쪽, 구릉지대 틈새의 게이트도 넘어서 멀리 보이는 절벽 위의 건물.

팝업한 서브 윈도의 확대 화면에 지도 데이터와 조합해 명칭이 표시. 카두난 탄착 관측 지점. 제2차 대공세에서 방치되어 무인일 터인, 원래는 연방군의 토치카다.

거기에 숨은 누군가가 외쳤다.

이름을 댈 시간도 아까운 듯이 긴박한 울림으로.

[단단히 경계해! 반대쪽 강가에 투명한 〈레기온〉이 숨어 있다!]

그 순간, 경고대로 호수 반대쪽의 숲속에서 머즐 플래시가 번쩍였다.

†

《프쉬케33가 파이어플라이에. 포인트 요사에 적 부대 진출을 확인.》
《프쉬케12가 파이어플라이에. 포인트 칼라퀴냐의 적 돌격부대를 기동타격군으로 확인. 특기 사항 있음. 〈발레이그르〉 확인.》
《프쉬케07이 파이어플라이에. 포인트 레카나크에 적 부대 진출을 확인.》
《파이어플라이, 라저.》
카두난 강에 배치한 수비부대가 차례로 올린 보고에 〈레기온〉 지휘관기는 담담히 답했다. 북방 제2방면군에 방어선 유지를 위한 침투 작전을 강요하고, 준비해 놓았던 덫의 회랑.
그중 제일 깊은 곳인 포인트 레카나크에도 적 돌격부대가 진출했음을 확인하고 명했다.
《프쉬케 전기는 매복부대의 동결을 해제. 퇴로를 절단, 적 돌격부대를 구속한다.》

†

신의 이능력은 동결 상태의 〈레기온〉을 감지할 수 없다는 사실을 몇 번이나 경험했으니까, 시덴도 베르노르트도 아무 소리가 없다고 방심하지 않는다. 오히려 〈레기온〉의 매복은 당연히 있을 거란 생각으로 잠복할 수 있는 지형을 경계하고, 반대로 그걸 이용하려는 작전을 짰다.

그럴 터인데 어느 전대고 허를 찔렸다.

기계장치 망령들의 한탄이 갑자기 부풀어 올랐다. 붉은 단풍과 낙엽의 비가 시야를 가렸다. 늦가을의 숲 여기저기에 숨었던 〈레기온〉들이 일어섰다.

하지만.

"칫. 또 광학미채인가!"

목소리는 들린다. 하지만 보이지 않는다. 레이더도, 능동 탐지로 바꾸었지만 아무 반응이 없다.

광학미채. 전자파만이 아니라 가시광마저도 산란하고 굴절시키는 방전교란형을 둘러서, 사람의 눈과 레이더를 모두 기만하는 고기동형 특유의 무장.

고기동성을 너무나도 추구한 나머지 무거운 화포를 장비하지 않는 고기동형은 유체장갑을 추가하든가, 미확인이긴 하지만 무반동포를 짊어지지 않는 한 투사 무장을 보유하지 않는다. 그럴 터인데 아무것도 없는 공간에서 머즐 플래시가 사납게 번쩍였다.

이어서 울리는, 강철을 두들겨대는 듯한 특징적인 충격음——

전차포의 포성.

[전차포라고?! 이 녀석, 고기동형이 아니야!]

"대전차포병형(슈티어), 아니!"

즉각 물러나서 회피, 응사한 〈키클롭스〉의, 〈프레키 원〉의 전차포탄을, 눈에 보이지 않는 적기는 여유롭게 튕겨냈다. 장갑이 얇고 매복 전문인 대전차포병형이 아니다.

광학미채를 전개한 것은 그 모습처럼 나비처럼 연약한 방전교란형이다. 운 나쁘게 착탄 장소에 있던 것이 눈가루처럼 분쇄되고, 주위에 모인 은색 날개가 충격파에 나부껴서 크게 펄럭였다. 그 밑에 숨은 〈레기온〉의 쇳빛 위용이 한순간 드러났다.

쇠말뚝 같은 여덟 개의 다리. 위압적인 120mm 활강포. 전투 중량 50톤의 차체와 650mm 압연강판급의 강인하기 짝이 없는 복합장갑 위에 무수한 은색 나비가 모인 그것은.

"전차형인가……!"

시야가 한정된 이 삼림의 전투에서는 '하필이면' 이라고 해야 할 존재였다.

광학미채 너머에서의 포격을 가까스로 회피하고 치리는 신음했다. 지금 건 위험했다.

"올리비아 대위가 없었으면 한 방 먹었겠네……!"

3초 후까지의 미래를 보는 올리비아의 이능력. 시야가 나빠지는 삼림에서의 전투를 경계해 '눈' 을 뜨고 있던 그의 경고가 없었으면.

치리와 레더 엣지 전대, 올리비아와 교도대의 공략 대상은 스피어헤드 전대가 임무를 수행하는 칼라큐냐 댐과 마찬가지로 제방 밑에서 공략할 수밖에 없는 댐이다. 깎아지른 절벽투성이의 조국에서 상하 이동이 많은 전투에 익숙한 맹약동맹의 교도대가 참가해 준 것이 천만다행이었다.
수십 미터 위쪽의 꼭대기에서 포구를 쩍 벌리고 있을 전차형을 ――광학미채는 순식간에 포격의 구멍을 수복하고, 쇳빛의 위용은 하늘에 녹아서 보이지 않는다――〈스톨른부름〉의 안에서 포착한 모양이다. 〈안나마리아〉의 광학 센서의 초점을 돌리지 않으며 올리비아가 말했다.
[매복의 덫에 뛰어들었나.]
"그런 모양이네. 뭐, 저쪽도 예측하고 있었겠지만."

"요해인 강을 잃은 북방 제2방면군의 상황은 힘겹다. 이를 타개하기 위해 다소 무리라도 돌격부대를 내놓는다, 그것은 〈레기온〉도 계산하고 있었겠지만."
광학미채를 전개한 전차형의 맹렬한 포격에 카난도, 같은 전대의 〈레긴레이브〉도, 수반 장갑보병도 엎드린 채로 움직일 수 없었다. 화선 밑을 어떻게든 기어서 돌아온 쇳빛의 사람들이 후방에 모여 있는 〈스캐빈저〉를 손짓으로 불러서 대전차병기를 내리게 했다.
맞은편 강변의 토치카에 있는 듯한 우군 부대가 무전으로 전달한 적 부대의 숫자를, 도움이 안 되는 레이더 대신 카난은 수동으로 입력했다. 전차형은 대략 1개 대대 규모. 그 자체는 숫자가 더 많은 〈레긴레이브〉 몇 개 전대와 수반보병으로 임하는 이들로서는 심각한 위협이 되지 않지만.
가느다란 은테 안경 안쪽에서 그 남색 눈동자를 힘껏 일그러뜨렸다.
"온존했던 전차형이 투입될 것은 예상했지만, 거기에 광학미채입니까."

〈키클롭스〉의 88mm 산탄포는 전차형과 포격전을 벌이기에 궁합이 나쁘다. 시덴은 포격을 거의 감으로 회피하고, 대신 미카의 〈블루벨〉이 응사했다가—— 또다시 도탄했다.
[으으! 또 정면에 쏴버린 거야?!]
광학미채를 전개하고 있더라도 산탄 한 방, 기총 한 방만 명중시키면 해치울 수 있었던 고기동형과 달리, 이 삼림의 전장에서는 광학미채를 두른 전차형이 훨씬 귀찮다.
속도나 운동성능 모두가 당연히 고기동형에 뒤지지만, 다른 모든 면에서 앞선다. 유효 사거리가 7km에 달하는 120mm 전차포의 긴 사거리에, 〈레긴레이브〉는 물론이고 〈바나르간드〉도 정면장갑만 아니라면 관통하는 대화력. 속도를 봐도 120mm 고속철갑탄(APFSDS)의 165m/초라는 말도 안 되는 속도는 고기동형의 최대 전속을 가뿐하게 웃돈다.
무엇보다 단단하기 짝이 없는 그 장갑.
〈바나르간드〉의 120mm 포탄마저도 정면장갑이라면 관통을 허락하지 않는다. 하물며 88mm 포를 주포로 삼는 〈레긴레이브〉

는 전차형과의 정면 포격전을 애초부터 상정하지 않았다. 날렵함을 살려서 장갑이 얇은 측면이나 후방, 위로 돌아가서 해치우는 것이 기본 전법이다.

하지만 노려야 할 측면이나 후방을 광학미채 때문에 제대로 노릴 수 없다.

사격할 때 포구에서 발생하는 화염이나 포성을 통해 전차형 자체의 위치는 안다. 하지만 관통할 수 없는 정면과 측면, 후방을 판단할 수 없다. 응사는 나비 날개의 환영 밑에 있는 견고한 정면장갑에 공허하게 튕겨 나가고, 살짝 엿보인 쇳빛은 곧바로 은색 날갯짓에 뒤덮여서 배경 속에 녹아버렸다.

그걸 벗겨내기 위한 곡사포의 대인산탄은 낙엽 지는 계절에도 아직 두텁게 남아있는 나뭇가지와 잎에 가로막히고, 소이탄을 보자면 가연물로 가득한 삼림에 쏠 수도 없다. 오랜 세월 동안 자란 나무들은 전차형이 〈레긴레이브〉의 사선에서 정면 외의 모든 곳을 감추는 견고한 차폐물도 된다.

성가시다 싶어서 시덴은 혀를 찼다. 전차형만이라면, 광학미채만이라면, 삼림전만이라면 모두 진저리가 날 만큼 경험했다. 지금 와서 고전도 하지 않는데.

"미카, 다음엔 내가 쏠게. 옆에서라면 산탄도 통하겠지."

포물선 탄도를 그리며 머리 위에서 쏟아지는 곡사포탄과 달리, 지면과 평행한 탄도를 그리는 〈키클롭스〉의 산탄이라면 두꺼운 나뭇가지에도 방해받지 않는다.

"해치울 수 있을 것 같거든 그대로 격파하고, 그게 아니라면 녀석이 어느 쪽을 바라보고 있는지 확인해 줘. 일단은 옆구리를 드러내게 해야지, 정면으로 상대하다간 불리해져."

칼라퀴나 댐 주변에 경계선이 몇 겹으로 깔렸더라도, 중기공병형이 투사한 자주지뢰는 그 경계선을 머리 위로 날아서 돌파한다. 갑작스럽게 근처에 출현하는 적기들을, 전차형과 맞서는 노르트리히트 전대와 브리싱가멘 전대에도, 숲속에서 대기하는 취약한 공병에도 접근시키고 싶지 않다.

그런 까닭에 중기공병형의 주의를 끌기 위해 제방 밑 차폐물 없는 메마른 강바닥에 일부러 모습을 드러낸 스피어헤드 전대에는 무수한 자주지뢰가 거듭 쏟아졌다.

명백히 전투병종이 아닌 중기공병형이지만, 좌우 날개로 교차 투사하는 것으로 긴 장전 속도를 커버할 수 있다고 바로 학습한 모양이다. 그 길이 때문에 대량의 자주지뢰가 달라붙은 철골의 날개로, 하늘을 찌를 듯이 쳐들었다가 그대로 내리쳤다. 올려다봐야 할 정도의 댐 꼭대기, 그보다 더 위에서 인간형의 무리가 똑바로 떨어졌다.

[더는 착지시키지 마라, 쏴버려!]

이에 반응해서 클로드 지휘하의 제4소대, 기관포 사양기 주체의 화력제압 소대가 포구를 대각선 위로 쳐들고 일제사격. 이미 주위에서 우글거리는 무수한 자주지뢰의 상대는 다른 소대에 맡기고, 토르가 지휘하는 제3소대의 호위 속에서 떨어져 내리는 자주지뢰를 격추했다.
자기 자신은 추진력이 없는 자주지뢰는 비상 궤도를 거의 바꿀 수 없다. 그러니까 공중에 있는 동안은 좋은 표적이지만, 댐을 손상하고 싶지 않기 때문에 기관포의 각도도 제한된다. 분투도 헛되이 탄막을 피한 자주지뢰 일부가 짐승처럼 사지를 펼치며 모래와 자갈이 깔린 메마른 강에 착지했다.
더불어서.
"클로드!"
날카롭게 소리친 신의 경고. 그와 동시에 제4소대가 펄쩍 뛰어서 대피했다. 그 직후에 강바닥에 닿을락 말락 하는 곳을 후려치며 쇳빛의 그림자가 단두대의 칼날처럼 전장을 통과한다. 메인 암 끝부분에서 와이어를 최대로 늘린, 대형 크레인의 거대한 갈고리.
메인 암에 달린 회전부를 반회전해서 측면으로 휘두르고, 다시 반전시키는 것으로 강바닥을 후려쳤다. 쿠웅, 하고 대기를 가른다기보다는 짓누르는 불길하고 낮은 신음을 내면서, 그것 자체가 몇 톤은 될 듯한 강철 덩어리가 살짝 궤도를 바꾸어 떨어졌다.
[칫.]
클로드의 〈밴더스내치〉가 더 후퇴한다. 지나간 갈고리의 와이어를 노렸지만, 강바닥을 스친 순간은 갈고리의 속도가 최대에 달한다. 도무지 명중시킬 수 없다. 그뿐만이 아니라 사격의 틈을 노려서 중기공병형의 다목적 암이, 본래는 높은 곳으로 뻗기 위한 신축기능을 이용해 아래쪽으로 뻗으며 끝부분의 유압 펜치로

찌르기를 날렸다.

원망스럽게 한마디 뇌까리며 〈밴더스내치〉는 이번에야말로 크게 물러나고, 대신해서 크레나가 〈건슬링어〉의 조준을 중기공병형에 맞췄다. 하지만 이쪽이 댐을 손상하고 싶지 않다는 것을 〈레기온〉도 아는 걸까. 어떻게 한 건지 호수 안에서 후퇴해 제방을 방패 삼아 몸을 숨겼다.

[으으! 댐만 아니면 저렇게 큰 건 쉽게 저격할 수 있는데!]

[크레나, 다음 적이 온다. 물러나!]

발사속도가 빠르고 포신이 과열되기 쉬운 기관포는 장시간 연속으로 사격할 수 없다. 날개만을 댐 꼭대기 위로 보이며 재차 자주지뢰를 투사하는 것을, 라이덴 지휘하의 제2소대가 제4소대와 교대해 요격했다.

[자주지뢰가 너무 늘어났네. 소탕할게, 전기 대피!]

앙쥬의 〈스노윗치〉가 미사일 포트를 하늘로 향하며 전탄 사출, 공중에서 자폭해 쏟아진 대(對)경장갑탄이 자주지뢰의 태반을 쓸어버렸다.

라이덴이 신음했다.

[자주지뢰도 귀찮지만. 중기공병형 자체도 꽤 위험한데.]

수백 톤의 중량을 갈고리에 매달고, 유압 펜치로 파괴하는 중기계의 엄청난 대출력. 그 자체가 흉기나 마찬가지인 초중량. 갈고리와 유압 펜치만 해도 각각 몇 톤은 될 듯한 공격. 그 직격을 맞으면 경장갑인 〈레긴레이브〉는 대파를 면할 수 없다.

"그래. 그보다도 이 삼림의 제방 위까지 기어 올라갔다가 얻어맞고 떨어지기라도 하면 〈레긴레이브〉의 완충장치도 못 버텨. 그 전에 자주지뢰 투사만이라도 무력화하고 싶은데."

칼라퀴냐 댐 상류. 제방에 모인 대량의 물이 흔들리는 호수.

협곡을 그대로 이용해 만든, 가늘고 길면서도 깊은 인공 호수다. 흐름이 막혀서 아득히 높은 위치에 만들어진 수면이, 제방 정상이 아니라 북쪽 구릉을 터서 만든 수문을 통해 카두난 강으로 흘러내린다. 가늘다고 해도 최대 500미터 정도의 폭이 있는 양 강변을 잇는 현수교와 나란히 뻗는 그물망의 라인.

상류 쪽을 향해 아치를 그리는 제방과 주탑에서 다리를 향해 무수한 케이블을 깔아서 비파처럼도 보이는 현수교. 아름다운 그 두 개의 거대 건조물 사이에, 중기공병형의 투박한 그림자가 섰다.

호수 남쪽에서 전차형과 씨름하는 베르노르트의 눈에도 그 위용은 틀림없이 비쳤다. 언제 자주지뢰의 투사가 이쪽을 향할지 모른다. 주의를 게을리하지 않지만, 사실 중기공병형은 그 자체만으로도 거대하다.

갈고리를 늘어뜨리고 휘두르는 크레인의 메인 암. 좌우의 유압 펜치. 한 쌍의 날개처럼 후방으로 뻗은 서브 암. 그것은 댐 아래에서도 알아볼 위용이지만, 그것들을 지탱하는 두꺼운 본체, 측면에서 뻗어서 수중으로 들어간 여덟 개의 길고 긴 다리. 그 자태는 흉흉하면서도 요염한, 은색 둥지 중앙에 자리 잡은 무당거미를 연상케 한다.

바닥이 보이지 않을 정도로 깊은 호수 속을 걸어서 이동한다. 스피어헤드 전대 중 누군가가 겨눈 조준을 피해 후퇴하고, 아치형 댐 특유의 얇은 콘크리트 제방의 차폐물에 몸을 숨긴다. 최대한 댐을 손상하고 싶지 않은 이쪽의 의도를 읽은 움직임――. 그 못된 성격.

"대장. 중기공병형의 무장은 크레인과 유압 펜치, 뒤쪽 날개 말고는 보이지 않습니다. 광학 센서는 크레인 말고도 본체 전방에 몇 개. 제방 꼭대기에서 아슬아슬하게 보이는 위치입니다. 그리고 다리에 한 쌍씩."

제방 아래쪽에 있는 스피어헤드 전대로서는 중기공병형의 전체 모습도 이동을 포함한 동작도 보이지 않는다. 이 위치라면 데이터링크가 연결되지만, 베르노르트도 전투 중이다. 하물며 〈레긴레이브〉는 빠르게 전투하는 중이다. 공유하고 싶은 광경만 주시하고 있을 수도 없다.

전투 중인 신은 불필요한 대답을 하지 않고, 베르노르트도 개의치 않으며 보고를 계속했다.

"메인 암과 펜치를 아래로 향할 때 앞으로 기우는 것을, 날개를 뒤쪽으로 힘껏 내려서 균형을 잡고 있습니다. 평형추를 겸한 거겠죠. 녀석의 후방에는 다리, 이동도 제한되지만, 자주지뢰가 그 위에 수북하게 모여 있습니다. 더불어서 말이죠……."

중기공병형은 후퇴하는 김에 다리로 두 날개를 뻗고, 주탑과 케이블에 우글대는 자주지뢰를 태워서 장전한다. 그리고 줄줄이 기어 올라온 자주지뢰가 날개 전체에 달라붙었을 때 다시금 전진한다. 여러 관절을 가진 보행용 다리가 대량의 물을 가르며 박차고 무겁게 움직인다.

일련의 그 움직임에 베르노르트는 위화감이 들었다.

"짧지 않나?"

눈대중이지만, 추정되는 수심에 비해 다리의 길이가 부족한 것으로 보인다. 물속에 잠긴 마을이든가 남아있는 튼튼한 건물을 받침대로 삼고 있는 걸까.

[중사?]

"아, 실례. 수심과 다리의 길이가 맞지 않습니다. 밑에 발판이든 뭐든 있는 모양입니다."

[보낼 수 있나?]

다리 주위의 사진이나 영상을. 생략된 말을 베르노르트는 정확하게 간파했지만. 거듭 말하지만, 그도 전투 중이다. 즉답하지 못하고 있자 지각동조 너머로 그 대화를 듣고 있었는지 수반 장갑보병이 맡기라는 수신호를 보냈다.

인간보다 더 크기만 한 장갑보병은 그만큼 탐지되기 어렵다. 호숫가로 기어간 장갑보병이 바이저 아래에 있는 카메라 영상을 〈언더테이커〉에 송신하고, 신이 묵묵히 생각하는 기척.

[중사, 다리를 무너뜨릴 수 있겠나?]

귀찮은 자주지뢰를 투사하기 전에 한꺼번에 가라앉히고 싶은 거겠지. 그건 이해하지만.

"다음으로 보고할 게 있습니다. 바로 그 다리 뒤에 다 큰 원생해수가 있습니다."

광대한 호수와 그 너머의 칼라퀴냐 강마저도 비좁은 것처럼. 그 어떤 뭍짐승보다도 거대한 괴물이 다리 바로 뒤를 빙글빙글, 명백히 짜증을 내듯이 헤엄치고 있다.

"아무래도 이쪽으로 오고 싶은 눈치입니다만, 중기공병형과 우리의 전투가 방해되어서 못 오는 모양입니다. 일단 뭍에서는 반격 말고는 안 한다는 게 사실인 모양이군요."

신은 혀를 차고 싶은 마음을 눌렀다.

[역시 왔나. 그렇다면 다리나 중기공병형을 간접 사격할 수도 없겠군.]

반격밖에 하지 않더라도 공격으로 간주하면 반격할 수 있다. 앙각을 최대로 잡고 포물선 탄도로 제방을 넘는 곡사사격이 열선종 때문에 봉인되는 형태다.

"이쪽의 발사각도 꽤 제한됩니다. 원생해수는 〈레기온〉에게도 예상 밖이겠지만, 놈들의 광학미채 파훼법의 카운터도 있어서 성가시기 짝이 없군요."

†

《요격 부대, 교전 개시. 광학미채에 대한 소이탄 사용은 확인되지 않음.》

〈레기온〉은 학습한다.

대치하는 적 세력의 병기를, 전술을, 탐욕스럽게 학습하고 대항 수단을 구축한다. 기동타격군이 고기동형에, 광학미채에 대응했듯이, 〈레기온〉 또한 대책을 짜낸다.
가연물 천지인 숲에 소이탄을 퍼부을 수는 없다. 무수하게 우거진 숲의 나뭇잎은 머리 위에서의 대인산탄 정도는 막는다.
즉, 숲속이라면 인류는 방전교란형의 광학미채에 대응할 수 없다.
《돌격부대의 구속을 완료. ――파이어플라이가 그릴스01에. 주공(主攻), 중기갑부대의 동결을 해제, 진격 개시.》
사냥감을 붙잡은 우리의 문은 닫았다.
남은 건.
《북방 제2전선, 옛 로기니아 강 방어선을 돌파하라.》
사냥감이 돌아가야 할 둥지마저도 유린하고 불태워서―― 없애버릴 뿐이다.

†

아래쪽에서는.
정확하게는 레르케의 〈차이카〉가 엄폐물에 숨어서 내려다보는 히아노 강 남안의 광학 영상. 임시로 구축된 통신망을 경유해 공유된, 해상도가 조악한 그 광경 안에서는.
"아직도 우리를 덫에 빠뜨렸다고 생각하나, 바보 놈들."
전위적 조각상처럼 미동도 하지 않고 웅크린 자세에서 갑자기 여덟 개의 다리를 뻗고 몸을 일으킨 중전차형 한 대를 보고――

이제야 간신히 주공인 중기갑부대의 동결 해제 명령이 떨어진 듯한 〈레기온〉들을 보고, 비카는 비웃었다.

포장도로에 깔린 석판처럼 질서정연하게, 그리고 빈틈없이 늘어선 동결 상태의 중전차형과 전차형 무리. 전장을 서쪽에서 동쪽으로 가르며 유유히 흐르는 히아노 강의 그 남안 전체를 가득 메우듯이 모였다.

이 정도 숫자의 중전차, 한 대만 해도 100톤이나 되는 초중량의 화물을 제2차 대공세부터 단 한 달 만에 이렇게나 신속하게, 게다가 모든 〈레기온〉의 목소리를 듣는 이능력을 가진 저승사자의 눈마저 피하며 수송한 방법은.

"역시 수로 수송이었군. 유량이 많은 강을 수중에 넣었다면 수로를 새로 파서라도 이용하겠지."

히아노 강을 사이에 낀 북쪽 강변에 떡하니 뚫려서 큰 강의 옆구리에 입을 벌린 것은 연방의 지도에 실리지 않은 새로운 수로다.

북쪽 습지 깊숙한 곳까지 뚫린 그 수로는 안개 저편에서 흘러든다. 아마도 히아노 강 상류에서 물을 끌어들여서, 여기서는 보이지 않는 후방의 자동공장형을 경유하고, 하류인 이 위치로 돌아오는── 자동공장형에서 여기까지 중전차형을 수상으로 수송하기 위한 길.

전장에서 강은 장해물이지만, 한편으로는 대규모 수송에 이용할 수 있다. 육상에서는 한 대를 옮기는 것만도 고생하는 전차를, 대형 선박이라면 부대를 통째로 수송할 수도 있다.

내려다보며 레르케가 대답했다.

[들자 하니 스피어헤드 전대가 〈레기온〉 중기계와 마주쳤다고 합니다. 전투가 빈발하는 경합구역에 무력한 중기계 따위를 파견한 것도 수문이 파괴되었을 때 유량을 유지하기 위해서겠군요.]

"상류에서 흐름이 바뀌기라도 하면 파탄이 나는 수송계획이니까. 연방군이 댐의 파괴를 꾀할 것을 상정한 이상, 〈레기온〉들도 대책을 강구할 수밖에 없었겠지."

히아노 강은 국방과 농지 간척을 위해 무수한 강물을 모아서 흘려보내는 인공하천이다. 상류의 댐이 파괴되면 유량 급감은 피할 수 없다. 전투에서 제방이 손상될 가능성을 고려하면 〈레기온〉도 댐에 병력과 공병을 파견해 돌격부대의 침공에 대비할 수밖에 없다.

그래.

"놈들이야말로 연방에 강요한 침투 작전에 대책을 세우느라 말이지. 우리에게 병력 분산을 강요하느라고 자기들이 분산해서 배치하는 꼴이 되다니 웃기는군."

인류 세력권의 방어선을 압박하고, 상황 타개를 위해 정예를 돌격부대로 추출하고, 〈레기온〉 지배영역까지 유인해 구속한다. 동시에 중기갑부대를 이용한 타격으로 방어선을 무너뜨린다. 연합왕국, 한여름의 눈 오는 전장에서 〈무자비한 여왕〉이 썼던 작전과 완전히 똑같다.

같은 수를.

"경계하지 않을 리가 없겠지. 제레네와 비교하면 삼류로군, 이 지휘관기는."

중전차형은 계속해서 기동하고는 있는 모양이다.

하지만 제일 바깥쪽의 극히 일부를 제외한 태반은 아직 일어서지도 못하고 있다. 단순히 움직일 수 없는 것이다. 북부 제2전선을 급습할 때까지는 숨겨둬야 하는 주공인 중기갑부대. 만에 하나라도 연방의 정찰에 걸리지 않기 위해서 대기 장소를 넓게 취할 수 없다. 수송 효율도 고려해 질서정연하게, 빈틈없이 꽉꽉 늘어서는 바람에, 중전차형은 그 자리에서 일어서기 위한 공간이 없었다.

본래는 수로 수송 후, 소부대별로 나뉘어 잠복할 작정이었겠지만—— 북부 제2전선에 나타난 신을 경계해 동결시킨 채로 화물로서 늘어놓은 것이 안 좋은 결과를 낳았다.

스이우가 말했다.

소녀처럼 부드러우면서도 순결한 소년 같은 특유의 중성적 목소리도, 지금은 사나운 미소를 띠고 있었다.

사냥감을 앞에 둔 고양잇과 동물의 천진난만한 잔인함.

[왕자 전하. 제4기갑 그룹의 포위 배치는 끝났어. 이제 먹어도 될까.]

"그래."

그렇다. 중전차형이 습지대를 달리게 하는 것보다 시간은 줄어들었겠지.

한편 수송로 구축에 〈레기온〉들이 허비한 노력은 막대하다. 수십 킬로미터 너머 자동공장형이 있는 곳으로 왕복하는 수송선이 통행할 수 있는 폭과 깊이의 수로를 구축한다는 대공사. 한 달 전까지 인류 측의 요해였고, 그렇기에 〈레기온〉 자신이 포탄위성으로 파괴한 히아노 강 연안의 수복작업도.

〈레기온〉은 고생스럽게 여기지 않겠지만, 결코 부담이 가볍지도 않다. 북부 제2전선 돌파를 위해 허비한 그 막대한 노력을. 고생해서 양산하고 온존한 중기갑부대를.

"헛수고로 바꿔주도록 해라. 섬멸해라."

광학미채를 두른 〈레기온〉은 댐만이 아니라 돌격부대의 진로 주변에도 잠복해 있었다. 이동 경로를 단절하고, 각 부대를 고립시키기 위해 일부러 통과를 허용한 그들이 잠복을 풀고 일어섰다.

낙엽이 쌓인 가을 숲을, 하지만 소리도 없이. 나무들의 미미한 틈새를 누비며 성큼성큼, 눈에 보이지 않는 망령들은 돌격부대의 이동 경로를, 경계선의 제1선을 구축하는 장갑보병에게 다가가고…….

"왔군. 하나밖에 모르는 바보들이."

발밑.

압력을, 진동을, 음향을, 그리고 설치된 와이어가 쭉 당겨지는 것을 감지한 즉각 신관이 작동하고.

지향성 산탄지뢰가 터졌다.

무수한 산탄으로 전방 50미터 범위를 부채꼴로 쓸어버리는 덫이 연이어 작동했다.

장갑보병으로 이루어진 경계선의 제1열. 그 전방에 농밀하게 뿌려진 지뢰밭이 산탄과 폭염, 격파의 폭풍을 낙엽의 숲에 일으켰다. 적기의 격파보다도 경보의 역할을 우선한, 다양한 종류를 뒤섞은 산탄지뢰 배치.

전자파와 가시광을 구부러뜨려서 전자적으로도 광학적으로도 투명해지는 방전교란형의 광학미채도 〈레기온〉의 커다란 덩치 자체를 없애는 건 아니다. 내딛는 압력이, 고성능 완충장치라도 완전히 없앨 수 없는 기갑병기가 움직이는 진동과 소음이, 나무들 사이에 쳐졌다가 다리나 차체에 걸린 와이어가, 그 접근을 숨겨진 지뢰로 알려주었다.

폭발의 음향과 폭염이 지뢰를 밟은 얼간이와 그 동료의 위치를 성대하게 알렸다. 고속의 산탄과 충격파의 폭풍에 연약한 방전교란형이 한꺼번에 날아가고 벗겨졌다.

나비 그늘에 숨은 〈레기온〉들은—— 하지만 준비를 마치고 기다리고 있던 장갑보병들의 그 눈앞에 헛되이 그 쇳빛 몸뚱이를 드러냈다.

“연방이니까 어떻게든 가능한 막무가내 방식이지만.”

정찰부대는 진군을 마치고 경계선도 다 깐 이상 할 일이 없고, 맨몸으로 얼쩡대면 방해되니까 물러나 있으라는 장갑보병에게 밀려난 경계선의 안쪽.

12.7mm 중기관총의 맹렬한 포효와 터지면 또다시 뿌려지는 산탄지뢰의 굉음이 귀를 찌르는 전투에 이스마엘은 넌더리를 냈

다. 강대국님은 사치스럽다고 할까, 말도 안 되는 짓을 한다고 할까.

지향성 산탄지뢰는 인간을 고기 조각으로 바꾸는 위력을 갖는다. 보병의 주력이 장갑보병인 연방이니까 마구 투입할 수 있을 뿐이지, 맨몸의 보병들로 이루어진 전장에서는 아군의 피해가 빈발할지도 모른다.

뚜벅뚜벅. 무거운 발소리로 장갑보병 분대장이 다가와서 지각동조 너머로 경고를 날렸다.

[엎드려 있어, 뱃사람, 안쪽을 확인한다!]

분대의 장갑보병이 정찰대를 감싸서 방패가 되고, 그 직후에 장갑보병용 대형수류탄이 여기저기서 투척되어 공중에서 터진다.

충격파에 흩뿌려진 것은 화려한 파란색 형광 염료였다.

명백히 정찰병을 배려한 비살상 병기다. 눈을 크게 뜬 이스마엘과 부하들에게 장갑보병은 아무래도 바이저 안에서 웃은 듯했다.

[시험 중인 후방수송로 방어용의 대광학미채탄이야. 맨몸인 너희가 있으니까 가져오길 잘했군!]

수류탄 파편으로부터 정찰대를 감싸고 염료의 안개를 뒤집어쓴, 무표정한 그 바이저를 바라보며 이스마엘은 왠지 웃음이 나왔다. 하긴 그런가.

전체의 지휘를 맡은 귀족님이 어떻게 생각하든, 전선에서 싸우는 병사들에게 정찰병이란 소중한 '눈'이며 전우다. 죽기라도 하면 꿈자리가 나쁘고, 하물며 아군을 죽이는 건 사절이다.

그게 타국에서 온 피난민인, 선단국 사람인 자신들이라도.

"신용하지 못하는군. 저렇게 커다란 걸 놓칠 정도로 눈이 장식으로 달리진 않았어."

[글쎄, 그럴까. 너희의 사냥감인 원생해수와 비교하면 진딧물 같은 거겠지.]

농담을 주고받으며 장갑보병 분대는 이동했다. 정해씨족의 '동생'이 쓴웃음을 지었다.

"뭐, 〈레기온〉이 작은 건 그렇지만요. 진딧물이라니."

'형'인 이스마엘이 전자포함형에 야광충(녹틸루카)의 이름을 붙인 것은 그냥 무시하고 있다.

"고철덩어리 놈들은 진딧물이죠. 아니면 그냥 날벌레나 메뚜기입니다."

내뱉은 것은 같은 정찰대. 다만 이쪽은 순수한 연방인 병사였다. 정찰할 때의 전투로 소비한 탄약을 탄창에 다시 채우고 소리 내어 장전했다.

"원생해수나 바다랑 달리 경의를 표할 상대가 아닙니다. 단순한 해충입니다. 산탄을 퍼붓고 염료와 접착제를 뒤집어씌워서라도 짓뭉개고 없애버려야 하는 놈들입니다."

정해씨족 중에서는 드물지만, 선단국군에서도 인접한 지방에 많이 거주하는 호박종의 밀짚색 눈동자가 올려다보았다. 〈레기온〉에 빼앗긴 이 땅의 밭에 원래 있어야 할 색깔.

"해충 〈레기온〉을 쫓아내거든 다음은 미아가 된 원생해수를 찾아야지요. 그쪽은 어떻게 해야 할지 모르니까 전문가에게 부탁하고 싶은데요."

이어서 "소나 양이라면 몰라도."라는 말을 들었다. 원래는 농촌 출신인 듯한 정찰병에게 이스마엘은 쓴웃음을 지었다. 설마 이렇게 바다 없는 땅까지 와서도 놈들과 엮일 줄은 생각도 안 했지만.

"그렇군, 그거의 전문가는 뱃사람이지. 맡겨 달라고."

작전지역의 태반은 기동타격군이 별로 경험한 적이 없는 경합 구역의 안이다. 우군 대공포의 사정권에 들어간다.

돌격부대의 교전 정보를 기반으로 후방, 로기니아 방어선에 전개한 대공포가 사격을 개시했다. 상공에 무리 지은 방전교란형을 폭염으로 태워버리고 폭음으로 짓뭉개서 광학미채를 두른 기체에 보충되는 것을 방해한다. 지상의 나비들이 날아갔는데도 보충하지 못해서 전차형의 모습이 차츰 드러난다.

〈레기온〉의 한탄을 듣는 기동타격군의 저승사자, 에이티식스의 왕이 없더라도.

이 북부 제2전선에는 원래부터 그 왕이 없었으니까.

"광학미채기가 있는 것을 확인하고, 그 광학미채의 방법까지 알려주었으면 충분하지."

장갑보병이, 포병이 각각 가능한 대책 정도는 오래전부터 스스로 생각하고 의견을 올려서 준비했다.

집단으로는 귀찮기 짝이 없지만, 하나하나는 연약한 방전교란형이 광학미채의 핵심이었던 게 다행이다. 기본적인 방어선 구축을 다소 손봄으로써, 연약한 날개 아래에 있는 고철덩어리들을

까발릴 수 있다.

펠드레스로는 도저히 불가능한 가벼운 몸놀림을 살려서, 장갑보병들은 지상만이 아니라 나무 위까지 올라가서 전개했다. 기갑병기의 약점인 위에서 공격해 전차형을, 지원군으로 더해진 근접엽병형과 척후형을 하나씩 꿰뚫었다. 장해물 천지인 숲속에서는 톱어택을 하는 대전차 미사일이 별로 도움이 되지 않지만, 지극히 무거운 30mm 대전차 라이플도, 떨어지는 명중률을 숫자로 보완하는 로켓 발사기들도, 장갑강화외골격의 완력으로 나무 위까지 가뿐하게 옮길 수 있다.

"얕보지 마라, 고철덩어리."

뭐가.

영웅. 정예부대――용감하고 과감한 소년병이란 말이냐.

아이에게 맡기고만 있을 수 있겠냐.

"봤냐, 에이티식스들."

장갑보병이 구축한 방어선에 추가로 퇴로 유지를 담당하는 대대의 〈레긴레이브〉가 가담했다. 경량의 척후형, 근접엽병형은 장갑보병에게 맡기고, 장갑보병에게는 없는 전차포의 화력으로 광학미채가 벗겨진 전차형을 노렸다. 또한 적의 집결지점을 읽은 일부가 기동성을 살려 진출, 〈레기온〉 증원부대의 진격로를 옆에서 치고 들어서 척척 찢어발겼다.

장갑보병의, 〈레긴레이브〉의 요격에 물어뜯겨서, 우군의 지원도 도달하기 전에 반격받아서. 카두난 강 주변에 매복했던 〈레기온〉 부대는 착실히 그 숫자가 줄어들었다.

〈키클롭스〉의 산탄포나 〈레긴레이브〉의 중기관총 2정은 방전 교란형에 유효하다.

더불어서 장갑보병의 지원도 크다. 대인용 산탄지뢰는 〈레긴레이브〉에도, 장갑보병의 〈울프헤딘〉에도 통하지 않는다. 어차피 버릴 땅이라는 듯이 사정없이 흩뿌린 지뢰를, 덩치 큰 전차형은 채 피하지 못해 여기저기서 성대한 폭염을 울리며 광학미채가 벗겨졌다. 지뢰가 터지고, 전차형의 포격에 반응해 장갑보병이 일제사격. 모습이 드러난 전차형의 옆구리나 후방을 〈레긴레이브〉가 꿰뚫어서 격파. 그러한 연계 패턴도 정립되었다.

대량으로 소비한 중기관총의 탄창을 대량으로 껴안고 〈스캐빈저〉에 다녀온 장갑보병이 말했다.

[저 〈스케빈저〉라는 건 편리하군. 지뢰도 총탄도 잔뜩 싣고 가져다주고 말이야.]

파이드라면 애교라도 부렸겠지만, 애석하게도 거기 있는 〈스케빈저〉는 무뚝뚝한 쓰레기 수집기였다. 아무튼 시덴은 웃으며 말했다.

"어이, 우리가 아니고?"

장갑보병이 답했다.

거친 어조에 야생마처럼 건장한 체구지만, 여성이다. 깔깔 웃어대는 높은 웃음소리.

[너희는 너무 빨라서 솔직히 방해돼. 게다가 거미 같아서 징그럽고.]

"너무하네."

말하면서 포구를 움직여서 격발. 다가오던 척후형이 한꺼번에 주저앉았다.

근처에서 포격이 있어 재빨리 엎드렸던——88mm 전차포의 대음향과 충격파는 강렬하다——장갑보병이 웃는 얼굴로 내뱉었다.

[정정. 그냥 시끄러워.]

"진짜 너무하네."

[노우젠, 왕자 전하와 스이우가 〈레기온〉 주공을 잡고 있어. 지금으로선 일방적으로 섬멸하고 있으니까, 배후를 찔릴 걱정은 하지 않아도 돼.]

"라저. 그렇긴 해도……."

마르셀을 경유한 제4기갑 그룹의 급습 성공 연락에 신은 한 차례 숨을 내쉬었다. 배후를 찔릴 우려가——〈레기온〉 주공의 중기갑부대가 로기니아 방어선을 돌파할 우려가 없어진 것은 좋지만, 그렇다고 해서 댐 제압에 시간을 너무 오래 들일 수는 없다. 공병이 작업하는 시간도 있고, 주변에서 전투를 너무 끌다가 열선종의 공격을 유발하기라도 하면 큰일이다.

제방 보호뿐만이 아니라 후방에 열선종이 있는 이상, 댐 정면에서의 포격이 불가능하다.

노르트리히트 전대, 브리싱가멘 전대는 광학미채를 이용한 매복 전차형에 대응하고 있긴 하지만, 아직 전투 중이다.

한편으로 양 전대와 장갑보병의 보고로 중기공병형에 대해서도 정보가 제법 모였다. 이동 속도. 다목적 암의 자유도와 가동 범위. 최대로 후퇴했을 때 제방과의 거리.

크레인과 다목적 암을 휘두를 때 후방 서브 암의 움직임.

——투사도, 아래를 향한 공격도, 이거라면 봉쇄할 수 있을까?

"스피어헤드 전대 각기에. 작전 변경. 좌우 경사면과 제방 아래에서 중기공병형을 공격한다. 제2소대는 노르트리히트, 제3, 제4소대는 브리싱가멘 전대에 합류, 중기공병형의 발을 묶어라."

이젠 기막힌 마음도 들지 않는다는 어조로 라이덴이 말했다.

[너 또 정면에서 치고 들려는 거야?]

"열선종이 후방에 있는 이상 그게 제일 안전하겠지. 크레나, 제6소대는 제2소대와 절벽 위로 이동한 뒤에 지정 위치에 전개해. 마르셀."

[중기공병형의 발판 해석 말이지? 이미 하고 있어.]

척 하면 딱 하는 대답이 돌아왔다. 마르셀은 레나의 밑에서 관제관으로서, 기동타격군의 전투를 지원하는 요원으로서 농밀한 경험을 쌓아왔다.

[중사의 추측대로 호수에 가라앉은 마을이 있고, 요청해서 지도를 보완했어. 놈이 가라앉지 않고 이동할 수 있는 범위를 지금 캐

내고 있어.]

"고맙군. 지휘소까지의 통신망은 확립되었다. 완료되는 대로 전체에 전송해."

웃음마저 띤 목소리가 돌아왔다. 당연하다는 듯이, 어딘가 자랑스러운 듯이.

[응.]

갑자기 머리 위에서 울려 퍼진 포성과 이어지는 전투음에 숨을 삼키고 나무 위의 댐을 올려다본 멜레의 눈에 질주하는 하얀 섬광이 비쳤다. 저건 뭐지?

마찬가지로 전투 상황을 쌍안경으로 확인하던 오토가 쌍안경을 내리고 눈썹을 찌푸렸다.

"뭔가 처음 보는 펠드레스야. 새하얀 색에 네 다리, 무슨 해골처럼."

그 말에 딱 떠오르는 게 있었다.

전에 키아히가 부러워했던 최신예 펠드레스.

"〈레긴레이브〉다. 에이티식스. 서방 방면군의 정예부대란 소문의 녀석들."

오토도 목소리를 높였다.

"아하, 기동타격군인가! 그거라면 나도 알아! 뭔가 대단한 영웅이라는 녀석들! 대단한데!"

눈을 빛내는 오토에게 멜레는 수긍하지 않았다. 머리 위, 아득히 높은 곳을 질주하는 목 없는 해골.
뭐라고 할까. 영웅이라기보다는.
대단하다기보다는.
"무서워. 아니, 저 녀석들은."
싫다. 어째서인지 멜레는 그런 마음을 강하게 품었다.

높이 4미터, 중량 100톤인 중전차형의 위용. 육전의 패자인 그 모습.
일어서지도, 움직이지도 못하는 지금은 그냥 쇳덩어리다.
여명의 짙은 안개가 낀 히아노 강변에 불의 비가 내린다.
배후에 히아노 강을 두고, 서로의 덩치 때문에 움직이지도 못하는 채로 복작대는 〈레기온〉 중기갑부대에 제4기갑 그룹의 포병대대가 전력으로 포격을 퍼부어댄다. 〈레긴레이브〉에 탑재하기 때문에 포병의 주력인 155mm 곡사포와 비교하면 소구경인 88mm 고폭탄이지만, 장갑이 얇은 포탑 상면에 꽂으면 중전차형도 격파할 수 있다. 가득 깔린 쇳빛 돌판처럼 무리를 지어서 쏟아지는 죽음을 기다리는 전차들을, 포탄의 폭우가 사정없이 꿰뚫고 폭파하고 불태운다.
맹렬한 포화 아래에서, 〈알카노스트〉의 푸르스름한 실루엣들이 질주했다.
목표는 중기갑부대, 최전열. 거기만 중전차형의 거구가 일어서고 나아갈 공간이 앞쪽에 확보된 그 위치에서, 올이 풀린 천이 풀어지듯이 한 줄씩 쇳빛의 거구가 몸을 일으키고 뼈를 마주 비비는 발소리로 사납게 맹진을 시작하고 있었다.

"안나마리아 님의 가르침을 받은 뒤로 있는 첫 작전, 한 달 만에 저희 〈시린〉의 앞마당이라면. 사냥해야 할 사냥감이 많다면 오히려 행운."

선두를 질주하는 〈차이카〉 안에서 입술을 핥으며, 레르케는 웃었다.

조종실 안에서만 떠올리는 웃음이다. 전투를 위한 기계, 투쟁을 위한 존재로서의 그 본능이 눈을 크게 뜨고 짐승처럼 굶주린 웃음을 띠게 했다.

중전차형 한 대가 푸른 광학 센서로 레르케의 소대를 포착했다. 포탑이, 이어서 차체와 이를 지탱하는 여덟 다리가 선회하고 예비 동작도 없이 최고속도로 뛰쳐나가는 부조리한 운동성능으로 질주. 순식간에 〈차이카〉에게 육박했다. 결국은 임시변통인, 소비성 병기에 불과한 〈알카노스트〉와 비교도 안 되는 대화력과 견고한 장갑을 자랑하는 〈레기온〉들의 비장의 카드.

하지만.

"이것은 수련을 시험할 기회. 정정당당한 승부를 바란다고는 하지 않겠지만."

〈차이카〉로 중전차형의 주의를 끌고서 배후, 소대 3기가 호령 하나도 없이 산개하고. 각각 미묘하게 어긋난 타이밍으로 중전차형을 향해 달려들었다.

내부에 인간을 싣지 않는 〈알카노스트〉는 고기동전을 위해 펠드레스만으로 구성된 기동타격군 중에서도 가장 빠르고, 그걸 모는 〈시린〉 또한 인간보다도 반응속도가 빠르다. 그 인간 이상의 고속으로 〈알카노스트〉는 중전차형의 회전 기총 2정을, 주포와 동축부포를 충분히 끌어들인 뒤에 회피――동료의 소모를 전제로 적기에 달라붙어서 억누르고 격파하는 그녀들의 주특기 전법은 본국에서의 보급을 잃은 지금은 취할 수 없다.

하지만 기계로 이루어진 죽음의 새가 지닌 진짜 힘은 그것만이 아니다.

회전 기총은 2정, 주포와는 같은 방향밖에 노릴 수 없는 동축부포. 네 기의 적에게 동시에 대처할 수 없는 중전차형의 조준을 동료 3기로 향하게 하고, 그 틈새를 빠져나간 마지막 한 기가 접근한다. 100톤의 중량을 흉기로 삼아 발차기로 저지하는 것을 직전에 회피. 무리한 요격으로 움직임이 멈춘 대형 짐승의 등 뒤로 또 다른 〈알카노스트〉가 돌아가 조준 레이저를 겨눈다. 거기에 반응해 고개를 돌린 회전 기총에, 전혀 다른 방향에서 건 런처의 포탄이 적중했다.

사각에서 사냥감의 급소를 노리고, 사냥감이 대응하면서 생겨난 사각을 또 다른 개체가 찌른다. 사냥감이 약해져서 못 움직이게 될 때까지 그걸 거듭하는 늑대 무리의 사냥처럼. 그리고 늑대 무리에도 사람이 모는 펠드레스에도 있을 리 없는, 너무나도 잘 통제된 치밀한 연계로.

〈시린〉은 결국 〈알카노스트〉의 부품이다. 양산을 위해 규격이 통일된 공업제품이다.

인조뇌 내부에 흘러드는, 참조할 전투 기록 또한 모든 〈시린〉이 동일하다. 과거 〈시린〉의 모든 전투 데이터는 제품공창에 축적되고, 해석되어 유출되는 최적의 전술이 정비나 백업 작업 때 정기적으로, 현재 있는 〈시린〉 전체에게 갱신된다.

그 모든 〈시린〉은 전투에서 별도 개체가 아니라 서로 동일한 존재다.

자기 자신과 연계하는 데는 말도 신호도 필요 없다.

지극히 치밀한 파상공격. 그러면서 공격하는 모든 기체의 외견과 기동이 완전히 똑같아서 구분하기 어려운 상황에, 중전차형은 차츰 현혹되었다. 상대하는 적기가 대체 몇 기고, 몇 기가 눈앞에 있고 몇 기가 후방이나 측면에 있는 건지 그 빈약한 센서 성능으로는 판정할 수 없어졌다.

그리고.

"자, 체크메이트다."

눈앞, 포 바로 아래에 유일하게 퍼스널마크를 단 〈알카노스트〉가 출현했다. 〈차이카〉. 시린 중에서 유일하게 그녀만의 이름과 모습과 기억을 가진 레르케의 기체.

갑옷 틈새에 단검을 찔러 넣듯이 눈앞에서, 포탑 링에 건 런처를 찔러 넣었다. 포탑이 회전을 확보하기 위해 장갑을 씌울 수 없는, 몇 안 되는 전차의 약점 중 하나.

주저하지 않고 방아쇠를 당겼다.

포탄이 포구를 뛰쳐나오고, 거의 동시에 명중해서 터진다. 포탑 내부에서 폭염이 터지고, 탄약에 유폭해 다시금 폭발한다.

날아간 중전차형의 포탑이 안개 낀 여명 속에서 하늘 높이 날아올랐다.

레카나크 댐에서도 광학미채를 두른 전차형의 제압이 이루어진다.

강인한 쇼크업소버 덕분에 발소리 하나 내지 않는 〈레기온〉이지만, 네 쌍의 다리가 지면을 박차면 그때 진흙이 튀어 오른다. 기다란 120mm 포와 50톤의 차체가 바람을 가를 때마다 주위 공기와 거기에 휘감긴 안개가 성대하게 움직이고, 장갑에 튕기고 부러져 날아가는 무수한 나뭇가지와 이파리가 그 위치와 진로를 주위에 알려준다.

즉.

"다소 주의하면, 의외로 보이는 법이군요!"

메마른 들풀과 겹겹이 쌓인 낙엽을 박차고, 내리는 단풍의 비를 꿰뚫으며, 카난의 〈카토블레파스〉가 안개가 흔들리는 곳으로 뛰쳐나갔다.

갈라진 안개 사이의 형상으로, 달라붙은 낙엽의 무늬로. 포탑으로 보이는 부위 위에 착지하고, 밀착 사격. 토해낸 폭염에 전차형의 실루엣이 검게 떠오르고, 무수한 은색 나비가 화염의 혓바닥을 피해 날아올랐다.

하얀 안개 너머로 피어오르는 은색과 쏟아지는 적색에 섞여서 카난은 즉각 이탈한다. 응사하려고 포구를 돌린 듯한 다른 광학미채기는 그 움직임 때문에 위치와 포탑의 방향이 특정되어서 88mm 포의 집중포화를 맞았다.

[진흙에, 안개에, 낙엽에 나뭇가지. 불과 산탄 이외에도 약점투성이로군, 카난!]

“예. 적어도 여기 북부 제2전선에서는 쓸 게 못 되는 물건입니다.”

그리고 이 전투 기록을 가지고 돌아가서 분석하면, 안개와 진흙과 나뭇가지투성이인 가을의 북부 제2전선이 아니더라도—— 지금은 육안으로 보는 대기의 움직임이나 부러진 가지나 진흙이나 모래도, 데이터가 모이면 언젠가 시스템으로 감지해서 판별할 수 있게 된다.

숲에 숨어서 광학미채 대책을 막았다고 생각했겠지만, 또 다른 대책의 단서를 제공한 고철덩어리들에게, 카난은 조종실의 어둠 속에서 잔혹하게 웃었다.

[해석 완료. 보낸다!]

작전에 따라 임시로 구축된 유선과 단거리 중계기를 구사한 통신망을 통해 마르셀이 해석한 내용이 도달했다. 호수에 잠긴 건물을 타고 이동하는 강철 거미의 이동 범위 예측.

그 직후, 세 방향으로 분산한 스피어헤드 전대가 동시에 움직였다.

[자, 그렇다면 가 보실까!]

제1소대와 함께 제방 아래에 남은, 앙쥬 지휘하 제5소대의 두 기가 미사일 포트를 위로 겨누고 일제사격. 일단 머리 위쪽으로 상승한 뒤에 급강하, 강바닥 전체에 전개해 자폭한 대경장갑 미사일이 무수한 자탄을 퍼붓고—— 끈질기게 투사되던 자주지뢰를 단숨에 소탕했다.

타오르는 화염을 연막으로 삼아서, 신은 〈언더테이커〉를 몰아서 뛰었다.

목표는 중기공병형의 커다란 몸을 숨기며 우뚝 솟은, 높이 수십 미터의 콘크리트 벽.

정면 포격이 불가능하다면. 측면에서의 사각에도 제한이 있다면—— 백병전 무장으로 베어버리든가, 올라타서 밀착해 쏘면 될 뿐이다.

화염이 걷힌다. 중기공병형의 여러 광학 센서가 무모하게도 혼자 질주하는 〈언더테이커〉를 인식한다.

그 광학 센서를 가로막듯이. 메인 암 끝부분에, 꼭대기 아슬아슬한 위치에서 엿보는 본체의 각 부위에, 장착된 푸른 무수한 렌즈 전체의 눈앞에 전차포탄이 출현했다.

포탄은 시한신관이 작동해 그 자리에서 자폭했다. 파편과 충격파가 렌즈 곳곳에 박히고, 그렇지 않아도 강렬한 폭염으로 중기공병형의 눈을 다시금 흐렸다. 대장갑 미사일의 연막 속에서 제1소대의 세 기체가 〈언더테이커〉의 질주에 앞서서 날렸던 성형작약탄(HEAT).

〈언더테이커〉의 원호를 위해 약간씩 어긋난 타이밍으로 계속

이어졌다. 탄약을 남긴 제5소대의 기체가 경계하는 가운데, 미사일을 다 소비한 두 기체가 미사일 포트를 교환하러 간다.

그동안 〈언더테이커〉는 아치형 댐의 바로 밑까지 도달했다.

자주지뢰의 투사에는 사각이 되지만, 좌우의 다목적 암과 메인 암의 갈고리를 이용한 후려치기 공격의 사정권이다. 자주지뢰를 가득 태운 상태인 후방의 서브 암을 수면 아슬아슬한 곳까지 기울여 뻗고 갈고리를 늘어뜨린 메인 암을 앞으로 기울인 중기공병형은 〈언더테이커〉를 요격했다. 회전부의 동작으로 부웅 하고 강철의 갈고리가 측면으로 휘둘린다.

그 순간.

[내렸구나, 바보 자식. 사격 개시!]

날개 뼈와 비슷한 한 쌍의 후방 암, 수면을 훑을 정도까지 내린 그 끝부분. 쏟아진 포탄도, 부러져나간 철골의 파편도 그대로 아래쪽 물에 꽂히니까 중기공병형 말고는 상처 낼 걱정이 없는, 열선종의 반격을 걱정하지 않고 중기공병형을 사격할 수 있는 유일한 기회를 정확하게 노려서 집중사격이 날아들었다. 브리싱가멘 전대가 사격한 다음에는, 호수 북쪽 연안으로 진출한 토르의 제3소대, 클로드의 제4소대의 일제사격.

초중량을 매다는 대형 크레인은 넘어지지 않기 위해 후방 서브 암이 평형추가 된다. 평형추를 서브 암으로 메우는 구조이기에 중기공병형은 댐 위에서 수십 미터 아래를 엿보느라 극단적일 정도로 앞으로 기운 상태에서 후리기와 찌르기를 거듭하는 동안, 그 서브 암을 가동 범위 한계까지 뒤로 기울이고 수면을 향해 길고 낮게 뻗지 않으면 균형을 잡을 수 없다. 그동안은 자주지뢰 투사도 불가능하고 좌우 연안의 적기에 서브 암을 노릴 기회를 제공하기도 한다.

88mm 전차포탄, 40mm 기관포탄을 집중적으로 얻어맞아 장갑이 없는 철골이 부러진다. 중간에 위치하는 관절이 깨지고 거기에 달린 팔이 좌우 모두 떨어져 나간다. 자주지뢰가 몰려가서 남은 서브 암 윗부분으로 달라붙어 호수에 추락하는 것을 피한다. 경량이라고 해도 자주지뢰는 금속제다. 가라앉으면 떠오를 수 없다.

앞으로 기운 자세를 유지하는 평형추를 모두 잃은 중기공병형은 넘어지지 않도록 어쩔 수 없이 공격을 중단했다. 자세를 중립으로 되돌리고, 꼭대기 위로 뛰어오르려는 〈언더테이커〉에 대한 요격 태세를 갖추기 위해 호수 바닥의 발판을 따라 후퇴했다.

댐에 잠긴 마을의 건조물들로 이루어진, 이미 위치도 형태도 해석이 끝난 발판을 따라서.

2개 소대에서 또 포격이 날아들었다. 중기공병형이 이동하려고 발을 뻗은 곳의 전후좌우, 이동할 수 있는 모든 발판 위의 수면에 발사된 포탄이 비스듬히 꽂혔다. 물속에 침입한 포탄은 탄도가 뒤틀리고 속도도 떨어진다. 깊은 호수에 거의 가라앉은 다리의 파괴에는 이르지 못하지만, 중기공병형의 다리에는 한 쌍씩의 광학 센서가 있다. 대형 중기계의 사각을 맡는 광학 센서들을 노린 공격에 중기공병형은 멈춰 설 수밖에 없어졌다.

[세웠어, 신. 해치워 버려!]

"그래, 이쪽도 곧 도달한다."

아치를 그리는 댐의 양쪽 끝을 지탱하는, 거기만 중력댐인 콘크리트의 양 날개. 자기 무게로 수압을 지탱하는 두꺼운 제방의 비스듬한 경사를 따라서 〈언더테이커〉가 드디어 댐의 꼭대기에 도달했다.

갈고리가 옆에서 날아든다. 기세를 타고 뛰어들 것처럼 보이다가 일단 후방으로 몸을 던져 꼭대기에 앵커를 걸고 매달리는 것으로 휘두른 갈고리를 회피한 〈언더테이커〉가 몇 톤은 될 공격이 지나간 타이밍에 다시금 뛰어들었다.

상공에서는 대공포의 맹사격이 방전교란형의 은색 구름을 쓸어내고 있다.

아래에서는 장갑보병이 무장을 나누어 사용하며 광학미채를 무력화하고, 전차형마저도 사냥하고 있다.

그 모습에 신은 깨달았다.

민주제를 선택한 연방에서는 시민 전체가 자기 자신의 왕이다. 적어도 이 군인들은 그렇게 존재하고, 그렇게 존재하려고 한다. 왜 지켜주지 않느냐고, 그들은 남에게 외치지 않는다.

자신의 것이 아닌 것까지 지배하고 수호하는 영웅 따위, 연방군에는 필요 없다.

정점에 도달한 갈고리가 한순간 정지한 뒤에 같은 궤도를 되짚어서 돌아오려고 한다. 몇 톤이나 되는 거대한 금속 갈고리에 중기공병형은 회전부의 회전으로 더욱 속도와 각도를 주어서 〈언더테이커〉를 후려치려고 했다.

그 직전에.

[멈췄다가 돌아오는 순간은 느리니까 노릴 수 있거든.]

제2소대와 함께 이동하고, 호숫가에 숨은 척하면서 남쪽 경사면을 따라 정상 부근까지 등반한 〈건슬링어〉의 저격.

와이어가 도중에 끊겨서 날아간 갈고리가 관성에 따라 엉뚱한 방향으로 추락해 흙먼지를 일으켰다. 분단된 와이어의 밑을 〈언더테이커〉가 통과한다. 달라붙을 것으로 판단했는지, 중기공병형은 광학 센서의 손상을 각오하고, 견제 사격의 폭풍에 다리를 뻗어 후퇴를 꾀했다.

수면 아래에 잠겼던 긴 다리, 가장 뒤에 있던 것이 수면을 가르고 나타난다. 그 순간에 엿보인 관절 부위를 노려서 크레나가 다시금 포격. 초중량을 지탱하는 다리 하나가 끊겨서 중기공병형은 물보라를 일으키며 그 자리에 비스듬히 주저앉았다. 다리를 버둥거려 보지만 중기공병형은 그 자리에서 완전히 움직일 수 없었다.

회전부에 와이어 앵커를 꽂고 비거리를 연장한 〈언더테이커〉가 메인 암에 달라붙었다. 자신의 손상을 개의치 않는 유압 펜치의 찌르기가 좌우에서 덮쳐들었다.

하지만, 느리다.

애초에 전투용 병종이 아닌 데다가 지극히 무거운 중기공병형. 그 동작 자체는 자주지뢰만큼 빠르지 않고, 반응하는 속도는 더욱 느리다. 앵커를 회수하고 뛰어내린 〈언더테이커〉의 머리 위에서 한 쌍의 유압 펜치가 크레인 암을 찌르고 정지했다.

Illustration:I-Ⅳ

그 손상을 연막으로 삼아서 접합부의 파손을 각오하고 앞으로 휘두른 후방 서브 암이, 달라붙은 마지막 자주지뢰와 접합부에서 떼어낸 서브 암의 잔해를 사출했다.

[칫, 역시나.]

중기공병형이 어떤 무장을 은폐하고 있을 때를 대비해 매복했던 라이덴의 제2소대가 사격, 자주지뢰를 각각 떨어뜨렸다.

다만 장갑이 얇은 〈언더테이커〉를 쏘지 않기 위해 40mm 기총이 아니라 중기관총 2정을 이용한 사격이다. 철골로 된 무거운 구조체는 가벼운 중기관총탄으로는 격추할 수 없지만.

아직 뭔가 있을지도 모른다고 생각한 것은 신도 마찬가지였다.

〈언더테이커〉를 위아래로 반전하고, 네 기의 파일드라이버를 동시에 격발했다.

사출한 파일이 하늘로 튀어 나갔다. 폭발한 장약이 〈언더테이커〉에 아래쪽을 향한 맹렬한 가속을 주었다.

유도장치 따윈 있을 리도 없는 구조체는 허무하게 하늘을 가르고 날아갔고, 〈언더테이커〉의 예상 밖의 거동에 동작도 반응도 둔한 중기공병형은 이미 광학 센서로도 쫓을 수 없었다.

다시금 반전하면서 본체 등에 착지하고, 선택 무장을 변경한다. 88mm 활강포, 탄종은 고속철갑탄.

이미 죽은 누군가의, 알아들을 수 없는 단말마의 절규가 귀를 찔렀다.

인간의 목소리, 하지만 생전의 인격과 의지를 잃은 한탄. 기억이 파괴된 〈레기온〉 병졸, 〈목양견〉이다. 제아무리 〈레기온〉이라도 후방의 공병까지 〈양치기〉로 만들진 않은 모양이다.

제어장치는—— 바로 앞에. 장갑이라고도 할 수 없는 궁상맞은 외장 패널 아래.

격발.

전차형도 일격에 침묵시키는 근접거리에서의 고속철갑탄 관통에—— 누구인지 모르는 망령의 한탄이 뚝 끊겼다.

열선종은 가까운 곳에서 발생한 전투로 몹시 불쾌한 기색이었지만, 일단 자기가 끼어든 쪽이라는 의식이 있는 건지 결국 공격하지 않았다.

그래도 계속 지켜보는 세 개의 눈동자에 불안을 느끼면서 신은 쓰러진 메인 암을 따라서 댐 꼭대기로 넘어갔다. 넘쳐난 물이 콸콸 소리를 내며, 성대하게 파괴된 수문을—— 중기공병형만이 아니라 열선종이 넘어올 때 부서진 거겠지——따라 넘치고 있었지만, 그것도 수그러들었다.

잠시 뒤 노르트리히트 전대가, 한발 늦게 브리싱가멘 전대가 전차형 소탕을 완료했다. 이어서 전대장 둘이 확실히 불만스러운 눈치로 말을 걸었다.

[뭐야, 저승사자, 우리가 거미 자식을 사냥하는 거 아니었어?]

[이쪽은 고생했다는 거 알고 있습니까, 대장. 조금은 어른에게도 멋진 모습을 보일 기회를 주시면 어떻습니까.]

나란히 툴툴대기에 신은 추가 지시를 내렸다. 사냥감을 빼앗은 것은 미안하지만, 그렇게나 의욕이 남아돈다면.

"다리에 자주지뢰가 남아있겠지, 그쪽을 정리해 줘. 열선종의 반격에는 주의해."

중기공병형이 던지고 남은 자주지뢰다.

역시나 투덜대면서도 2개 전대는 현수교의 양옆으로 이동했다. 서로를 사선에 넣지 않는 위치에서, 떠도는 열선종이 다리에서 멀어진 순간을 가늠해서 자주지뢰를 사격하고, 반격을 계산해서 즉각 이탈한다. 다행히 열선종은 경계하는 눈치로 일단 잠수했고, 고개를 내밀고 슥 둘러보았을 때는 브리싱가멘 전대도 노르트리히트 전대도 숲속까지 대피했다.

[위험하네……. 정말 무섭잖아, 저거.]

[귀찮으니까 얼른 미아를 데리고 돌아가 줬으면 싶군요.]

반격이 없는 것을 확인하고 재차 진출해 사격했다. 찔끔찔끔 공격하고 있었더니, 짜증이 난 건지 열선종이 물러났기에 시원스럽게 일제사격을 날려서 나머지를 정리했다.

[좋았어……. 끝냈어, 저승사자.]

"라저. 제압 완료. 공병대, 진출하기 바랍니다. 이쪽은 주변 경계를 시작하겠습니다."

[음, 맡겨줘! 댐 폭파를 볼 기회는 그리 없겠지, 카메라 준비도 OK?]

왠지 묘한 방향으로 신이 난 공병대장의 반응에 이어서 공병들이 우르르 작업용 통로를 뛰어서 댐에 달라붙었다. 설계도를 기반으로 사전에 폭약을 부착할 위치와 필요한 양 등을 확인했다고 해도, 실물 앞에서 다시 확인하는 기색이 거의 없는 것은 설계도가 꽤 정확하게 남아있었든가, 전투 중 대기하는 동안에 어느 정도 측량과 계산을 마쳤던 걸까.

——아무리 그래도 폭파 전에는 열선종이 호수를 떠나 주어야 하겠지만.

"이스마엘 대령님. 새끼를 찾거든 열선종도 이동하겠죠?"

[아마도 그럴 거야. 지금은 위협음이 확인된 주변으로 이동하고 있는데…….]

바스락바스락 덤불을 헤치는 소리와 함께 응답이 돌아왔다. 높은 곳에서 대기하는 크레나가 "앗." 하고 소리를 냈다.

[신, 대령. 찾았어. 댐에서 동쪽으로 700, 포인트 980 부근의 호수 안.]

〈건슬링어〉의 광학 센서 영상이 데이터링크를 통해 전달되고 홀로윈도가 팝업으로 표시된다. 단풍이 든 가지 틈새, 붉게 물든 호수와 헤엄치는 은색 인어.

"새끼도 원생해수고 물에서 사는 동물이니까, 카두난 강이나 신타타츠와 강을 따라온 거겠지만. 왜 이렇게 어정쩡한 위치지?"

[지도에 따르면 카두난 강에서 동쪽으로 흐르는 지류가 있는 모양이야. 그게 고인 게 이 호수고. 작은 지류니까 새끼는 통과해도 열선종은 통과하지 못할 크기지. 그래서 엇갈린 거 아닐까?]

이스마엘 자신은 장갑보병이 아니니까 홀로윈도를 볼 수 없지만, 동행하는 통신병이 정보단말을 통해 같은 영상을 보여준 모양이다. 고개를 끄덕이는 기색이 전해져 왔다.

[음탐종의 새끼로군. 원생해수의 생체 음향 탐지기다. 이 크기라면 초음파를 내서 시끄러울 뿐이야. 위험하진 않으니까 그쪽은 경계하지 않아도 돼.]

"새끼와 접촉하거든 연락을. 열선종에는……."

어떻게 이동을 재촉하면 좋을까 하는 생각에 신은 입을 다물었고, 이스마엘이 눈치채고 말을 이었다.

[조만간 또 음탐종이 울겠지. 아니면 음탐종 쪽이 마중이 온 걸 알고 그쪽으로 향할 거야. 가능하다면 열선종을 조금 더 댐 쪽으로 접근시킬 수 없나?]

"그게 제일 빠를 듯하군요. 공병의 작업이 완료되고 제방을 떠나면 기갑 그룹도 일단 대피하겠습니다. 저쪽도 이쪽에 오고 싶은 모양이고, 그러면 다가올 테니까……."

그보다도 저쪽에서는 적당히 하고 얼른 좀 비켜라. 방해된다. 그렇게 말하듯이 세 개의 안구가 무표정하게 이쪽을 보고 있어서 아무래도 무섭다.

머리 위의 〈레긴레이브〉는 괴물처럼 거대한 〈레기온〉도 순식간에 파괴했다. 그 강함에 멜레는 소름이 끼쳤다.

왜 싫다고 생각했는지 알았다.

녀석들은 우리와 다르다. 잘난 척하는 귀족들과, 상관들과 같은 부류다.

우리를 바보 취급하는 놈들. 뭐든지 할 수 있는 주제에 아무것도 해 주지 않는 녀석들.

"저 녀석들은."

열선종은 아무래도 수문을 거쳐 카두난 강으로 돌아가고 싶은 모양이지만, 주변에서 〈레긴레이브〉가 얼쩡대는 탓에 다가가지 못해서 확연히 짜증을 키우고 있다.

거대한 몸뚱이를 호수 연안 근처에서 선회시키고, 주변의 〈레긴레이브〉를 향해 물을 튀기는 것은 위협이겠지. 대량의 물에 다리가 빠질 뻔한 〈밴더스내치〉가 황급히 후퇴하는 걸 보고 신은 말했다.

"크레나, 만약을 대비해서 내려와 줘. 새끼 주변의 감시는 이제 됐어."

[아, 알았어.]

열선종은 높은 곳에 있어서 눈에 띄는 〈건슬링어〉를 지휘관기로 생각하는지 몇 번이나 노려봤고, 신경이 곤두선 지금은 위협사격이라도 할 듯한 분위기다. 조금 상기된 크레나의 대답에 이어서 〈건슬링어〉가 총총히 산 정상을 벗어났다.

제2대대 이하의 강변 제압부대도 전투가 끝나가듯이, 이쪽도 중기갑부대와의 전투를 마친 모양인지 스이우에게서 직접 다른 총대장 셋에게 지각동조가 연결되었다.

[각기에. 제4기갑 그룹은 적 중기갑부대 섬멸을 완료. 수송 수로가 보이니까 내친김에 포격으로 부순 뒤에 철수할게.]

이어서 치리가 말했다.
[제2기갑 그룹, 댐은 전부 제압했어. 폭파 준비는 진행 중.]
[제3기갑 그룹도 마찬가지입니다. 그리고…….]

말하면서 카난은 시선과 광학 센서의 초점을 그쪽으로 돌렸다. 카두난 강의 대량의 물이 콸콸 소리를 내며 급격한 경사를 흘러내려서 아래쪽에서 히아노 강을 형성하는 그 절벽 가장자리에 세워진 잿빛 건조물. 카두난 관측 거점이란 이름을 가진, 투박하게 생긴 그 토치카 안에서.

줄줄이 얼굴을 내비치고 걸어 나온 것은 꽤 더러워진 쇳빛 전투복의 병사들과 그 이상으로 더러워진 옷차림을 한 아이들이었다.

"미처 후퇴하지 못한 것으로 생각되는 연방군인과 민간인을 발견했습니다. 지금부터 회수하러 가겠습니다."

제아무리 철가면 저승사자라도 이 보고에는 놀란 모양이다. 눈을 크게 뜨는 기척.

[민간인? 설마 선단국군에서 온 피난민의 생존자인가?]

"아마도."

나이가 많아야 열 살을 조금 넘었을 정도의 아이가 스무 명 정도, 거기에 교사인 듯한 초로의 남성. 명백히 형제가 아닌 연상의 아이가 특히나 어린애들의 손을 잡고—— 아이들로만 이루어진 피난로를, 아이 나름대로 연장자의 책임감으로 그렇게 지나온 것이겠지.

아마도 처음 보는 것일 듯한 〈레긴레이브〉를 동그란 눈으로 바라보았다. 병사 한 명이 조금 움츠러들면서도 〈카토블레파스〉로 다가왔다.

의아해하는 시선으로 〈카토블레파스〉를 찬찬히 바라보더니 헤드셋으로 손을 뻗었다.

[일단 확인하겠는데, 연방군기가, 맞지?]

"예. 제86독립기동타격군, 카난 뉴드 중위입니다."

병사가 등을 쭉 폈다.

[아, 중위님. 실례를, 어어, 실례했습니다. 모르는 기체라서, 였기에…….]

"제2차 대공세에서 미처 후퇴하지 못한 부대입니까?"

댐 파괴 작전을 위한 기동타격군의── 〈레긴레이브〉의 파견을 모른다면.

[그 엄청난, 고철덩어리들의 포격과 그 후의 공격 말이지요. 그렇습니다. 후퇴 명령이 내려왔지만, 우리 중대는 한발 늦어서, 미처 도망치지 못하고 이 토치카에 들어갔는데. 저 애들은 선단국군에서 온 피난민입니다. 피난민 본대에서 떨어졌다고 들었고, 포격이 멈추고 〈레기온〉들이 남쪽으로 향해서 조용해졌을 무렵에 여기 도달해서.]

"용케 보호해 주셨군요."

어쩌면 이 관측거점에 비축 식량이 있었던 걸지도 모르지만. 전시 편성의 중대 200명이 농성하며 언제 올지 모르는 본대의 구조를 기다리는 상황에서 전력이 되지 않는 어린애들에게까지 나눠

주려면 상당한 각오가 필요하겠지.

하물며 자신들과 관계없는, 다른 나라에서 온 피난민이다. 본대에서 고립된 상황에서 저버리고 쫓아냈다고 한들 누구도 뭐라고 할 수 없다.

죽게 내버려 뒀다고 해도—— 어쩔 수 없는 상황이었는데.

병사는 살짝 이를 악다물었다.

자신은 그것을 한순간이나마 생각한 적이 있다고, 후회와 함께 떠올리는 동작으로.

[죽은 중대장이 지켜주라고 했습니다.]

한 번은 망설였던 자신들에게. 그 망설임을 떨쳐버리도록.

[농성하는 법, 생각해 주고. 싸우는 법도 전부, 생각해서 자세히 지시해 주고. 다쳐서 더는 살 수 없을 걸 알면서. 알았으니까. 저희만으로는 도망칠 수 없을 테니까, 아무튼 여기서 농성하라고.]

따라야 할 부사관을 잃고, 중대장마저도 잃어서 병졸만 남는 부하들이 살아남을 방법을 최대한 다 가르치고서.

[반드시 구조가 올 테니까 포기하지 말라고. 끝까지 포기하지 말라고, 나를 믿으라고, 그렇게 말해 주고. 저 애들을 지키는 것 말고는 괜한 생각을 하지 않아도 된다고. 너희는 자랑스러운 연방군인이니까, 저 아이들의 영웅이 되어 주라고. 될 수 있다고. 그렇게 말하고.]

농성하는 자신들을. 〈레기온〉에게서 지키는 방패가 되는 이 토치카를. 병사인 자신들이 지켜야 하는 연약한 아이들을.

몇 번이나 꺾일 뻔한 약한 마음을.

자신들의 긍지를.

[중대장은, 죽었지만, 죽어서도, 지켜주었습니다.]

그 순간 병사의 감정이 무너졌다.
뚝뚝. 아직 젊다고 해도 다 큰 어른이 마구 눈물을 흘리고, 병사는 더러워진 뺨을 몇 번이나 주먹으로 닦았다.
[다행이야. 포기하지 않길 잘했어. 와 주었어. 정말로 와 주었어. 대장은 옳았어. 배신하지 않길 잘했어. 믿기를, 잘했어.]
중대장을.
도우러 올 터인 동료 연방군을.
인간의 선함, 이 세계의 선의라고 해야 할 것을.
약하더라도, 그래도 사람을 믿고 싶다는, 사람을 지키고 싶다는 자기 양심을.
"……."
[우리 같은 놈들도 지킬 수 있다고, 누군가를 도와줄 수 있다고 알게 되어서. 우리 같은 농노 출신들도 뭔가 좋은 일을, 대단한 일을 할 수 있다는 걸 알게 되어서.]
말도 없이, 어딘가 애통한 마음으로 지켜보는 카난의 앞에서.
병사는 눈물로 범벅이 된 얼굴로, 울면서 웃었다.
[다행이야.]

병사의 그 고백을 지각동조 너머로 들으며.

"뭐랄까."

토르는 뭔가 허물이 떨어져 나간 것처럼 느꼈다. 뭐랄까.

"우리는 충분히 잘하고 있잖아."

우리 에이티식스도. 연방의 다른 전대나 부대도.

맡은 작전을 잘 수행했다.

다른 부대의 병사들도 포기하지 않았다. 끝까지 싸우기 위해, 지켜내기 위해, 이기기 위해 그들 나름대로 궁리하고 노력해서 그것을 성공시켰다.

구조를 기다리던 같은 연방군 병사와 피난이 늦어진 아이들도 구했다. 사람 귀찮게 하는 원생해수의 새끼조차도 죽이지 않고 찾아낼 수 있었다.

아무것도 못 한다니 천만의 말씀.

제2차 대공세의, 별이 떨어지던 그날 밤부터 등 뒤에 달라붙어 있던 허무가, 시야에 어둡게 장막을 드리우던 안개가 흩어졌다. 계속 막혀만 있던 숨을 간신히 길게 내뱉었다.

[그러니까 말했잖아, 토르. 위로가 아니라고.]

"그래, 클로드. 미안해. 우리는……."

나도, 동료들도, 연방군도.

빼앗겼지만.

한 차례 패배를 맛봤지만.

그래도 조금씩이라도 하나씩. 되찾을 수 있는 우리는.

"무력하지 않았어."

녹색에 금가루를 흩뿌린 토르의 눈동자에 화염이 강렬하게 깃들었다.

서로의 의식을 경유하는 지각동조는 얼굴을 맞대고 이야기하는 정도의 감정도 전해진다. 후방 지휘소의 프레데리카에게서 지각동조가 연결되더니, 왠지 흥미진진한 기색인 그녀에게 신은 한쪽 눈썹을 꿈틀거렸다.

"프레데리카, 왜 그러지?"

[신에이, 저기, 조금 더 가까이 가면 안 되느냐. 음탐종 말이다.]

프레데리카는 아무래도 〈가듀카〉에 올라타서 서브 윈도의 공유 영상을 들여다보는 모양이다. 뒤에서 비카가 뭐라고 말하는 게 들렸다. 로젠폴트, 보는 건 좋지만, 내 무릎에 올라가지 마라. 그대로 무릎에 앉지 마라.

무심코 상상한 듯한 앙쥬가 웃음을 터뜨릴 뻔하다가 소리 죽여 웃었고, 마찬가지로 필사적으로 웃음을 억누르는 마르셀 등 관제관의 헛기침 소리도 몇 번이나 들렸다.

그들 전원에게 결정타를 날리기 위해 신은 지극히 진지한 목소리로 말했다.

"나이도 젊으면서 꽤 큰 따님을 두셨군요, 아버님."

관제관들이 결국 웃음을 터뜨리고, 앙쥬가 소리 내어 웃었다. 비카가 신음했다.

[노우젠, 네 이놈, 누가 아버님이냐. 자이샤, 잠깐. 그 수첩은 뭐

냐. 왜 스케치를 시작하는 거지? 하지 마라. 다 들리면서 무시하지 마라. 그만둬, 그리지 마라.]

이어서 자이샤가 작은 반란을 일으키기도 했다. 그러자 라이덴이 말했다.

"자이샤 소령. 그 스케치 나중에 좀 보여줘."

[로샤라고 불러주세요, 슈가 중위. 물론입니다. 꼭 기동타격군의 모든 부대에 보여드리지요.]

[적당히 해라, 야…….]

[대장!]

자이샤의 긴 본명을 부르려던 참에, 리토가 끼어들어서 씩씩하게 말했다.

[대장, 나도 원생해수 보고 싶습니다! 건 카메라의 기록을 따주세요!]

그 말에 대답하려고 했더니, 이번에는 그레테가 끼어들었다.

그리고 지각동조 너머에서 프레데리카가 작게 비명을 지른 것은, 〈가듀카〉에서 그녀를 붙잡아 왕자 전하를 구출했기 때문인 모양이다.

[당신들. 전하도, 관제관 보좌도. 기운을 차린 건 좋지만, 작전 중이야. 나중에 해.]

"죄송합니다……." [미안하구나.] [미안합니다.] [잠깐, 나도 말인가?!]

공병대장에게서 폭약 설치가 끝났다는 보고가 들어왔다.

"라저. 다른 댐이 작업이 끝나면 철수 단계로 이행하겠습니다."

고개를 끄덕이며 신은 남은 〈레기온〉의 동정에 귀를 기울였다. 카두난 강 주변의 〈레기온〉은 모두 배제했고, 지원군이 오는 낌새도 없다. 로기니아 방어선의 본진과 대치했던 집단도 공격을 중단하고 지배영역으로 후퇴하기 시작한 모양이다――. 주공인 중기갑부대가 괴멸해서 전선 돌파는 불가능하다고 판단했을까.

소탕을 마친 제4기갑 그룹이 철수를 개시하고, 제1기갑 그룹이 제압한 댐은 모두 폭파 준비를 마쳤다. 레카나크 댐에서 보호한 아이와 병사는 빈 〈스캐빈저〉가 태워서 후퇴하고, 제2기갑 그룹, 제3기갑 그룹의 진척도 순조롭다. 모두 다 확인했을 때 신은 또 한 가지 질문 사항을 그 부대에 물었다.

작전 목표인 댐 파괴. 그 실행 전에 완료해야 하는 핵연료의 회수 작업.

"미아로나 중령님. 레이디 블루버드 연대의 작전 진척 상황은 어떻습니까?"

그 질문에 니암 미아로나 중령은 조용히 대답했다. 강철의 애마인 〈바나르간드〉의, 비좁은 종렬복좌 조종실의 포수 겸 차장석에서.

"아주 순조로워."

제5장 블러디 메리는 안개 속에

폐기 핵연료가 내는 방사선은 하나같이 두껍고 무거운 금속으로 차단할 수 있다. 완전할 정도는 아니지만, 피폭 위험은 크게 줄어든다.

그러니까 헤일 메리 연대를 진압하는 데는 여태까지도 지금도 구속 세라믹과 중금속의 복합장갑을 갖춘 〈바나르간드〉가 투입되었다.

같은 기갑병기를 적으로 상정해 120mm 활강포와 12.7mm 중기관총으로 무장하고, 전투중량 50톤의 초중량을 시속 100킬로미터로 약진시키는 연방 지상군의 핵심이, 무력하고 연약한 맨몸의 인간으로 구성된 헤일 메리 연대의 진압에 나섰다.

북부 제2전선의 늦가을 특유의 하얀 아침 안개가 짙고 무겁게 깔린 가운데. 강철의 늑대들이 폐촌을 제압하는 과정은 신속하고 무자비하게 이루어졌다.

회전기총 2정의 사격이 도망치는 병사를 핏물로 바꾸었다. 무너진 돌벽에 몸을 기댄 이들을 전차포탄이 한꺼번에 돌과 혈육의 혼합물로 바꾸었다. 그늘에 숨어서 숨죽인 집단을 공중에서 터진 다목적 포탄의 산탄 폭풍이 차폐물과 함께 쓸어버렸다. 앞으로도 뒤로도 나갈 수 없어 공황에 빠졌는지, 소리치면서 빈손으로 돌진한 보병을 강철의 다리가 아무렇게나 걷어찼다.

헤일 메리 연대의 병사가 가진 7.62mm 돌격소총은 장갑보병이 주력인 연방에서는 후방의 수송부대나 공병이 휴대하는 방어용 무기로 취급된다. 기갑병기로서는 빈약하기 짝이 없는 공화국산 〈저거노트〉의 장갑조차도 고작 7.62mm 탄이라면 막아낸다. 하물며 견고하기 짝이 없는 〈바나르간드〉의 복합장갑에 긁힌 자국 이상의 손상을 낼 수 있을 리가 없다.

한 방 먹이긴 고사하고 제대로 저항할 수단조차도 헤일 메리 연대는 가지지 못했다.

신속하게, 그리고 지극히 무자비하게――학살은 진행되었다.

모든 전장은 항상 안개로 뒤덮여 있다.

아무리 신중하게, 공들여서, 막대하게 정보를 수집해도, 불확정 요소는 완전히 사라지지 않는다. 적군에, 정치에, 기상과 지형에, 그리고 헤일 메리 연대처럼 아군 병사에게조차, 상정하지 않은 일은 깃든다. 그것들에 방해받아서 작전 계획은 거의 확실하게 계획대로 진척되지 않는다.

그렇기에 미아로나 중령의 눈에 이 전투는 이상하고, 그리고 무참하게 비쳤다.

"시간 낭비나 시키는 어리석은 놈들이."

'핵무기'를 빼돌리지 못하도록, 병사 하나도 빠져나가지 못하게 공들여서 집요한 포위망을 깔았다. 접근과 포위망 구축을 들키지 않도록 철저한 무전 봉쇄와 엄폐물 이용에 임했다.

그리고 전투 중에 자폭할 각오로 '핵무기'를 기폭하는 자가 없도록, 전투 개시와 동시에 '핵무기'의 보관고를 급습하고 제압했다.

정보를 검사하고 정찰을 내보내서 신중하고 신속하게, 지형과 목표의 배치를 확인한 상태에서의 기습이다. 그렇다고 해도 접근도 포위도 정찰도 전투도, 모두 계획대로 진행되는 이상한 전투였다.

저항할 수 있을 정도의 작전도 준비도, 의지조차도 누구 하나 갖추지 못했다. 유일한 희망인 '핵무기'를 잃자마자 허무하게 무너져 모두가 도망 다니기 바빴다.

그렇다. 도망만 다녔다.

처음부터 도망만 다녔다. 눈앞에 있는 이 어리석고 겁 많은 닭들은.

국가에 대한 충성심이 아니다. 향토애나 동포애라고 생각했겠지만, 그런 것도 아니다. 하물며 의분이나 단결, 정의 같은 것은 전혀 없다.

그저 공포에 쫓기고 견딜 수 없어져서 요란스레 뛰어다녔다. 그게 이 소동의 너무나도 한심한 정체다. 자기가 공포를 이기지 못했기 때문에 전선도 동포도 조국마저도 위험에 빠뜨린, 한심하기 짝이 없는 도피다.

자신의 감정 하나도 주체할 수 없는 주제에, 그러한 자기 모습도

직시하려고 하지 않았다. 그렇게 우둔하고 무력하고 태만한 주제에.

"자기 하나도 다스릴 수 없는 주제에 뭘 구하겠다는 거냐. 뭘 해낼 수 있다고 생각했냐. 어리석은 것들."

"살려줘요, 아가씨, 살려줘요!" "죽기 싫어, 아가씨!" "우리를 지켜줘요, 아가씨! 아가씨!"

주위에서 죽어가는 병사들의 목소리에 귀를 틀어막고, 그걸 지워버리려고 소리치며 노엘레는 도망을 다녔다.

"내 탓이 아니야. 내 탓이 아니야! 그게 아니라 모두가, 내가 아니라 모두가……!"

모두가 아무 생각도 안 하고, 도와달라고 매달리기만 하고. 그러니까 나는, 나 혼자만 필사적으로 무리하고, 이렇게까지 해야 하게 되었다.

나는 사실 이런 거 하고 싶지 않았어!

〈바나르간드〉에게 쫓기는 리레의 눈이 이쪽을 향했다. 필사적인 표정으로 손을 뻗었다.

"아가……."

다음 순간에는 〈바나르간드〉의 다리에 우지직 하고 짓밟혀 사라졌다.

그러니까 목소리 같은 건 들릴 리가 없었다. 얼굴 같은 건 이미 보일 리가 없었다.

그럴 터인데 원망의 목소리가 들렸다. 책망하는 얼굴이 보였다.

아가씨가 하라고 했는데. 아가씨가 명령했는데.

아가씨가 멋대로 이런 걸 한다고 결정하고 우리를, 우리 모두를 끌어들였는데.

"아니야……!"

그야 잘못을 바로잡아야만 한다고 생각했지만.

모두를 지키자고, 모두를 구하자고, 생각하고 행동했지만.

그러니까 그게 내 책임일 리 없고.

내가 잘못했다니, 그럴 리가 없어!

"너희가 잘하지 못해서야! 내 탓이 아니야!"

핵무기를 만들 수 없었던 것도, 부하와 동료가 모두 죽어 나가는 것도.

나는 잘못하지 않았으니까, 나는 올바르니까, 전부 다 잘 풀리는 멋진 해결책이 나를 위해 준비되어 있지 않을 리가 없으니까.

세계가 그렇게나 무자비할 리가 없으니까.

찾을 수 없었던 것은, 할 수 없었던 것은, 그러니까 내 탓이 아냐.

"내 탓이 아니야! 나는 잘못 없어. 나는 하나도 잘못 없어!"

"그래."

누군가가 껴안았다. 돌아본 곳에서 미소 짓는 것은 닌하였다.

"그래, 당신은 아무런 잘못도 없어. 이제 괜찮아. 내가 전부 지켜줄 테니까."

"아."하고 숨을 삼켰다.

그 순간 분명히, 직전까지의 비탄도 공포도, 눈물을 흘리는 것조차도 노엘레는 잊었다.

'도와줘' 도. '구해줘' 도. '지켜줘' 도 아니라.

지켜준다. ——지켜준다?

"이제 아무 생각도 하지 않아도 돼. 아무런 결정도 하지 않아도 돼. 그런 것에서 전부 내가 지켜줄 테니까. 나만큼은 알아. 무거웠지? 아가씨라고 불리는 게. 이제 괜찮으니까."

그것은.

무거운 짐을, 계속 마음속 어딘가로 무겁게 느꼈던 향사의 딸이라는 역할을, 제국 귀족의 책무를, 아가씨라는 칭호를, 나에게 부여된 모든 것을 내려놓을 수 있다면 그것은.

너무나도. 멋진…….

그리고.

선회한 〈바나르간드〉의 기총 사격이 두 여성을 함께 분쇄했다.

핵무기는 태반이 처음에 제압된 창고 안에 있고, 키아히가 껴안은 양동이가 마지막이다.

솟구치는 구역질과 무기력함에 시달리면서도 키아히는 살육의 틈새를 비틀거리며 걸었다.

핵무기 양동이는 이상하게 무겁고, 다치지도 않았는데 몸은 너무 아프고, 하지만 부글부글 끓는 분노가 다리를 계속 움직이게 했다.

원생해수는 발견되지 않는다. 동료도 모두 죽어버렸다.
연방군 때문에. 귀족들 때문에.

아가씨 때문에.

키아히는 이를 뿌드득 갈았다.
아가씨가 잘못한 탓에. 아가씨가 우리를 속인 탓에.
"이상하다고, 나는 처음부터 생각했어."
연방이, 귀족들이, 아가씨가 우리를, 나를 속였다.
"나는 속은 거야……."
속았다. 피해자다. 그러니까.
"그 복수를 하는 거다."
꼴사나운 쥐새끼처럼 그늘에 숨어서 〈바나르간드〉의 눈을 피해 기어갔다. 아무튼 저 덩치를 따돌릴 장소로.
좁은 장소에 들어가면 쫓아올 수 없을 것으로 생각하고 눈앞에 있는 돌로 된 건물에 들어갔다. 좁은 석조 건물, 벽이 남은 공간이라서 기폭하면 방사성 물질이 제대로 뿌려지지도 않는다는, 그런 사실도 깨닫지 못했다.
아무튼 껴안고 있는 핵무기를, 비장의 카드라고 키아히는 아직도 믿는 낡은 양동이를 폭파해, 절망적인 이 국면을 어떻게든 모면하자는 것밖에 생각할 수 없었다.
같은 조건에서 기폭했는데도 차량 한 대를 날려버리는 정도에 불과했던 '핵무기'의 약해 빠진 위력을 생각하지도 않았다. 자기 잘못은 되돌아보려고 하지도 않는 그 사고방식.

아무튼 이것을 기폭하는 거야. 전부 다 파괴하는 거다.

복수를.

복수니까 이건 정당한 분노고, 그러니까 분명 잘 풀릴 것이다.

양동이 뚜껑을, 잔뜩 붙인 덕트 테이프를 벗기고 열어서, 정체 모를 기분 나쁜 무수한 금속가루 위에 플라스틱 폭탄을 잔뜩 채워 넣었다. 신관을 꽂고 기폭장치의 코드를 뽑아서 세웠다. 구역질이 치밀었다. 더는 견딜 수 없어서 한바탕 토했다.

그 녀석들도 처음에는 이런 식으로 토했지…….

연료봉을 연 후. 첫 핵무기를 폭발시키고 그게 실패한 뒤. 순식간에 약해지고 토하더니 죽어간 동료들.

마치 저주 같다고 키아히는 생각했다.

총을 맞은 것도 아니다. 불에 닿은 것도 아니다. 그런데 부어오르고 머리가 빠지고 피부가 짓무르고, 피와 내장을 토하고 죽어간 녀석들. 핵연료를 다룬 뒤에, 그걸 다룬 이들 전원이.

아마 그것은 정말로 저주나 그런 거겠지.

뭔가 이상한 것이라고는 하나도 보이지 않았다. 소리도 냄새도 아무것도 없었다. 그런데 그걸 다루면 죽으니까, 그것은 저주다. 만져선 안 되는 것이었다.

아가씨는 그걸 알면서 입 다물고 있었던 것이다.

제국은 그걸 알면서 우리의 마을에 만든 것이다.

흩뿌려 주마.

입가를 닦으며 일어섰다. 그때 간신히 거기가 예배당이라고 깨달았다.
제단 너머, 새벽의 안개 너머로 엷은 햇살이 마치 천국의 빛처럼 빛나는 스테인드글라스에 있는, 온화한 여성의 자애로운 미소가 시야에 들어왔다.
투명한, 빛나고 아름다운 의상의.
영주 부인, 메리 라줄리아. 마을에 원전 같은 걸 만든 장본인. 어디 두고 봐라.
푸른 드레스가 아름다운 성모님. 지켜봐 줘.
발길을 돌렸다.
쇳빛의 전신갑옷을 입은 그림자와 이쪽을 향한 중기관총의 총구와 눈이 마주쳤다.
"어……."

어딘가에서 날카롭게 총성이 울렸다.
그게 들릴 정도로 〈바나르간드〉의 사나운 포효도 귀를 찌르는 발소리도, 드높은 파워팩의 신음도, 어느새 사라져 있었다.
아침 안개의 어둠 속, 기분 나쁜 정적 속에서 요노를 껴안고 미르하는 기어갔다. 일어서려고 해도 다리 하나가 날아가서 없어졌고, 진흙을 털어내기에는 오른팔 끝의 찢어진 손바닥이 자꾸만 걸렸다.
아직 무사한 왼팔로 껴안은 요노의 몸이 솔직히 무거워서, 몇 번이나 피에 미끄러지면서 그때마다 고쳐 안아야 하는 게 짜증 나고 귀찮았다.

짜증 나고 귀찮고, 약하고 겁쟁이. 그래도 여동생처럼, 귀찮고 짜증 나도 지켜줘야 하는, 약하고 겁쟁이니까 다른 것으로부터 지켜주고 싶은 여동생 같은 그녀.

왜 아까부터는 평소처럼 울거나 겁먹지 않는 걸까.

철퍽 하고 젖은 얼굴에 진흙이 튀었다.

고개를 들자 눈앞에 쇳빛 그림자가 말뚝 같은 다리를 내리친 판이었다. 연방의, 제국 귀족들이 모는 기계장치 마물. 〈바나르간드〉.

노엘레와 마찬가지로 제국 북부 변경의 귀족 억양의 여자 목소리가 외부 스피커를 통해 냉엄하게 말했다.

[네 녀석으로 끝이다, 닭. 그 넝마는 친구인가? 능력도 없고 어리석으면서 자기 주제도 모르고 괜한 짓을 한 탓에 괜히 동료를 죽였군.]

미르하는 갑자기 격앙했다.

넝마. 요노가.

그래. 그런 건 알고 있다.

아까부터 계속 울지도 무서워하지도 않는다. 몇 번이나 고쳐 안아도 스스로는 움직이지 않는다.

당연하다. 머리가 없으니까.

입도 눈도, 머리가 통째로 없어졌으니까. 당연히 울지도 말하지도 못하지.

그렇게 된 것은.

요노를 이렇게 만든 것은 너희가.
너희 장교가. 상관이. 연방이.

"스스로 생각하라고 말했기 때문이잖아!"

할 수도 없는데 그걸 허락해 주지도 않고.
"그런 걸 나는, 우리는 원하지 않았는데 너희가 하라고 말했기 때문이잖아! 너희가 말한 대로 스스로 생각하고 행동했더니, 이번에는 주제를 알고 쓸데없는 짓을 하지 말라니! 그럴 거라면 처음부터 능력 없는 놈은 아무것도 하지 말라고 말해 줘!"
말하면서도 미르하는 알고 있었다. 닭 주제에, 무능한 놈, 그 말들을.
연방에서는 할 수 없는 말이다.
자유와 평등의 나라에서는 할 수 없는 말이다.
아니. 사실은 그게 아니라.
말하고 싶지 않으니까.
자유와 평등과 정의의 나라에서 그렇게 말하는 것은 올바르지 않으니까.
이 녀석들은 옳지 않은 것이 되고 싶지 않으니까. 사실은 자기가 옳지 않다는 것을 아는 주제에, 그렇게 여겨지는 게 싫으니까.
"악당이 되기 싫으니까 말하지 않았던 거잖아! 비겁한 자식!"

"그렇다."

동시에 미아로나 중령은 방아쇠를 당겼다. 기총 사격이 마지막 모반자를 날려버렸다.

핏물을 내려다보는 채로 미아로나 중령은 혼자 중얼거렸다. 파워팩의 소음에 가려서 같은 조종실의 오퍼레이터가 상대라도 기내 무전이 아니면 말이 닿지 않는다. 좁고 고독한 〈바나르간드〉의 포수 겸 차장석에서.

"그래. 정의의 나라는 비겁하다."

생각해라. 그 말은 생각만 하면 된다는 게 아니다.

행동해라. 그 말은 행동만 하면 어떤 내용이든 칭찬을 듣는다는 게 아니다.

그것도 구별하지 못하는 자에게 그것은 비겁한 행동이겠지.

자기가 한 짓에서 도망칠 수 없다는 것도 모르고, 꼴사납게도 울면서 도망친 노엘레 로히에게도.

뒤늦게나마 적절한 판단으로 투항하고, 또한 사선에 끼어든 닌하 레카프에게도.

폐쇄 공간에서 방사성 오염 폭탄을 터뜨리려고 했던, 무엇 하나도 배우지 못하고 생각할 줄도 몰랐던 졸병에게도.

분에 겨운 자유와 평등을 정의의 이름 아래 부여받은 연방 시민들의 행동은.

"교육해 줘도 배울 생각이 없는, 여가를 얻어도 사색할 생각이 없는, 자유를 얻어도 판단할 생각이 없는 양에게 권리만 던져 준 결과가 이렇다. 생각하기를 포기하고 판단을 맡기는, 그저 주인을 따르는 양으로 있고 싶어 한 자들에게까지 자유와 평등을 떠넘겼으니까 이렇게 되는 거다."

자유의, 평등의, 그 혹독함을 생각하지도 않고.

혹은 자신은 그걸 짊어졌다고 생각하며 무책임하게.

그래, 지배자의 자질을 가진 자에게는—— 자기 자신의 왕이 될 수 있는 자에게 그것은, 자유든 평등이든 감미롭겠지. 명령받지도 않고, 강제당하지도 않고, 원하는 대로 자기 삶을 정할 자유를 누리고…… 그리고 평등의 이름으로 남의 삶도 책임지지 않는다.

지배자의 강함을 가지고서, 자기 인생조차 버거워하는 약한 양을 그 강함으로 지켜주지 않는다.

민주제의 자유와 평등 아래에서 시민은 하나하나가 자기 자신의 왕이라고 비웃으며. 자기 혼자의 왕도 되지 못하는 자의 문제는, 그건 너 혼자의 책임이라고 내친다. 같은 시민이라고 하면서, 자신은 원하는 대로 자유를 누리면서 같은 시민이 바라는 안락은 결코 나눠주지 않는다.

미아로나 중령은 그걸 무책임하다고 생각한다.

과거 기아데 제국에서 민초를 지배하고, 그 지배와 동반하는 책무로서 사색과 판단, 영민 전원의 운명의 책임을 한 몸에 짊어졌던 제국 귀족의 일원으로서 미아로나 중령은 생각한다.

자기 강함을 자기 혼자서 누리고, 양의 연약함은 이해하려고도 하지 않는 시민들의 오만함을.

"자유나 평등 따위는…… 잔혹할 뿐이다. 양의 무리로 있고 싶어 하는 자들에게는."

외부 스피커나 기내 무전도 지금은 스위치를 껐으니까.

어리석고 연약한, 사랑스러운 양들을 죽여야 했던 대영주 딸의 한탄은 아무도 모른다.

[——무거웠지? 아가씨라고 불리는 게. 이제 괜찮으니까.]

닌하의 그 말에 노엘레가 뭐라고 대답하려고 했는지는 들리지 않았다.

무겁고 엄청난 총성이 노엘레와 닌하를, 본대 쪽의 무전기 자체를 부숴 버렸으니까.

"어?"

노이즈를 토하며 무전기가 침묵했다.

기동타격군의 전투가 완전히 끝났을 때, 간신히 자신의 역할을 떠올리고 다급히 아가씨에게 원생해수 발견을 보고하려고 했는데.

돌아온 것은 살아남은 동료들이, 아가씨가, 학살당하는 지옥 같은 광경이었다.

"그럴 리가…… 그럴 리가!"

다시 연결해도 연결되지 않았다. 키아히도 미르하도 리레도 요노도, 누구의 목소리도 대답이 없었다.

오토가 경악한 기색으로 말했다.

"전멸? 다들…… 우리 말고 모두가 죽었단 말이야……?!"

멍하니 멜레는 무릎을 꿇었다. 키아히. 미르하. 리레. 요노. 수

많은 동료.

아가씨.

슬금슬금 슬픔이, 그리고 분노가 치밀었다.

아가씨를 죽인 적에 대한. 아가씨를 구해주지 않았던 원생해수에 대한. 그리고 자기 자신에 대한.

아가씨의 마음은 사실 알고 있었다.

하지만 아가씨는 귀족이니까, 신분이 다르니까. 농노 출신인, 평민인, 아무것도 못 하는 자신에게 그렇게 아름다운 아가씨는 어울리지 않으니까, 계속 모르는 척하고 살았다.

응했으면 좋았을걸. 이렇게 될 줄 알았으면.

마지막이 된 어젯밤에 입맞춤이라도 한 번 해 줬으면 좋았을걸.

나무와 나무 사이, 눈이 부시고 거슬리는 햇살이 비쳤다.

댐에서 순백의 〈레긴레이브〉가 어느새 내려왔고, 그 장갑이 반사하는 빛이었다. 주위를 둘러보는 붉은 광학 센서가 이쪽을 향했다. 거기서는 거리도 있어서 무수한 나무 사이에 숨은 멜레도 오토도, 비탄에 멍하니 서 있는 헤일 메리 연대의 마지막 생존자를 아무도 알아차리지 못하고 그대로 지나갔다.

조종실의 프로세서가 광학 센서의 조작을 시선 추종으로 설정했다는 것 따위는 멜레는 모른다.

그저 조종사의 무관심에 따른 것이라고 그 동작을 해석하고. 자기가 봤으니까 당연히 저쪽도 이쪽을 인식했을 텐데 무관심하게 눈을 돌린 것으로 생각하고, 멜레는 한순간 소름이 돋을 정도의 굴욕과 분노를 느꼈다.

내가 이렇게 슬픈데. 나의 소중한 아가씨가 죽었는데.

왜 너는 함께 슬퍼하지 않는 거냐. 한탄하지 않는 거냐. 분개하지 않는 거냐.

어째서 우리의 슬픔을, 고통을, 괴로움을, 너희는 항상 알아주지 않는 거냐.

너희는. 너희는. 너희는.

"너희는 강한 주제에."

우리와 달리 강한 주제에.

뭐든지 할 수 있는 주제에. 뭐든지 선택하고, 결정하고 나아갈 수 있을 만큼 강한 주제에. 어째서 우리를 지키고, 돕고, 이끌어 주지 않았던 거냐. 아가씨를 구해주지 않았던 거냐.

너희는 강하니까. 그럴 수 있을 만큼 강하니까, 당연히 그렇게 해 주어야 하지 않았느냐.

결정이나 선택이나 생각이나, 그런 귀찮고 어렵고 무서워서 할 수 없는 것으로부터 우리를 지키고, 이끌고, 구하고. 우리도 아가씨도 모두 너희가 구해주면 되지 않았느냐.

그런데 너희는, 아가씨를.

무능하게. 무책임하게. 태만하게, 오만하게, 잔인하게.

"너희가 저버렸다. 너희가 잘못했어!"

상처 입은 야수와 비슷한 포효와 함께.

붉게 물든 단풍 밑에서 갑자기 뛰쳐나온 그림자를 크레나가 제일 먼저 알아차렸다.

——자주지뢰?! ……가 아니야!

주시에 반응해 팝업된 확대 화면의 그림자가 띤 색채는 연방의 쇳빛 전투복이다. 자주지뢰라면 존재하지 않을 얼굴도 있는 아직 젊은 청년, 신의 이능력이 포착한 〈레기온〉의 한탄도 지금은 멀다. 즉, 청년은 자주지뢰일 리가 없다.

인간. 연방군이다. 연방의 전장에 익숙한 크레나의 눈에 순간 그것은 우군으로 비쳤다.

하지만 그렇다면 그 적의는 뭘까. 살의는 뭘까. 가능한 한 공격은 피하라고 전달받은 원생해수의 새끼에게 왜 그런 적의와 살의로 다가가는가.

그 손에 들린, 방아쇠에 손가락을 올린 돌격소총은.

"큭, 헤일 메리! 신!"

소름이 쫙 돋아서 외쳤다. 크레나의 위치는 아직 멀다. 여기서는 늦는다!

"생존자가 아직 있어! 새끼를 공격하려고 해!"

소리치며 뛰쳐나간 멜레에게 이끌린 것처럼 오토가, 동료들이 격발했다. 멜레의 절규와 격정을 그대로 따라서 소리치며 달려갔다. 그래. 그래, 저 녀석들이 잘못했다. 동료의 원수다. 저 녀석들 때문이다. 모두 다 저놈들이 잘못한 거다.

그러니까 원생해수만 죽이면.

원생해수만 죽이면, 그 뒤에는 또 한 마리의 원생해수가 모두를 짓밟아 준다. 증오스러운 〈레기온〉도, 연방도 상관도 귀족들도, 동료를 저버린 이놈들도. 우리가 증오하는 모든 것을, 모조리 깨부숴 준다.

박살을 내버려.

"너희 때문이다."

멜레는 외쳤다. 아니면 오토일지도 모른다. 동료 중 누군가일지도. 이미 서로 구분할 수 없었다. 같은 색을 띤 비분과 격앙이 서로를 물들이고, 전원의 격정을 서로 부채질했다.

"너희 탓이다. 모두 너희 잘못이야!"

"우리는 할 수 없어. 할 수 없으니까 어쩔 수 없잖아. 그걸 너희는 무능하다고, 태만하다고 해대니까! 몇 번이나 짓밟았으니까!"

"괴로웠는데. 힘들었는데. 계속 분하고 힘겨웠는데. 그걸 전혀 알아주지도, 알아주려고 하지도 않았으니까! 그러니까 너희 잘못이야!"

"너희가 우리를 한 번도 지키지도, 도와주지도 않았으니까!"

외쳤다. 달렸다. 분노를 터뜨리고, 절규를, 노호를, 외쳤다.

동료 전원이.

동료 전원이 같은 생각을 하고, 같은 격정을 품고, 같은 말을 외치며, 같은 방향으로 달리는 고양감. 무리 전체가 사고도 감정도 판단도 행동도 공유하는, 한 마리의 커다란 생물이 되는 쾌락.

모두와 하나가 되는 안녕.

그것은 이 얼마나 기분 좋은가.

그것은 이 얼마나 마음 편한가.

멜레는, 그와 하나가 된 헤일 메리 연대의 마지막 생존자들은, 그 쾌락에 황홀해졌다. 자유 따윈, 정의 따윈, 의지 따윈, 개인 따윈, 이 일체감 앞에서 아무런 가치도 없다.

아아.

계속. 이렇게 있고 싶었다. 계속 이러고 싶었다.

이 멋진 경지에. 강대하고 위대하고—— 커다란 무리에.

그 강대함의 상징, 자신들의 위대함의 구현, 손가락 하나로 간단히 모든 것을 부숴주는 강대하고 위대한 폭력의 화신인 총을 들었다.

표적은 아름답고 황홀한 유리 세공품 같은 인어.

이렇게 아름다운 것도, 존귀하며 다른 무엇과도 바꿀 수 없는 것도, 우리는 부술 수 있다.

연약하고 어리석고 아무것도 할 수 없는 우리가 부술 수 있다.

힘을 합쳐서. 모두의 힘으로.

멋지다.

끝좋다.

그때.

열선종에게 이동을 재촉하기 위해 〈언더테이커〉를 댐의 꼭대기에서 하류의 강바닥으로 내려보낸 것이 다행이었다.

고기동 전투에 특화된 〈레긴레이브〉의 최대전속 질주에서 나오는, 강렬하게 대지를 박차는 제동으로, 무겁게 땅을 울리며 〈언더테이커〉는 착지했다. 헤일 메리 연대의 생존자와 음탐종 사이를 가로막는 위치. 배후의 음탐종을 그 몸으로 감싸는 위치에.

무수하게, 붉디붉은 단풍의 비가 소리도 없이 내렸다. 날이 막 밝은 아침의 숲. 투명한 햇살과 낙엽의 비 한가운데에서 신은 마지막 반역자들과 대치했다.

〈레긴레이브〉의 장갑은 돌격소총의 총탄 정도로는 관통되지 않는다.

폭약 부류도 소지할 수 있는 정도의 양이라면 밀착하지만 않으면 파괴되지 않는다.

그래도 멈추지 않는다면── 더 접근하겠다면 쏠 수밖에 없다.

기갑병기인 〈레긴레이브〉에 인간을 적당히 제압하기 위한 무장은 없다. 전차의 견고한 장갑도 파괴하기 위한 88mm 활강포, 고주파 블레이드, 대장갑 파일드라이버. 장갑이 얇은 병종에만 효과가 있지만, 인간을 상대하기에 위력이 과한 12.7mm 중기관총. 무장은 아닌 와이어 앵커, 대수롭지 않은 발차기 하나만으로도 10톤이 넘는 기체중량 자체가 인간에게는 흉기다.

발을 멈추지 않는다면 죽일 수밖에 없다.

방아쇠에 손가락을 걸었다. 시스템이 조준 레이저를 발사, 자동으로 전차포를 움직였다.

눈에 보이지 않는 레이저의 열기에, 88mm 포의 어두운 암흑을 담은 위압적인 포구에, 병사들이 움츠러들었다. 그대로 발을 멈춰달라고, 거의 기도하는 듯한 신의 마음과 달리—— 전원의 공포는 순식간에, 그리고 기묘하게도 일제히 똑같이 강렬한 분노로 덧칠되었다.

다른 얼굴인데, 똑같은 얼굴.

모두가 다른 인간일 터인데, 어째서인지 분간이 가지 않는 그 표정.

신은 전율했다. 뭐가 그렇게 무서운 건지 모르는 상태로 진심으로 공포에 젖었다.

동시에 깨달았다. 위협으로는 멈출 수 없다.

쏠 수밖에 없다.

각오했다. 굳은 손가락을 질타해 힘을 넣었다.

방아쇠를 당기는. 그 순간.

그보다도 한순간 빨리 달려온 장갑보병대가, 정찰부대가, 겨눈 총을 쏘았다.

아무런 주저도 없이.

장갑보병이 휴대하는 12.7mm 중기관총은 강화외골격의 보조로 간신히 혼자서 운용할 수 있을 뿐이지, 원래는 차량이나 항공기에 탑재해 운용하는 구경이다. 본래 보병이 혼자서 발휘할 만한 화력이 아니다.

그 중기관총의 전자동 사격이 낳은 탄막을, 더불어서 대경장갑용 풀사이즈인 7.62mm 라이플탄의 사격을 옆에서 정통으로 맞았다.

청년은, 뒤에서 따르던 병사들은, 다음 순간 사라졌다.

악귀 같던 얼굴로, 갑자기 옆에서 날아온 충격에 날아가서, 광학 스크린의 화면 밖으로 사라졌다. 핏물과 불을 뿜는 듯한 증오의 시선만을 신의 망막에 새기고, 그 이외에는 이 세상에 남기는 것 없이 튕기고 찢겨서 사라졌다.

신은 한순간 정신이 멍해졌다.

갑작스러운. 그리고 무자비하며 갑작스러운 전장의 죽음에 익숙해진 그 눈에도 그것은 너무나도 무참하고 어이없이 비치는 죽음이었다.

증오마저도.

죽을 때까지, 정말로 죽는 순간까지 스스로를 지배했을 정도로 선명한 증오마저도.

아무것도.

어딘가 멍하니 둘러본 시선 끝. 서 있던 이스마엘이 태연하게 말했다.

전자동 사격의 열기로 아지랑이가 피어오르는 7.62mm 돌격소총을 어깨에 짊어지고.

“말했잖아, 대위. 구할 수 없었던 녀석은 네 책임이 아니라고.”

“대령님…….”

"하물며 전혀 관계도 없는, 멍청한 머리로 여태까지 멍청한 짓만 해댄 녀석들이 왜 구해주지 않았냐는 소리를 뻔뻔하게 해대는데, 그걸 네가 왜 도와줘야 하지? 아무리 그래도 그건 너무 알량한 소리야."

캐노피를 연 상태인 〈가듀카〉의 옆, 프레데리카가 몸을 떠는 것을 알아차리고 비카는 눈을 가늘게 떴다. 위의 경련을 참는, 그것을 들키지 않으려고 억누르는 움직임.

붉은 눈동자는 그 이능력의 발동을 뜻하며 희미하게 빛나고 있었고, 무엇을 본 건지는 물을 것도 없었다.

"저버리라고 말했잖나, 마스코트."

무력한 마스코트에 불과한 소녀로서는 구할 수 없는 자들 따윈.

독선적인 바람을 서로에게 떠들어댄 끝에 멋대로 죽은 자들. 동정은 물론, 죽는 모습을 지켜봐 줄 필요조차 없는 어리석은 자들 따윈.

프레데리카는 곁눈질로 이쪽을 올려다보았다.

"싫다. 애초에 그대에게 명령받을 만한 이유 따윈 없다, 살모사."

몸을 돌렸다. 프레데리카는 똑바로 뱀의 왕자를 노려봤다.

"그래, 내가 배신하지 않는 것은 나의 양심이니라. 그리고 내가 지금 지킬 수 있는 것도 양심뿐이다. 분명히 지금은 누구도 지킬 수 없고 누구도 구할 수 없다. 그렇다고 해서 저버리기로 하면 그

때는 양심조차도 지킬 수 없다. 그렇다면 지금은."

번쩍번쩍 빛나는, 그 흘러내릴 듯한 선혈의 빛을 띠고 불타는 화염색 눈동자.

"눈을 돌리지 않는 것이 내가 해야 할 일이니라. 언젠가 그대나 신에이처럼 지켜내는 힘을 얻었을 때는 누구도 놓치지 않도록. 추락하는 모습도, 파멸의 형태도 지켜보는 것이 지금의 내 싸움이니라. 간섭받을 이유 따윈 없다."

비카는 눈을 슬쩍 가늘게 떴다.

희미한, 언짢은 수준의 혐오로.

"양심이라. 그런 건 가지고 있어도 방해만 될 뿐이다."

아름다울 뿐이지 아무런 힘도 현실에 갖지 않는, 인간에게 족쇄에 불과한 공허한 모범 따윈.

"알 바 없다."

하지만 프레데리카는 단호하게 말했다.

화염색 눈동자를 번쩍번쩍 빛내면서.

"언젠가 그대는 말했지. 왕이 되지 못하더라도 왕족으로 행동한다. 그렇게 있고 싶다고 생각한다고. 왕은 아니더라도 왕족으로 행동한다고. 그래. 그것은 본받도록 하지. 나는 누군가가 내리는 왕관이 아니라 나의 행동과 각오로 나 자신의 왕이 되지."

그 말에 비카는 이상함을 느꼈다. 자기 자신의 왕. 그것은 딱히 에이티식스들과 다를 바 없다. 그건 좋다. 하지만.

누군가가 내리는 왕관이 아니라?

한 박자 뒤에 깨달았다. 아무리 뱀의 왕자라도 한순간 놀랐다.

눈앞의 이 소녀는 제국 귀족의 혈통 정도가 아니라…….
그 시선을 맞받으며 프레데리카는 낮게 말했다.
"과연, 정말로 동요가 안색에도 거동에도 드러나지 않는군. 그것도 배워야 하겠지."
"경은……."
"나의 사정에 흥미는 없겠지."
딱 자르듯이 말했다. 비카는 작게 탄식했다.
"뭐, 분명히 그렇지만."
괴뢰 취급이 너무 길어서 영지도 없는 옛 여제 따윈 보호해도 이득이 없을 뿐만 아니라 해만 된다. 아무리 대국인 연합왕국이라고 해도 대륙 최대의 초대국인 연방과 대놓고 대립하고 싶지 않고, 옛 제국의 대귀족들, 천년의 세월이 지났어도 아직 이어지는 바보 같은 대립에 휘말리는 것도 사양이다.
다만.
"지금의 나라면 그렇다고 단언하지 않을 거란 생각은 안 했나?"
〈레기온〉 전부를 정지할 수 있는, 독수리 황실의 혈통—— 조국의 곤경을 타파할 수 있는 열쇠 중 하나를 눈앞에 둔 연합왕국의 왕족이.
프레데리카는 그래도 이번에는 움직이지 않았다.
"조건이 맞춰지지 않은 채로 움직일 만큼 이디나로크의 자수정은 경솔하지 않겠지."
"흥." 하고 비카는 코웃음을 쳤다. 거기까지 이해했다면 좋다.
"이 사실을 누가 더 알고 있지? 밀리제는…… 아닌가. 노우젠은 알고 있군?"

"그렇다……."

나중에 신의 등에 벌레라도 넣어줘야겠다고 비카는 생각했다. 함부로 남에게 밝힐 정보는 아니고, 그렇지 않더라도 타인의 사정을 말하지 않는 그 성실함은 신용할 만하지만.

왠지 열받으니까.

"그렇다면 여태까지 그랬듯 저들과 협동할 뿐이다. 그 말처럼 나에게는 카드가 부족하지."

명령자인 프레데리카만이 아니라 그 명령을 발신하는 사령 거점의 탐색과 제압. 외국인 연방에 갇혀서 조국으로 돌아갈 방법도 없고, 지휘하에는 1개 연대밖에 없는 비카로서는 탐색도 제압도 불가능하다. 신과의—— 기동타격군과의, 연방군과의 협동은 필수다.

그 보호자이며, 연방 잠정 대통령인 에른스트와도.

고개를 끄덕이는 프레데리카의, 아델아들러 황실의 화염색 눈동자를 바라보며 말했다. 옥좌에서 쫓겨났지만, 황족의 긍지를 버리지 않는다. 마찬가지로 왕이 될 수 없는 왕족인 일각수 왕실의 제왕색 눈동자로.

"여태까지 이상으로 몸을 아껴라. 정말로 모두를 지키기 위해서."

이스마엘의 말처럼 댐 꼭대기에서 열선종이 고개를 내민 순간,

음탐종이 꾸우꾸우 하고 고음의 울음소리를 내며 카두난 강으로 통하는 지류를 되돌아가기 시작했다.

열선종도 응답해서 댐에서 강으로 이동하고——거대한 덩치가 다시금 넘어간 콘크리트 수문의 잔해가 무참하게 무너진 것도 어쩔 수 없는 일이다——두 마리의 원생해수는 드디어 단풍 비단을 두른 카두난 강에서 합류했다.

감동의 재회라고 하기에는, 신나게 휘둘린 신으로서는 정말 손톱만큼도 감회가 없었다.

다른 프로세서나 장갑보병도 그건 마찬가지라서, 제발 빨리 돌아가 달라고 하는 분위기로 멀찍이서 지켜보았다. 파이드만이 두 마리 근처의 강가로 다가가서 삐삣 하고 우호적인 전자음을 울렸다.

원생해수들은 반응도 하지 않았다.

"삐……."

조금 상처 입은 모양이다.

축 어깨(기체 앞부분)를 늘어뜨린 파이드의 뒷모습을 바라보며, 그도 그럴 거라고 신은 생각했다. 이렇게 짧은 시간에 이종족 교류가 성립되면 천 년 동안 원생해수와 계속 싸운 정해씨족의 체면이 없다.

실제로 애수를 띤 파이드를 이스마엘은 아주 기막힌 눈으로 바라보고 있고, 그런 이스마엘을 시야 가장자리에 넣은 듯한 열선종이 이번에는 엄청난 기세로 돌아보았다.

긴 목을 한계까지 내리고, 잡아먹을 듯이 이스마엘을 노려봤다.

여기가 육상이 아니었으면—— 인간의 영역이 아니었으면 다짜고짜 열선이라도 토할 듯한 분위기다.

"혹시 너, 기억하는 거냐……?"

정해씨족의 특징적인 문신을. 바닷바람과 볕에 타서 빛바랜 금발을. 몸에 배어서 지워지지 않는 바다 냄새와 섞인, 여태까지 계속 싸운 숙적의 냄새를.

"훗." 하고 웃은 이스마엘의 얼굴에도 흉포한, 그러면서 어딘가 친근함을 띤 미소가 떠올랐다.

"뭐야. 빤히 보지 말라고, 짜샤. 확 날려버린다, 꼬맹이."

기쁜 건지 화내는 건지 알 수 없다. 혹시 양쪽 다일지도 모른다.

음탐종이 무관심하게 카두난 강을 따라 북쪽으로 헤엄쳐갔다. 긴 목을 잔뜩 쳐들어 이스마엘을 노려보면서 열선종이 그 뒤를 따랐다.

원생해수가 강을 통과하고, 강에 연이은 댐을 제압하는 각 부대에 관제관들로부터 건드리지 말라는 지시가 날아들었다.

†

북방 제2방면군의 반역자는 전원이 사망하고, 남은 핵연료도 회수되었다.

북부 제2전선의 위기를 넘겼다는 보고를 받고 에른스트는 길게 숨을 내뱉었다.

아쉽다, 라고.

어딘가 모르게 그렇게 생각하는 마음을, 에른스트는 막을 수 없고 막을 마음도 없었다.

——각하는 그 이상을 지키는 것 따윈 아무래도 좋으신 것 아닙니까?

"맞아……."

중얼거렸다. 대통령 관저의 공허할 뿐인 집무실에서.

"전부 아무래도 좋아. 나에게는 이미 두려운 것 따윈 아무것도 없으니까."

소중한 것이, 없으니까.

잃고 싶지 않은, 지켜야 하는 것이, 내게는 이미 하나도 남아있지 않으니까.

그녀가 믿었고, 그렇게는 되지 않았던 인간의 바람직한 이상조차도.

그래도 그녀가 믿은 이상이니까, 여태까지 계속 지켜왔다. 누구든 버리지 않고, 누구든 구하고, 다정함과 정의로움이 넘치는 세계. 그걸 더럽힌다면 인간도 나라도 세계도 멸해버리겠다고 진심으로 생각하며.

하지만 그것조차도 사실은 아무래도 좋다.

"그녀는 이미, 없으니까."

†

히아노 강에서 철수한 제4기갑 그룹이 귀로를 지키는 리토 일행과 합류하고, 함께 제일 북쪽까지 진출했던 제3기갑 그룹이 철수를 개시했다. 그리고 후진이 충분히 거리를 벌렸을 때, 레카나크 댐을 폭파했다.

굉음과 함께 아치댐 특유의 얇은 콘크리트 제방이 붕괴. 막고 있던 레카나크 강의 막대한 물을 본래의 하류로 흘려보냈다.

이어서 인접한 미오오카 댐, 니우세이 댐이, 철수한 전대가 통과하고 주변을 제압하던 부대가 후퇴한 것을 확인한 뒤에 폭파되었다. 실을 되감듯이 철수하는 우군을 회수하면서, 카두난 강을 되짚는 형태로 22기의 댐 전체를 파괴했다.

마지막으로 로기니아 강을 상류에서 막는 로기니아 댐이 폭파되고, 타이밍을 맞춰 옛 타타츠와 강과 신 타타츠와 강 사이의 수문이 봉쇄되었다. 히아노 강을 형성하는 모든 물이 로기니아 방어선의 메마른 강바닥으로, 간척된 워미덤 분지로 밀려들었다.

육전의 패자인 〈레기온〉을 단호히 거부하는 대하천 로기니아와 수렁의 분지가 백여 년의 시간을 넘어서 북방 제2방면군 앞에 출현했다.

†

열선종은 회수한 새끼를 데리고 인류가 군항 지노리라고 부르는, 북해로 통하는 하구에 도달했다.

멀찍이서 이쪽을 감시하는 금속제 적성 존재는 먼저 덤비지 않으니까 아랑곳하지 않는다. 그보다도 먼바다, 기다리는 무리의 노랫소리에 의식을 향했다.

음탐종 새끼가 얼른 차가운 바닷물에 들어갔다. 길게 이어진 외투막과 철갑 사이로 물을 빨아들이고 분사하는 고속 이동으로 무리에게 향했다.

그 뒤를 따라서 열선종도 바닷속으로 몸을 담그고 헤엄쳤다. 무리에게로. 저 멀리 북쪽의 익숙한, 차갑게 얼어붙은 바다로.

연한 파란색 어둠 속에서 열선종의 뇌에 문득 기억이 스쳤다.

새끼를 회수한 웅덩이에 있던 연약한 이족보행체들. 흉포한 그들답게 이족보행체들끼리 죽고 죽이는 가운데.

들어본 적 없는, 알아들을 수 없는── 하지만 자신들에게도 확실히 닿는 느낌으로 울던 개체가 있었던 것은 대체 어쩐 일일까.

†

연방군의 여러 훈련기지 중 하나에 소속된, 은발 은안의 헨리 노투 중위는 의용병으로 연방군에 참가를 희망한 전 공화국 군인으로. 즉, 공화국인이다.

공화국 군인으로는 보기 드물게 성실하게 근무했던 것을 평가받아서, 계급은 원래대로 위관. 소집된 예비역 학교에서는 같이 훈련받던 연방군인들에게 따돌림을 당했지만, 공화국이 에이티식스에게 한 짓을 생각하면 당연하다고 여겼기에 신경 쓰지 않았다. 때때로 험담이 들릴 뿐이지 괴롭힘이 없었던 점에서, 연방군은 규율이 바르다고 생각할 정도다.

그 동료 중 하나가 공용 공간에 있는 전화 부스 앞에서 손짓하기에 헨리는 의아한 기색으로 스스로를 가리켰다.

개인용 전화는 이 부스에서 허용되지만, 헨리로서는 쓸 일이 없다. 아버지와는 의용병으로 지원할 때 충분히 이별을 아쉬워하며 인사를 나누었으니까, 고작 한 달여 만에 말을 나눌 필요도 없다.

그럴 터인데 동료는 말했다.

"그래, 중위. 헨리 노투 중위. 너한테 전화가 왔다. 동생이다."

"어?"

달려갔더니 동료의 표정이 여태까지와 달랐다. 뭔가 머쓱한 느낌이다.

미안한 짓을 했다고 생각하는 듯한 기색.

"중위의 동생, 에이티식스였어?"

헨리는 몸이 바짝 굳어버렸다. 가족을 버렸다고 말하려는 걸까.

헨리가 양어머니와 동생을. 클로드를 버린 것은 분명히 맞지만.

"그래……."

"그런가. 그것참…… 힘들었겠군."

뜻하지도 않은 말이었다. 무심코 헨리는 키가 큰 동료를 올려다보았다.

헨리와 동갑이든가 한두 살 위 정도인, 아직 젊은 예비역 동료.

"중위의 나이라면 강제수용이 시작될 무렵에는 열일곱 살 정도였겠지. 나라면 뭐든지 할 수 있다고 생각하겠지만, 사실은 아직 할 수 없을 나이야. 그건…… 힘들었겠지."

"……."

"그러니까 볼 낯이 없다든가 하는 이유로 동생을 피하지 마. 전화했으니까 저쪽은 이야기할 마음이 있는 거잖아. 그렇다면 그 기회를 빼앗지 마."

"고마워……."

아니, 한 차례 빼앗았으니까 클로드는 그렇게 화냈던 거겠지.

화냈지만, 그래도 또 이야기할 기회를 준 거라면.

[형……?]

"클로드인가."

거리감을 잘 재기 어렵다는 목소리였다.

헨리를 부대의 핸들러로밖에 보지 않았을 적에는 오히려 거리낌이 없었다. 형이라고 안 뒤에 그렇게 된 것이, 벌어져 버린 시간과 관계를 통감하게 했다.

——형아.

클로드는 예전처럼은 두 번 다시 불러주지 않는다.

[슬슬 훈련 과정이 끝난다고 들었으니까. 그 전에 이야기할까 해서…….]

"응……. 고마워."

전선에 배치되면 아마도 이런 식으로 편하게 전화를 받을 수도 없으리라.

"지금 뭐 하고 있지?"

노력해서 평안한 목소리를 냈다. 클로드가 속한 기동타격군도 어디 전선에 나갔을 줄 알았는데, 전화한 걸 보면 본거지로 돌아온 거겠지.

[음. 달구경을 하고 있어.]

"달?"

[그런 축제가 있다나. 신…… 어어, 우리 전대장이 86구에서 못 했던 것을 2년 만에 한다고 그래서. 이상한 풀로 장식하고, 잘 모를 과자를 먹고 있어.]

부스와는 정반대 방향에 있는 창밖, 마침 떠오른 달을 바라보았다.

클로드가 지금 보고 있는 달과 같은 달.

"그런가……. 그건 좋군."

달맞이에는 이게 필요하다면서 뤼스트카머 기지의 연습장 주변에서 뽑아온 이삭이 긴 풀. 몇 개씩 묶은 그것을 여기저기에 내건 식당에서 신은 아직 요양소에 있는 레나와 지각동조를 연결하고 함께 같은 달을 보았다.

월병이란 것은 미치히가 주도해서 비슷한 것을 만들었다. 경단이라는 삶은 반죽을 곁들인다고 신은 들었기에, 밀가루 반죽한 것으로 준비해달라고 하고. 거기에 찐 감자를 곁들인다는 설이 극동흑종(오리엔타) 대원들에게서 나왔는데, 찐 감자와 고구마 중 뭐가 정답이냐를 놓고 왈가왈부하다가 결국 양쪽을 다 준비했다.

아마도 둘 중 하나, 어쩌면 양쪽 다 틀렸을 수도 있지만, 그냥 기분이다.

2년 전의 86구에서 달맞이를 하자고 처음에 말했던 쿠조가 달 토끼가 어쩌고저쩌고 했던 것을 떠올린 라이덴이 사과로 토끼를 만든 결과 테이블 한구석에 왜인지 사과 토끼 만들기 교실이 열리기도 하고.

감자와 고구마는 취사반이 찌기 싫다고 하는 바람에 버터를 얹어서 굽거나 타르트를 만들었다. 버터로 구운 것을 돌리길래 하나 받아서 포크를 찌르다가 반달 모양인 것을 깨닫고 같은 모양의 달을 보았다.

대화 내용은 아쉽게도 풍류도 없이 북부 제2전선에서의 소동 이야기다.

재미도 없는 내용이지만, 작전 상황을 레나가 듣고 싶어 했으니까 어쩔 수 없다. 핵무기 제조의 황당함에 곤혹스러워하고, 즉흥적인 헤일 메리 연대의 행동에 눈살을 찌푸리고, 방사성 오염 폭탄의 사용에 할 말을 잃고, 급기야 원생해수가 난입하는 대혼돈에 머리를 싸쥐고, 마지막으로 레나가 짜낸 말이.

[저기…… 정말 고생이 많았네요…….]

"작전 자체는 그렇지 않았을 터였는데."

아무튼 작전과는 본래 무관계한, 주변 상황의 혼돈이 극에 달했다.

버터구이의 마지막 하나를 입에 넣고 삼키면서 신은 말을 이었다.

"일단 좋았던 일도 없는 것은 아니라서. ……회수수송형은 격파기나 포탄 파편의 회수만이 아니라 점령지의 오염도 제거하도록 설정된 것이 이번 일로 확인되었어. 그러니까 폭발한 방사성 오염 폭탄의 영향은 최소한으로 끝날 것 같아."

레나가 숨을 훅 내쉬었다.

[그건…… 그것만이라도 다행입니다.]

"그래. 그리고 조금 반성한 것도 있어서."

[예? 뭔가요?]

"헤일 메리 연대의 수괴는 원래 자기가 선동했다고 해도, 점점 심해지는 대원의 요구라고 할까, 기대에 부응하려 한 결과, 폭주를 멈출 수 없게 된 모양이야."

닌하가 그렇게 증언했다고 신은 들었다.

제국에서는 도시 하나를 영지로 둔 향사 집안의 딸로, 그 도시 출신의 병사들에게서 주군이라고, 아가씨라고 숭배받았다는 수괴.

아마도 그녀 자신은 영민을 이끄는 우두머리, 올바른 마음의 주군이라고 자부하고, 그렇게 행동한—— 그 최후.

"밑에 있는 녀석들은 숭상하며 따르기만 하면 안 된다. 돕는다는 마음으로 있어야만 한다. 그러지 않으면 위에 서는 자를 계속 추어올린 끝에 망가뜨리게 된다. 우리는……."

우리 에이티식스의 여왕 폐하에게.

"레나에게 부담을 끼친 게 아니었을까…… 싶어서."

달맞이 이야기를 들은 관리인이 만드는 법을 가르쳐 준 스위트

포테이토. 창밖의 달과는 달리 보름달 모양으로 만든 그것을 저녁 식사의 디저트 대신 요양소 동료들과 먹으면서 레나는 우스워졌다.

그게 다른 사람도 아닌 신이 할 말일까?

동부 전선의 목 없는 저승사자.

왕 정도가 아니라 구원의 신으로 계속 존재한 당신이.

"걱정할 필요 없습니다. 당신들은 따르는 게 아니라 도와주었어요. 숭상하는 게 아니라 믿어주었어요."

여왕 폐하.

그 호칭은 경의지만, 신뢰지만. 숭배도 아니고 하물며 강박도 아니다.

"게다가 전혀 기대지 않는다는 것도 괴롭거든요? 알고 있죠? 난 또 울어버릴 거예요?"

신은 쓴웃음 지었다.

연합왕국에서 있었던 레나와의 갈등을 그도 떠올린 모양이다.

[그랬지…….]

"그렇죠?"

미소 지으면서 레나는 말했다. 무심코 만족스럽게, 자랑스럽게 풀어진 입가.

"신경 쓰지 않아도 여태까지 충분히 도와주었어요. 정 뭐하면 신은 조금 더 마음을 풀어도 될 정도예요. 저번의 심각한 레나 부족 현상 때처럼."

[오호. 언질은 받았다고 해도 될까.]

농담을 섞어서 신이 대답했다. 그런 말을 해도 좋은지 장난을 꾸미는 어린애처럼.

그리고 갑자기 진지한 어조로 바꾸어 말했다.

진지하고, 조금 성급할 정도인 그 목소리의 열기.

[레나가 부족해. 어서 만나고 싶어. 곁에 있고 싶어.]

레나는 "후후후." 하고 소리 내어 웃었다.

휴식은 충분히 취했고, 그러니까.

휴식을 취해서 머릿속에 가득하던 허무감이나 죄악감이나 출구 없는 번뇌가 해소되어서. 본래라면 장래의 꿈이나 내일의 즐거운 예정, 지각동조 속의 애인으로 가득 메워야 할 마음의 공간이 휑하니 비었으니까.

"예. 나도 당신이 부족해요."

클로드가 전화를 마치고 돌아왔고, 멀리서 그 얼굴을 보고 있던 앙쥬가 문득 물었다.

"더스틴 군은 어머님에게 전화했어? 걱정하고 계실 거야."

"그건 그렇지만……."

이 또래의 소년은 너무 어머니에게 잔소리를 듣고 싶지 않은 법이다.

다만.

"비겁하게 굴어도 된다고 앙쥬가 말해 줘서…… 고마웠어."

그러지 않으면 제국 출신에, 공화국에서 유력자인 것도 아닌 어머니는 피난이 늦었을지도 모른다.
살아날 수 없었을지도 모른다.
앙쥬가 웃었다.
"그 정도야."
그리고 조금 생각한 뒤, 시선을 더스틴에게서 떼며 말을 이었다.
"나를 위해서라도 조금은 비겁하게 있어."
응? 싶어서 바라보았다. 하늘색 눈동자는 이쪽을 보지 않았다.
"더스틴 군은 결백하니까, 비겁한 걸 싫어한다는 건 아니까. 그러니까 나를 위해서라도 조금은 비겁해져. 돌아올 수 없어지기 전에, 멈춰서 돌아와 줘."
시선을 내린 채 살짝 두려움에 찬 눈동자가 떠올리는, 그녀를 두고 돌아오지 못했던 누군가.
돌아왔으면 싶었지만 돌아오지 못했던, 소중한 누군가.
같은 상처를 절대로 안겨주고 싶지 않다고 생각하기에.
"네가 싫어하지 않을 정도로."
그녀가 싫어할 정도의 비겁자는 되지 않겠지만, 그녀에게 또 상처를 주지 않기 위해서.
"그리고, 그렇다면 앙쥬도 내 탓으로 돌려도 되니까 비겁하게 굴어 줘. 앙쥬도 못 돌아오면 안 되니까."
"어머, 나는 적당히 비겁하게 군다고 생각하는데? 기대도 된다고 그러니까 충분히 기대고 있잖아."
"그건 비겁한 게 아니잖아."
장난스러운 미소와 함께 어깨에 작은 머리를 기대는 것을 끌어

당겼다. 가볍게 귓가를 간지럽히는, 한 달 만의 달콤한 소리에 더스틴도 자연스럽게 행복한 웃음이 떠올랐다.

단 혼자라도 왕인 자가, 자기 자신의 왕인 자가 되자고 프레데리카는 결심했다.

왕인 자는 어두운 얼굴을 해선 안 된다.

자기 자신의 일로 빠듯해선 누구도 도와줄 수 없다.

그러니.

"일단 나는 나 자신을 칭찬해 주어야지."

힘주어, 끄덕이고.

"오래 기다렸지, 꼬맹이들! 갓 구운 호박 파이의 강림이다!"

"음, 기다리고 있었다! 나도 하나 다오!"

취사반장인 중위가 파이 그릇을 두고 간 곳에 덤벼드는 한창때의 소년 소녀의 무리에, 프레데리카는 과감히 돌격했다.

헤어질 때 활짝 웃는 미아로나 중령과 그런 중령에게 분명히 쓴웃음을 짓던 부하 청년이 산더미만큼 안겨 준, 원자력발전이나 핵무기에 대한 서류들은.

"나로서는 전혀 이해가 안 갔어."

내용은 제쳐 두고, 아름다움이네 뭐네 하는 건.

뭐, 이것저것 시식해 보라고 미아로나 중령도 말했지만, 아쉽게도 시덴의 입맛에는 안 맞았을 뿐이다.

최종적으로 뭔가 재미있어 보이는 것을 찾으면 그 중령은 그것도 기뻐해 줄 것 같고.

자료 자체는 자습실에 두었더니 종종 돌려보는 모양이니까. 그 중 한두 명은 전부 보고 다음 것이 필요하다고 교원에게 부탁한 듯하니 중령의 노력도 헛된 것은 아니겠지.

"아름다움이라."

그 말은 왠지 모르게 잘 와닿는데.

엷은 구름 뒤에 숨은, 그렇기에 주위의 구름을 아름답게 물들이는 달에, 왠지 모르게 손을 뻗었다.

강대국의 왕자인 비카지만, 자기 일은 대부분 스스로 할 수 있고 스스로 한다.

그런 것은 알고 있었지만, 설마 사과 껍질을 균일하게 얇은 리본 모양으로 깎을 수 있을 줄은 몰랐고, 더군다나 사과 토끼를 만들고 싶어 할 줄은 생각지도 않았기에, 라이덴은 재주 좋게 토끼 귀를 만드는 비카를 곁눈질로 보았다.

그리고 설마 전선의 병사들은 대개 자기 것을 가지고 있다고 해도, 공구나 나이프 등을 한데 모은 멀티툴을 그도 가지고 있을 줄이야.

"레르케는 사과로 토끼 안 만들어?"

"아아, 밀란 님. 소생에게 과일 장식은 도저히 무리입니다……."

"그렇게까지 예쁘게 안 만들어도 되니까. 너희도 저기 〈스캐빈저〉에게 사과를 깎으라고 하지 않겠지."

활짝 열린 창밖에서, 풍류 있게도 달을 올려다보던 파이드가 다가왔다.

미치히가 재미 반으로 과도를 넘겨줬는데…… 〈저거노트〉의 운반부터 제설까지 해내는 재주 좋은 파이드라도 불가능한 것은 있는 모양이다. 몇 번이나 집으려고 해도 자꾸만 떨어뜨렸다.

어깨를 축 늘어뜨린 파이드와 광학 센서 근처에 손을 대고 동질감을 보이는 레르케를 보며 라이덴은 말했다.

"비카. 할 줄 안다는 건 알았으니까 몇 개나 깎으려고 하지 마. 그걸 누가 먹는다고."

제왕색 눈동자가 이쪽을 향했다. 의외라는 듯이.

"왜?"

"아니. 분명히 그렇게 부르라고 한 건 나지만…… 어쩐 일로 그렇게 부르나 해서."

슥슥 사과를 깎으면서 라이덴은 말했다.

"뭐라고 할까, 너무 무거운 게 아닌가 싶어서. 왕자님이라고 불리는 것도."

모두를 구해야 하고, 구할 수 없다면 그 책임을 진다. 왕자로 있기에 그것을 짊어질 각오를 했을 뿐인, 어떻게 할 수도 없는 그 중책.

자기가 프레데리카에게 한 말이다.

그리고 공화국의 시민들이, 헤일 메리 연대의 생존자가 외친

말. 자기들을 도와라. 지켜라. 구해라. 매달리고, 계속 요구하고, 추종하면서 몰아대고, 그들을 이끄는 영주의 딸을 자기 자신들과 함께 그대로 밀어 떨어뜨린 양의 무리.

그 왕으로 있는 것은.

자기 한 명만이 아니다. 수많은, 무수한, 추종하면서도 몰아대는 양들의 주군으로 있는 것은.

"나는 네 신하가 아니야. 왕자님이라고 말하며 따르는 것도 아닌 녀석에게까지 왕자님으로 불릴 이유는 없다고. 생각하는 게 아닐까 싶어서."

그것이 충성도 숭배도 품지 않은, 별명 대신일 뿐인 호칭이라고 해도.

비카는 살짝 고개를 갸웃거렸다.

"무겁다고 생각한 적은 없다만……."

신분이란 것은 선천적으로 가진 것이라는 점에서 이목구비나 마찬가지다.

인간이 손발을 무겁다고 생각하지 않듯이. 비카는 왕족의 신분을 무겁다고 느낀 적이 없다.

없긴, 하지만.

"훗." 하고 비카는 재미있다는 듯이 웃었다.

"그렇군. 경은 나의 신하가 아니다. 어차피 경의를 표할 생각도 없다면, 이름으로 불리는 편이 좋겠군."

그런 대화에 그 자리의 다른 이들이 서로의 얼굴을 마주 보았다. 제일 먼저 크레나가 수긍했다.

"그렇다면 우리도 앞으로는 비카라고 부를게."

"잘 부탁합니다, 비카."

"그것보다 비카도 그 경이라는 소리 그만둬. 슬슬 이름으로 부르라고."

"그래! 기니까 아예 비라고 부르면 어때?"

아주 신난 토르가 거수했다. 비카는 아름답게 미소를 지었다.

"물리적으로 목이 날아가고 싶은가, 이 자식."

"그만둬라, 일곱 살 꼬맹이, 장난으로 한 말이다."

"옙. 소생도 장난으로 한 겁니다. 정말로 장난이니까 겁먹지 마시길, 재버워크 님."

한 달 만에 제레네의 납골당을 찾아온 야트라이는 눈썹을 쳐들었다.

"꽤 심한 몰골이로군, 제레네 빌켄바움."

〈레기온〉인 제레네에게는 그 의지와는 무관계하게 정보 누설을 막는 장치가 있는 듯하다는 사실은 연방군 정보부대도 야트라이도 파악하고 있다.

그 장치란 것이 그녀의 자작극이 아닌지 확인할 방법이 없다는 것도.

그러니까 모조리 말하게 하라고, 야트라이는 정보부원에게 명령했다. 제레네가 말하려고 하는 것을. 그리고 연방이 확인하고 싶은 모든 것을 질문하고 대답하게 하는 것으로.

회답 불능이라고 제레네가 말한다면, 그것 또한 하나의 정보다. 〈레기온〉은 무엇을 회답 금지로 설정했는가. 고철덩어리들은 뭘 숨기고 싶어 하는가. 차곡차곡 쌓으면 그것도 실마리가 된다.

물론 본래 〈레기온〉의 기능으로는 불가능한 인간의 말을 통한 대화를 오랫동안, 그리고 연일 강요당하는 제레네에게는 커다란 부담이 걸렸지만.

구속 컨테이너의 안, 제레네는 이미 야유 한마디도 하지 않았다. 전자음성이 늘어진 느낌으로 물었다.

《무슨 일인가.》

"아니, 약간의 포상이다. 자세하게는 말하지 않겠지만, 네가 말한 금지사항의 견고함에 대한 한 가지 방증을 얻었다. 고생한 보람이 있어서 너의 신용이 모래알만큼은 회복되었다고, 그것을 전할까 싶어서 말이지."

북부 제2전선에서의 소동에서 그 추측만큼은 얻어냈다.

〈레기온〉은 핵연료를 적극적으로 탈취하려 하지 않았다. 〈레기온〉에 부여된 금지사항 중 적어도 핵의 사용에 관한 부분은 나름 탄탄하고 엄밀했던 모양이다.

핵무기는 물론 방사성 오염 폭탄도 금지되어 있다. 혹은 원자로와 열화우라늄 탄두, 열화우라늄 장갑만이 예외적으로 허가되었다. 자동기계의 폭주를 걱정해 생물병기의 정의를 편집적일 정도로 엄중하게 설정한 결과, 황실파 병사와 협동할 수 없어진 웃긴

이야기와 마찬가지로 엄밀하게.

〈레기온〉이란 병졸과 부사관, 하급 장교를 대체하는 존재로, 그런 잡병에게 전략 병기를 줄 수 없다. 핵만이 아니라 탄도 미사일 등의 전략 병기의 금지도 엄중하다고 추측해도 될까.

"또 하나. —— 아, 이건 단순한 흥미다. 대답하고 싶지 않거든 대답하지 않아도 된다."

구속 컨테이너 위, 누가 만든 것인지 종이상자에 얼굴을 그린 묘한 인형 안에서 시선이 향했다. 지금 제레네가 외부를 볼 수 있는 유일한 눈인 싸구려 카메라를 가만히 바라보며 야트라이는 물었다.

"너의 '옥좌'에는 용암 호수로 이어지는 통로가 만들어져 있었다."

연합왕국, 용아대산 거점의 제일 깊숙한 곳에 만들어진 제레네의—— 〈레기온〉 지휘관기 〈무자비한 여왕〉의 옥좌. 지휘관기가 상주하기에는 부자연스러운 그 공간과 거기서 뻗은 통로는.

"지하로 향하는, 도주로도 안 되는 길을 일부러 만든 것은, 자해를 위한 것이었군. 고기동형이 누구에게도 쓰러지지 않고, 누구도 너를 찾아오지 않았을 때를 위한."

인류가 〈레기온〉 정지의 열쇠를 얻지 못하고 패배로 향하는 미래에 이르렀을 때를 위한.

야트라이는 살짝 고개를 갸웃거렸다. 천년에 걸쳐 제국을 수호하고, 제국을 지배한 무인 혈통의 일원으로, 같은 무가 출신이며 죽지 못한 망령에게.

“지금 당장, 이라는 건 아니지만. 더 살아남는 수치를 보이고 싶지 않다면 처분해 주지. 제국 무가, 빌켄바움의…… 마지막 딸.”

채 죽지 못한 치욕에 지금도 저물어가는 같은 무인의 혈통에게 보내는―― 약소한 자비로.

질문에 제레네는 대답했다. 강하게.

《아니――.》

처음으로 듣는, 인간으로서의 제레네의 어조에 야트라이가 한쪽 눈썹을 추켜세우는 것을 지켜보면서 말을 이었다. 그래, 희망이 사라졌을 때는 죽음도 생각했지만, 기계장치의 망령에 불과한 이 몸에게 죽음이란 마땅히 맞아야 할 결말이지만.

《아니. 나는 죽지 않아. 아직 죽음을 선택하지 않아. 신에이 노우젠, 빅토르 이디나로크. 그 아이들이 아직 포기하지 않는다면.》

그들이 아직 어딘가에서 지금도 싸우고 있다면. 그 작전에, 승리에, 그녀가 가진 정보가 필요하다는 가능성이 남아있는 한.

그들의 싸움을 끝까지 지켜볼 때까지는.

《나도 아직 죽을 수는 없어.》

외출 허가를 신청했더니 나오기는 나왔는데, 사복이라는 조건과 함께 헌병이 두 명 붙었다.

뭐, 공화국 군인이니까 그런 거라고 아네트는 생각했지만, 그게 아니라 위험하기 때문이란다.

시키는 대로 사복으로 장크트 예데르 시가지에 나와서 길거리의 뉴스를 보고서 알았다.

"보도되었구나."

〈도청기〉에 관해서 드디어 보도되었다.

이 도청 때문에 〈레기온〉에게 정보가 누설되었다. 보도 또한 〈레기온〉이 감청할 가능성도 있는 이상, 군은 검거 직후에 고지식하게 보도하게 두지 않는다. 그러니까 실제 검거보다 꽤 늦게, 관련된 일자도 교묘하게 숨겼지만, 거짓말은 하지 않았다. 공화국이 에이티식스 아이들을 이용한 것과 연방을 배신한 행위를.

"그렇구나. 그래서."

아까부터 주위 시선이 묘하게 따갑다 싶었다고 아네트는 생각했다. 다민족국가인 연방에는 백계종 주민도 많다. 사복인 아네트를 공화국 군인으로 판별할 수는 없을 테지만. 즉, 공화국인이 아니더라도 백계종 전체의 평판이 확 떨어진 거겠지.

"어머나, 흰머리(바이스하레헤)야."라고 백계종의 은발을 모욕하는 단어가 길거리의 사람들에게서 들으란 듯이 들려오고, 헌병이 시선과 말을 가로막듯이 슥 움직였다.

"죄송합니다. 소령은 우리에게 협력해 주시는 입장인데, 동포가 이런 짓을."

"혹시 시내만 그런 게 아니라, 백계종 병사도 다들 이런 시선을 받는 거야?"

기본적으로 군 기지 안에서 지내는 군인들이 백계종에 대한 시선을 안다면.
헌병은 괴로운 얼굴을 했다.
"부끄러운 이야기입니다만, 그렇습니다."
"공화국에서 의용병으로 참가한 사람들은 동포들에게도 대놓고 배신자 취급을 당하는 상황이라서……."
보도는 확실히 공화국을 비난하는 논조로, 사람들의 목소리도 따라서 규탄의 빛을 띠었다. 이러니까 흰머리들은. 겁쟁이 백계종은. 도움을 받은 주제에, 구원을 받은 주제에 배신자인 공화국은.
그러니까 에이티식스 아이들에게 복수를 당한 거다.
그런 목소리까지 들렸고, 그걸 나무라는 목소리는 없었다. 공화국에 대한 복수를 위해 아이들이 〈레기온〉과 내통한 거라고, 그렇게 심한 짓을 공화국 놈들에게 당한 거라고, 의분에 찬 누군가의 목소리가 소음에 섞여 멀어졌다.
공화국이 망할 놈들이란 건 동감이지만.
그렇게 생각하며 아네트는 작게 한숨을 내쉬었다.
종이컵에 귀여운 고양이 그림을 그린 캐러멜 커피가 다시금 간절하게 당겼다.

"세오, 너도 〈도청기〉였던 건 아니겠지? 레이스 디바이스가 박혀 있다든가."

"이제 없어. 연방에 왔을 때 뗐으니까. 흉터 볼래?"

"어……. 미안. 진짜로 있었을 줄은 생각 못 했어……."

안 웃기는 농담을 던진 동료에게, 웃음은 안 나오지만 화낼 정도의 일도 아니기에 태연히 대답했더니 아주 미안하다는 얼굴이 돌아왔다.

진지하게 미안하다며 고개를 숙이는 그에게 고개를 저은 뒤, 세오는 대화 도중 떼어놓고 있던 휴대단말을 귓가로 가져갔다. 작전에 종사하는 동안 개인의 휴대단말 사용은 기밀 보호의 관점에서 좋지 않지만, 지금은 자유시간이고 이 기지는 후방의 교육부대 기지다. 대화 내용에 일정한 주의가 필요하지만, 통화한다고 군소리 들을 것도 없다.

[형……?]

"아, 미안. 아무것도 아니야. 미엘은 잘 지내? 그쪽에서 지내는 건 어떻고?"

통화 상대는 장크트 예데르에서 멀리 서부 변경 속령에 있는 공화국인들의 피난지 중 하나에 사는 소년, 과거 세오의 전대장이 남긴 아들인 미엘 르나르다.

그렇다. 여우(르나르)다.

그러니까 전대장의 퍼스널마크는 여우였던 거라고 세오는 이제야 깨달았다. 더불어서 전대장의 이름은 실반이었으니까 실반 르나르(숲의 여우), 그 아들이 미엘 르나르(벌꿀색 여우)니까, 여우에 강한 집착이 있는 일족인 모양이다.

[높은 사람들이 있는 동네에는 많은 일이 있는 모양이지만, 내

가 있는 곳은 괜찮아. 시설장이나 다른 연방 군인들도 잘 대해 줘. 그리고.]

"응?"

[밥이 아주 맛있어.]

미엘 소년은 절절한 기색으로 한숨을 내쉬었다.

[진짜 고기나 생선은 맛있네. 달걀도 우유도 잼도 쿠키도.]

세오는 무심코 웃음을 흘렸다. 그거 다행이다.

"좀 진정되거든 낚시에 데려가 줄게. 케이크나 잼 만드는 것도 가르쳐 주고."

[응!]

기운차게, 아마도 전화 너머에서는 고개만이 아니라 몸까지 함께 끄덕이며.

갑자기 미엘은 목소리를 낮추었다.

[저기…… 형 쪽은 괜찮아?]

"나? 왜?"

[무서운 사람이 늘어났잖아. 뭐라더라……. 뭔가 길고 이상한 이름인 사람들.]

그건 또 뭐야?

[저번 대공세 때도, 공화국이 진 건 모두 형들이, 에이티식스가 잘못한 거라고. 에이티식스가 제대로 안 싸웠기 때문이라고, 모여서 떠들어댔어.]

"아하……."

표백제인가.

원래 이름은 세오도 기억하지 않는다. 순백을 되찾는다는 슬로건을 내걸고 있었으니까, 그것만 따서 신이 표백제라고 부르기 시작한 것이 완전히 정착한 녀석들.

"그 녀석들은 거기밖에…… 공화국 사람들이 사는 곳밖에 없으니까 수도인 여기는 괜찮아."

[아, 그런가.]

"그나저나, 늘었어?"

제2차 대공세로 시민의 지지를 잃고 완전히 세력이 죽었다고 들었는데.

[처음에 그렇게 말했던 높은 사람들은 돌아오지 않은 모양이야. 하지만 아직 악담을 해대고 있어. 에이티식스가 안 싸웠던 탓에 공화국이 멸망했다고. 그러니까 이번에야말로 에이티식스를 대신 싸우게 해야 한다고 말하는 사람은 많이 늘었어.]

에이티식스를 되찾지도, 공화국을 구하지도 못했던 통솔자는 무능하다고 내쳤지만. 그래도 패전의 책임, 종군의 부담을 에이티식스에게 떠넘기는 말은 그대로 이어받아서.

누구도 통솔하거나 제어하지 않는 채로 말단만이 커졌다.

[연방에 와서 어른들이 많이 군대에 가게 되고. 그 가족들이나 군대에 가기 싫은 사람들이 그걸 싫어하는 모양이라서…… 매일 여기저기서 떠들고 있어.]

연방으로 피난 온 공화국인은 서부 변경의 생산속령 모니트즈 오토에 위치한, 본래 주민은 피난 간 몇몇 도시에 분산되었고, 정부 기능은 피한지인 라카 미파카 시에 두고 있다.

그 시가지 중심부의 제일 큰 호텔을 정부 시설로 받았고, 나머지 호텔과 교외의 임대별장을 고관과 장성들과 옛 귀족인 백은종이 쓴다. 피난이라는 이름치고 그들은 실로 우아하게 지내고 있지만, 〈도청기〉 관계자가 검거된 이후로 미묘하게 긴장감이 감돌았다.

〈도청기〉를 운용하는 말단 하급 군인만이 아니라 지시자인 고관에게까지 연방에서 검거의 손길이 뻗쳤기 때문이다. 그 뒤로 새롭게 누군가가 관계자라고 찍힐 때마다 연방의 헌병이 찾아오니까, 한가하고 우아한 생활에 익숙한 상류계급은 도무지 마음을 놓을 수 없었다.

표백제의 수괴, 프림벨 여사 또한 헌병의 방문을 경계하는 인물이다.

〈도청기〉의 운용에는 프림벨이 관여하지 않았지만, 검거의 발단인 중령은 동지다. 실추한 그녀에게 주어진 자그마한 임대별장에도 언젠가 헌병이 찾아오겠지.

"뭐라고요……?"

하지만 그날, 프림벨의 낯빛이 변한 것은 헌병의 내방 때문이 아니었다.

연방의 보도 방송은 이 라카 미파카 시에서도 방송되었다. 그것을 보고 사태를 깨달은 동지가 알려준 내용. 행방불명인 에이티식스 소녀의 얼굴 사진들도.

"〈아기사슴(악타이온)〉이 살아남았고…… 그게 도망쳤다고요……?"

연방군, 특히나 병졸 중에는 최소한의 교육밖에 받지 못한 자가 아직 많고, 핵무기에 대한 자세한 지식도 그들은 갖지 못했다. 북부 제2전선, 제37기갑사단 구역에서 일어난 소동은 모호한 전언을 또 부정확하게 수용하는 형태로 북부전선 전체에, 또 다른 전선에까지 퍼졌다.

핵무기란 위험물 때문에 북부 제2전선이 무너지려는 것을 기동타격군이 막았다.

선단국 사람들이 원생해수란 괴수를 불러서, 핵무기로부터 북부 제2전선을 지켰다.

핵무기로 〈레기온〉을 무찌를 수 있는데, 배신자가 은폐하고 있었다.

핵무기란 병기로 연방군은 승리할 수 있었을 텐데, 원생해수가 방해했다.

핵무기를 가지고 〈레기온〉에 협력하던 배신자를 기동타격군이 타도했다.

뭔지 잘 모르겠지만 기동타격군, 에이티식스는 역시 정예부대고 영웅이다. 대단하다. 그런 식으로 혼란스러워진 끝에 원형도 알 수 없게 된 이야기를, 병사들은 적당히 한 귀로 흘려넘겼다.

“영웅이라고 할 거면.”

더러운 로기니아 강과 그 너머의 진창을 보며 장갑보병 비요프 카토는 힘이 쭉 빠져 중얼거렸다.

북부 제2전선의 전장은 후퇴했다고 해도 아직 과거의 전투속령에 들어간다. 병졸, 부사관의 대다수인 옛 속령민들에게는 고향이라고 할 곳이 아니다. 그래도 기동타격군이 가져온 이 결말은 병사들에게 너무나도 충격적이었다.

이런 진흙밭에서는 밀을 재배할 수 없다. 소도 양도 돼지도 키울 수 없다.

대부분의 속령민은 농민 출신이다. 그러니까 원래대로 되돌리려면 얼마나 걸릴지 알 수 없을 정도로 물과 진흙으로 파괴된 경작지의 이 모습은 한층 무참하게 비쳤다.

비요프는 이를 갈았다. 이런 건 해결이 아니다. 성공도 아니고 승리도 아니다.

이런 건 자신이 기대했던 미래, 구원이 결코 아니다!

“뭘 하는 거야, 기동타격군은.”

영웅이면서. 정예이면서. 북부 제2전선을, 비요프를 구해줘야 하는데!

“아무것도 해 주지 않았잖아. 구해주는 게 영웅의 역할인데! 도움도 안 되는 것들!”

갑자기.

눈앞에서 죽은, 아주 약간 연상인 청년들의 얼굴과 절규가 왜인지 거품처럼 뇌리에 떠올라서 신은 남몰래 숨이 막혔다.

되살아난다. 아직 기억에 새로운, 신으로서는 전혀 이해할 수 없는, 그러면서도 너무나도 통절하게 울리는 외침. 총탄에 찢겨 나가는 순간의 그 청년들.

같은 얼굴을 하고 있었다.

저마다 다른 얼굴일 텐데, 다른 인간일 텐데, 그때 그들 모두는 구분할 수 없을 정도로 같은 얼굴을 하고 있었다.

다른 인간이면서 그 차이조차도, 개개인의 틀마저도 버린 듯한, 서로 동화한 듯한, 같은 말에, 사고에, 감정에 물든, 그 같은 얼굴의 무리.

무섭다고 그때 생각했다.

자기 자신의 왕이 될 수 없는 자, 공포 하나도 혼자서 다스릴 수 없는 자.

그렇게나 무력한 이들도, 남을 탓할 수는 있다.

할 수 없다. 정할 수 없다. 그렇게 말하면서도 그걸 남의 탓으로 돌릴 수는 있다.

뭔가를, 짓밟을 수는 있다.

〈양치기〉로 변한 에이티식스들과는 다르다. 증오를 품고서도 무엇 하나 이룰 수 없을 정도로 무력한 자들과도.

그것이 너무나도 무섭다고―― 왜인지 강하게 신은 생각했다.

신이 사색에 잠기는 낌새를 눈치채고, 레나는 눈을 깜빡였다.

"신? 무슨 일 있어요?"

[어?]

"지금 뭔가 걱정했지요?"

[아…….]

잠시 생각하다가 신은 결국 고개를 내저은 모양이다.

[아니, 신경 쓰지 않아도 돼. 나도 아직 잘 모르니까.]

"그렇다면 좋지만……."

무슨 일일까. 생각하면서 레나는 이야기를 다시 되돌렸다. 왠지 마음에 걸리는, 불안이나 두려움과도 비슷한 침묵이었지만, 신 자신도 잘 모른다는 것을 추궁해 봤자다.

지금의 신이라면 모르는 채로 눈을 돌리는 일도, 혼자서 끌어안는 일도 없다고 이해하기도 하고.

"핼러윈. 올해는 참가할 수 없어서 외로웠으니까, 내년에도 꼭 할 거예요. 같이 해주세요."

[그건…… 상관없어. 올해는 시트를 둘러쓴 귀신이 많았고, 본격적인 것을 하고 싶어 하는 녀석들도 많았으니까.]

북부 제2전선 파견의 위로회 대신으로 며칠 늦게 핼러윈 파티가 열렸는데, 전쟁이 이런 상황에서 수송 라인에 1개 여단 분량의 가장을 준비해 줄 여유는 없었기에 사복과 간단한 재료로 대충 준비할 수밖에 없었다. 구체적으로는 시트를 뒤집어쓴 귀신과 기운 자국을 얼굴에 그린 괴물과 손수건으로 귀를 만든 늑대인간과 평소보다 화장이 진해진 마녀가 대량으로 발생한 것이다.

레나는 조금 생각했다. 시트 귀신은 싸구려라고 해도 시트에 구멍을 낼 수 없을 테니까.

"앞이 보이긴 하나요?"

[안 보였던 모양이야. 그러니까 일찌감치 괴물이나 늑대인간이나 마녀로 갈아타더군.]

수고가 들지 않는 것치고 눈에 띄는 사례로는 미치히를 포함한 극동흑종 몇 명이 종이 부적을 이마에 붙여서 극동의 시체 귀신으로 분장한 것이 제일 돋보였던가. 또 이마에 '유령' 이라는 단어를 적은 것만으로도 뻔뻔하게 어슬렁대던 강자인 마르셀.

"신은 어떤 분장을 했나요?"

[안대로 한쪽 눈을 가리고, 창이라는 이름으로 대걸레를 들었지.]

어디 신화의 주신이자 전쟁의 신, 죽음의 신이라는 모양이다.

"멋졌겠네요!"

[그걸 생각한 리토도, 라이덴도, 앙쥬도, 크레나도 웃었는데…… 이마에 직접 호박을 그린 리토와 위장색으로 분장한 좀비인 라이덴은 그렇다고 치고, 앙쥬는 푸른 색조의 화장으로 눈의 마녀, 크레나는 붉은 루즈로 흡혈귀라고 하더군. 그래 놓고서 남의 분장을 웃는 건 그렇지 않나?]

진절머리를 내며 투덜거렸다. 정말로 싫었던 모양이다.

"그렇긴 하지만, 이왕이면 귀여운 분장을 해보고 싶으니까요."

[레나는 내년에는 뭘 입고 싶어?]

레나는 으음 소리를 내며 고민했다. 시트 귀신은 레나도 사양이니까.

"프레데리카가 좋아하는 마법 소녀는?"

[그래도 되나? 귀신 분장이 아니라 그냥 가장이 될 것 같은데.]

"크게 구분하면 마녀니까 괜찮지 않을까요?"

[그건 요정 아니었나……?]

어느 쪽이든 좋다는 게 레나의 생각이다.

그보다.

"신은 내년에 늑대인간이 어떨까요? 손수건이 아니라 제대로 된 귀를 달고."

[그건 라이덴이겠지? 베어볼프니까.]

"개 귀를 단 모습을 보고 싶어요. 그리고 신의 개 귀를 만지작만지작하는 거예요. 꼬리도."

티피 같은 검정고양이의 귀와 꼬리도 어울릴 것 같고, 라이덴이 늑대인간을 한다면 세오의 여우 귀와 꼬리도 좋겠지. 그걸 전부 만지작거리고 싶다.

레나는 신나게 제안했지만, 애석하게도 싫다는 느낌의 목소리가 돌아왔다.

[으음…….]

86구에서도 들어본 적 없는, 진심으로 싫어하는 애인의 그 목소리에 레나는 무심코 웃음을 터뜨렸다.

종장 메리 제인의 악몽에 어서 오세요, 친애하는 사슴 사냥꾼

공화국 잔존 세력으로부터 감청한 정보에 따르면 기동타격군은 이 서부전선에 다시 배치될 터였다.

하지만 실제로는 머나먼 북부 제2전선에 기동타격군이 나타났다. 그렇기에 기만 정보에 당한 것임을 노 페이스는 깨달았다. 감청 대상인 공화국인의 통신망이 언제부터 연방군에 탈취되어서 바꿔치기를 당했는지는 지금도 모른다. 적이지만 대단한 수완이라고 판단할 수밖에 없다.

다만.

그렇다면 그거대로 연방은 다른 불씨를 껴안게 된다.

노 페이스는 냉철하게 생각했다.

통신망은 깨진 게 아니라 연방에 탈취되었다. 그런 이상 공화국의 배신을 연방이 인식했다는 건 확실하다.

그것이야말로 불씨다.

감정도 생명도 없는 〈레기온〉은 싫증을 내지 않고, 꺼리지 않고, 두려워하지 않는다. 싸움도 죽음도. 모든 것을.

하지만 주체할 수 없는 감정이 있고, 죽어야 할 생명을 품은 인간은.

†

치토리의 부츠와 몸에 묻은 때는 그녀의 집이 있던 속령에서 수도인 여기까지 거의 걸어왔기 때문인 모양이다. 용돈이라며 양부모가 여태까지 준 현금은 나름 되는데도 불구하고, 그리고 철도 노선도 장거리 버스도 수도까지 통하고 있음에도 불구하고, 살던 도시를 떠나기 위해 화물열차에 몰래 타는 것 말고는 거의 걸어서.

대중교통은 이용할 수 없다. 가능하다면 가까이 가는 것조차 피해서 가고 싶다.

사람이 많이 모이는 장소는── 사람이 있는 장소는.

그 이유를 듣고.

유토는 자신의 의무인, 연방군에 보고하는 것을 포기했다.

이건 보고할 수 없다.

보고해야 한다는 건 알지만…… 그래서는 그녀가 연방군에 붙잡힌다. 아마도 두 번 다시 밖에 나올 수 없을 것이다.

그녀에게는 이미 시간이 없는데.

각오했다. 함께 싸운 적이 한 번도 없더라도 동포다. 공감을 품는 마음은 억누를 수 없고, 정확히 어느 쪽이냐면 배신하고 싶지 않은 에이티식스인 그녀를 위해 연방군을 배신할 각오를.

그녀들의 여로에 동행하는 것을.

"유토, 정말로 괜찮아? 우리 〈아기사슴〉은……."

"그래. 사람을 최대한 피하고 싶겠지. 그렇다면 적어도 연방을 떠날 때까지 식량을 조달할 사람이 필요해. 그 뒤에도 〈레기온〉 지배영역을 가려면 길 안내가 필요하고."

아마리에게는 사정을 말했다. 그녀도 동행하겠다고 했지만, 설득해서 납득시켰다. 연방군에 보고할 사람이 필요하다. 연방군에 최소한이나마 은혜를 갚기 위해 반드시 해야만 하는 일이다. 자신들이 장크트 예데르를 떠날 즈음을 가늠해서 전해달라고.

외출을 가장해서 병동을 빠져나가, 두꺼운 코트와 걷기 위한 신발과 최소한 필요한 모든 것을 사서 치토리와 그 동료들이 숨은 곳으로 향했다. 군의 코트는 성능이 좋지만, 너무 눈에 띈다. 입대할 때 만든 현금 카드도 꼬리가 잡히니까 앞으로는 쓸 수 없다.

그래도 수중의 현금과 아마리가 융통해 준 것이면 충분했다. 겨울철 야영도, 도보 행군도 86구에서 익숙해졌다.

옆에서 걷는 치토리는 어깨를 움츠린 모습이었다.

"미안해. 끌어들여서."

"괜찮아. 같은 소원을 몇 번이나 들었지만, 이루어줄 수 없었으니까."

과거 수많은 에이티식스가 갇혔던 86구의 전장에서 유토가 들었던 소원. 5년 후에는 반드시 죽는 운명이 정해졌고, 그 5년을 버티지 못하고 차례로 동료들이 죽어갔던 그 지옥의 전장에서.

많은 이가 죽을 때 바란, 아무도 들어줄 수 없었던 약소한 소원.

떠올렸다. 그것과 같은 치토리의, 〈아기사슴〉들의 소원을.

"돌아갈 길을 가르쳐 줘. 공화국으로, 우리가 태어난 고향으로 가는 길을."

그리고 또 하나. 치토리가 물었던 그 이름.

"그리고 이건 혹시나 안다면 말인데. 공화국 생존자 중에."

"더스틴 예거라는 남자가 없었어?"

작가 후기

항상 감사합니다. 안녕하세요, 아사토 아사토입니다. 오래 기다리셨습니다! 『86-에이티식스-』 Ep.12 'HOLY BLUE BULLET' 을 보내드립니다!

지난 Ep.11을 마지막으로 담당 편집자 키요세 님, 츠치야 님이 퇴직하셨습니다.

86 1권부터 5년 동안 작품을 만드는 것에 대해 많은 것을 배웠습니다. 두 분이 퇴직하신 것을 후회할 만한―― 함께 만들고 싶다고 생각해 주실 만한 대단한 작품을 만들기 위해, 앞으로도 정진할까 합니다. 두고 봐!

정말로 감사합니다.

언제나 다는 주석.

·헤일 메리(Hail Mary)

미식축구에서 마지막 순간에 모 아니면 도 식으로 거는 롱패스입니다. 미식축구 재미있으니까 다들 봐요.

· 원생해수 재등장

더는 안 나온다고 썼으면서 조금이지만 또 나온 원생해수.

사실은 Ep.8을 다 쓴 뒤에 츠치야 씨에게서 'Ⅰ-Ⅳ 씨가 후기를 읽고 원생해수가 더 안 나오는 게 안타깝다고 했습니다.' 라는 말을 듣고, 그렇다면 내보내자! 라는 가벼운 마음으로 Ep.12 플롯에 추가한 것입니다(그리고 원고를 쓸 때 머리를 싸쥐었다).

정체에 대해서 조금 건드렸습니다만, 그 이상은 안 쓸 겁니다. 이번에야말로 진짜.

본편과는 다른 이야기가 되고 말이죠.

마지막으로 감사 인사입니다.

담당 편집자, 타바타 님. 86 사상 최대의 페이지를 기록한 초고에 서로 얼굴이 새파래졌던 날이 기억에 새롭습니다(죄송합니다). 지금 봐도 소름이 돋는, 예정의 두 배나 되는 페이지를 자랑하는 제2장의 공포…….

이번 권부터의 새 담당, 니시무라 님. 갑작스러운 지옥의 페이지 줄이기 대회에 끌어들여서 죄송했습니다……. 다음 권에서는 분명 멋진 비명을 지르게 해드리겠습니다.

시라비 님. 그려주신 신, 라이덴, 세오의 핼러윈 일러스트가 너무나도 멋져서 본편에 핼러윈을 집어넣었습니다!

Ⅰ-Ⅳ 님. 그런고로 Ep.12의 새로운 원생해수(인어공주 느낌, 다만 몸길이 3미터)는 Ⅰ-Ⅳ 님에게 바칩니다. 아마도 회로 먹으면 맛있을 겁니다.

요시하라 님. 야마사키 님. 만화판 연재 감사했습니다. 부디 몸 건강하세요.

소메미야 님. 특전 소설 「마법소녀 레지나☆레나」, 지금도 표지를 돌아보며 히죽거리고 있습니다. 특히나 하얀 이를 빛내는 레이 형과 질색하는 신……!

신쵸 님. 「플래그멘탈 네오테니」 완결 축하드립니다. 이스카의 에피소드 추가가 너무 기뻐!

이시이 감독님. 애니메이션 수고하셨습니다. 감독님이 애니메이션을 담당해 주신 것은 멋진 체험입니다. 또 감독님의 이름을 딴 도시명을 내보냈습니다. 꽤 오래전입니다만 허가해 주셔서 감사합니다!

그리고 이번에도 함께해 주신 독자 여러분.

다음 권의 타이틀은 이미 정해졌습니다. 이걸 위해 더스틴의 이름을 설정했습니다. 드디어 그의 이야기입니다. 그런고로 Ep.13 '디어 헌터' 를 기대해 주세요!

아, 얼마 전에 '86은 13권 완결입니다.' 라고 말한 적이 있는데요. 죄송합니다. 13권에서 안 끝납니다! 더 이어집니다!

그렇다면 단풍이 깔리는 안개 속 전장에. 무섭고 아름다운 청색을 둘러싼 전투에. 당신을 잠시 데려갈 수 있기를.

후기 집필 중 BGM : 신들의 시 (히메가미)

86 –에이티식스– Ep.12

–Holy Blue Bullet–

2023년 12월 20일 제1판 인쇄
2024년 07월 15일 제2쇄 발행

지음 아사토 아사토
일러스트 시라비

옮김 한신남

발행 영상출판미디어(주)
등록번호 제 2023-000035호
주소 07551 서울특별시 강서구 양천로 570 NH서울타워 19층
대표전화 02-2013-5665

ISBN 979-11-380-4033-4
ISBN 979-11-319-8539-7 (세트)

86—EIGHTY SIX—Ep.12 —Holy Blue Bullet—

Edited by 전격 문고
First published in Japan in 2023 by KADOKAWA CORPORATION, Tokyo.
Korean translation rights arranged with KADOKAWA CORPORATION, Tokyo.

노블엔진(NOVEL ENGINE)은 영상출판미디어(주)의 라이트노벨 및 관련서적 브랜드입니다.